精短文言全图

聊斋志异

冯骥才

【下卷】

人民东方出版传媒
People's Oriental Publishing & Media
東方出版社
The Oriental Press

于受万1943年生于山东牟平，深造于中国美院，研究员，中国美术家协会会员，山东省中国画学会顾问，山东省美术家协会人物画艺委会顾问，文化部东方文化艺术院国画研究院名誉院长，中国教师书画院副院长，山东理工大学兼职教授，淄博市美协顾问，淄博书画院名誉院长。

于受万属于创意型画家，具有良好的文化修养，多才多艺，能诗文，擅书法。

他的写意人物画，生动传神，笔墨精良。他笔下的古代高士人物超逸古雅，神采奕奕。其审美取向崇尚人间的快乐真情，体现人生潇洒大度的坦荡情怀。

他的工笔画，风格独特，独具一格，将中国画泼墨泼彩和西画光色效果引入工笔画，创造出一种玄妙而神秘的艺术效果，扩展了中国画的表现力，称为写意性工笔画，被赞誉为确实具有艺术史的价值。

出版有《于受万研究》、大红袍《于受万写意性工笔画》等画集多种，以及《活猴》《辛弃疾》等连环画一百余种。其中连环画《开元盛世》获第七届冰心儿童图书大奖等多项奖次。

中国画作品《戚继光》《长城颂》《丹崖怀古》《孔子莅河图》《画石呈龙》《竞自由》等多次入选全国美展和国家大展。其中《长城颂》获国家银奖，《竞自由》获优秀奖，《画石呈龙》获国际金奖；《中华医药图》长卷，制成浮雕，载入世界吉尼斯纪录。

目 录

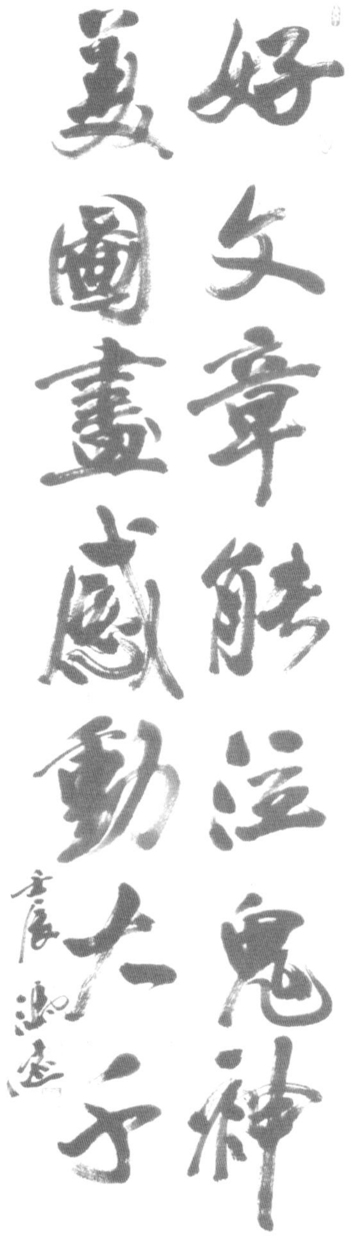

冯远题词：

好文章能泣鬼神

美图画感动大千

壬辰 冯远

冯远 中国文学艺术界联合会副主席

中国美术家协会副主席 著名人物画家

卷四

【专家点评】

我和于先生一样，也是山东人。在中国文学史上，山东在清代出了两位大家，一是蒲松龄，一是孔尚任。孔尚任属于“鲁”，是孔子的后代，写了一部很有名的《桃花扇》，表现历史兴衰和人物悲欢。蒲松龄属于“齐”，齐文化比鲁文化想象力更丰富一些，《聊斋志异》写鬼写妖，入木三分，影响更大一些。

蒲松龄是讲故事的高手，于先生是画故事的高手。蒲松龄是写鬼写妖入木三分，于先生是画鬼画妖活灵活现，把《聊斋》中的精灵，形象地表现了出来，这需要很深厚的基本功，需要很强的造型能力，需要对文学名著深刻的理解。于先生不仅基本功扎实，造型能力强，而且对《聊斋》理解得深，并有再创造的胆量和能力。

于先生在创作中，心态很静，沉浸在梦中，和蒲松龄对话，六年来一直处于创作的轻松愉悦之中。这是非常好的艺术状态，只有在这样的艺术状态中，才有可能产生这样好的作品。

李一　中国艺术研究院研究员《美术观察》主编

《画皮》·于受万工笔画

《聊斋志异》在中国文化艺术史上是一部很珍贵的经典。画家于受万先生用传统线描的艺术技法精绘的聊斋故事，构思精巧，造型准确，生动优美，看起来特别舒服。

他的色彩运用得非常好，采用写意笔法，处处见韵，用笔不多而精准，效果很微妙。

方成 中国漫画大师

【专家点评】

三百多年前，山东淄博人蒲松龄本是一介穷书生，在我祖上毕际友家做塾师。他以一支奇谲之笔，撰写流芳百世的《聊斋志异》。小说中的人情世故、鬼怪狐精正是蒲老先生的世纪影像。

三百多年后的今天，同是淄博的艺术家于受万先生，以其高超的造型手法，生动的人与鬼之间幻相和不拘时空的画面结构，升华和再现了蒲老先生的小说精髓。形象生动地体现人性的美与丑和社会的千姿百态。于先生的独特绘画语言，深入地呈现出聊斋的艺术趣味与追求，以其图像的魅力完善了蒲松龄小说文字不能表达的时空镜相。我想，蒲老先生在天之灵一定会捻须微笑。

程晓光 著名意象油画家

《聊斋乐土》 局部

中国传统人物画衣纹已成审美定式，至陈老莲、任伯年最为精彩，后世继承者接踵而至。于受万这套作品的衣纹处理则在此基础上为之一变，其特点为行笔用线自由畅达，如行云，如游龙，随心所欲而尽显人体结构之美。“法无定法，斯为至法”至矣。〔张 望〕

【狐梦】

心气平时过自寡　异想天开狐仙来

我友毕怡庵，倜傥不群，豪放自喜，貌丰肥多髭，士林知名。其叔毕际有之别墅，传言多狐。尝读《青凤传》，心辄向往狐仙，恨不一遇。曾以故宿于别墅楼上，凝思摄想。睡中，有人摇之。醒而却视，则一妇人，年逾不惑，风韵犹存。毕惊起，问之。笑曰：“我狐也，蒙君注念，心窃感纳。”毕闻之而喜，投以嘲谑。妇笑曰：“妾已年长矣。有小女及笄，可侍巾栉。明宵当即来。”翌日夜，焚香坐伺，妇果送女至，态度娴婉，旷世无匹。妇谓女曰：“毕郎与有夙缘，即须留止。明旦早归，勿贪睡也。”毕乃牵手入帏，款曲备至。事已，女笑曰：“肥郎痴重，使人不堪。”未明即去。既夕，自来，曰：“姊妹辈将为我贺新郎，明日屈请同去。”毕果候之，良久不至，身渐倦惰。才伏案，女忽入，握手而行。来至宴上，大姊作宴主，年近二旬，淡妆绝美。有小妹抱一猫，以猫行酒令，连灌毕几大杯。大姊见毕善饮，乃摘发髻贮酒以劝。饮之不尽，觉有数斗之多；再视之，则荷盖也。二姐以口脂盒相敬，大如弹丸；接吸百口，更无干时。女在旁以小莲杯斟酒，毕一饮而尽，把之腻软；审之非杯，乃绣鞋也。正尴尬间，一觉醒来，竟是梦，但口中酒味依然香浓。

一年后，狐女与四妹，为西王母征做花鸟使，托毕请聊斋先生为其作传。毕求赠言，曰：“盛气平，过自寡。”挥泪分手，曰：“彼此有志，未必无会期也。”

【阳武侯】

阴宅有灵主福禄　虎魂附体立大功

阳武侯薛禄，胶州薛家岛人。父少时家贫，牧牛乡绅家，见蛇兔斗草莱中，以为异。因请于主人，求为茔地，构茅而居。后夫人临产，正值暴雨，适有二边防指挥使路过，避雨门中。见屋顶鸦雀群集，以翼覆漏处。异之。正此时，屋中传出婴儿啼声。问之，乃降生一男，益加惊愕。曰：“此儿极贵，不然，何以得我俩指挥使护守门户也？”

儿即薛禄，垢面，垂鼻涕，殊不聪颖。既长，娶兄婢为妻。携妻至辽阳戍边，路上暴雨大作。夫妻奔避危崖下，少间雨止，始复行。才离数武，崖石崩堕。居人遥望两虎跃出，依附两人而没。薛侯自此勇健非常，风采顿异。后以战功显赫，封阳武侯。

猛虎代人行孝，
将功补过，奇闻也。
［巩武威］

于先生不管是写意人物画还是彩色工笔，非常重视传神，并且常常表现人物的兴高采烈的情绪。他的目的是提升看画人的愉悦心境。他画的这部《聊斋》全图无不如此。［吴东奋］

【赵城虎】

虎食人子知改过　噙米噙钱孝老妪

赵城妪，年七十余，只一子。一日入山，被虎所噬。妪悲痛，几不欲生，号啼而诉之宰。县宰笑曰：“官法何以制虎？”妪愈号啕，不能制止。县宰叱之，亦不畏惧；可怜其老，漫应捉虎。即问役，谁能捕之？一吏李能，醺醉，自言能之。妪始去。

李能酒醒而悔之，不甚为意。宰怒，曰：“固言能之，何容复悔？”隶窘甚，请牒拘猎户，进山捉虎。月余，无所获，受杖数百。遂至城东岳庙，跪而祝之，大哭失声。无何，一虎自外来。李错愕，恐被虎噬。虎入，蹲立门中。李祝曰：“如杀某子者汝也，请俯听我缚。”虎帖耳受缚。李牵虎至县署。官问虎曰：“某子尔噬之耶？”虎点头。官曰：“杀人偿命，古之定律。且妪只一子，为汝杀之，其残年垂尽，何以生活？倘尔能为妪之子，我将赦之。”虎又点头，乃释缚，令去。

翌日晨，妪启扉，则有死鹿。妪货其肉革，用以资度。自是，以为常。时衔金帛掷庭中。妪以此丰裕，奉养过于其子。数年，妪死，虎来，吼于堂中，以示哀悼。

【螳螂捕蛇】

螳螂虽小能攻蛇　攫其要害弱胜强

张姓者，偶行溪谷，闻崖上有声甚厉。寻途登觇，见巨蛇粗如碗，摆扑丛树中；以尾击树，树枝崩折。反侧倾跌之状，似有物捉制之。然审视并无所见，大疑。渐近临之，则见一螳螂居大蛇顶上，以刺刀攫其首。甩不可去。久之，蛇竟死。视头上革肉，已破裂矣。

人外有人，天外有天，高手历来谦逊。［巩武威］

人物动态、神气舒展劲健，连两个人的手足都带有表情。用笔犀利如刀剑，苍茫如千年古木。此图背景不多，如同无伴奏表演，更显精彩。几个用以点缀的色块看似简单，而其中多有变化，仍可细品。［李学明］

【武技】

骄蛮好胜遇劲敌　尼姑出手露真功

李超，字魁吾，淄川西鄙人，豪爽好施。偶一僧来化缘，李饱啖之。僧甚感荷，乃曰：“吾少林武僧也，愿授以薄技。”李喜，留住客舍，厚待之。旦夕从学，三月，艺已颇精，甚得意。僧问之所学如何，曰：“益矣。师所能者，我已尽能之。”僧笑，命试其技。李乃解衣唾手，如猿飞，如鸟落，腾跃移时，诩诩然交手而立。僧笑曰：“可矣。请一角低昂。”李忻然，即各交臂作势。既而支撑格拒，李时时蹈僧瑕；僧忽一脚飞掷，李已仰跌丈余。李惭沮请教。又数日，僧辞去。李由此以武扬名，遨游南北，罔有其对。偶至济南，见一少年尼姑，弄艺于场，观者甚众。尼告众曰：“颠倒一身，殊大冷落，有好事者，不妨下场一扑为戏。”如是三言，迄无应者。李在侧，不觉技痒，意气而进。尼笑与合掌，才一交手，尼便呵止曰：“此少林宗派也，尊师何人？”乃以僧告。尼拱手曰：“憨和尚，汝师也！若尔，不必交手，愿拜下风。”李请之再四，众亦怂恿之。尼乃曰：“同是个中人，无妨一戏。点到为止可耳。”李年少喜胜，欺尼文弱，思欲败之，腾一踝去。尼骈五指，下削其股。李觉膝下如中刀斧，蹶仆不能起。尼笑谢曰：“孟浪迕客，幸勿罪。”李被抬归，月余始愈。后年余，僧复来，为述往事。僧惊曰：“汝太鲁莽！惹她何为？幸先以我名告之，不然，股已断矣。”

拐卖儿童当杀。〔巩武威〕

【小人】

损儿赚钱伤天理　县宰救之求医方

康熙年间，有术人，携一榼，中藏小人，长尺许。投一钱，则启盒令出，唱曲而退。至掖县，县宰索榼入府衙，细审小人出处。小人初不敢言；再三诘之，始自述其乡族。盖读书童子，自塾中归，为术人所迷，投之以药，四体暴缩。彼遂携之，以为戏具。宰怒，杖杀术人。留童子欲医之，尚未得其方也。

【秦生】

嗜酒如命不畏死　狐仙瓯药救性命

莱州人秦生，自制药酒，误投毒味，未忍倾弃，封而置之。积年余，夜，适思饮，而无所得酒。忽忆所藏，启封嗅之，芳香喷溢，肠痒涎流，不可制止。取盏将饮，妻苦劝谏。生笑曰：“快饮而死，胜于馋渴而死多矣。”一杯既尽，倒瓶再斟。妻覆其瓶，满地流溢。生伏地而牛饮之。少时，腹痛口噤，半夜而卒。

次日夜，忽有小美人入，以所携瓯水灌之。秦生豁然顿苏。叩而诘之，曰：“我狐仙也，适丈夫入陈家，窃酒醉死，往救而归，路过君家，怜君子与夫同病，故以余药活之。”言讫不见。

于老师造型能力很强，不可思议。他随手画的人物手稿不计其数。这部《聊斋》全图如此生动是毫不奇怪的。

于老师待人以善、诲人以诚，是我辈后学者之良师。　［许慧玲］

【鸦头】

是妓是狐且不论　百折不回见爱心

东昌府秀才王文，少诚笃。薄游于楚，遇里戚赵东楼。赵大贾也，数年不归，见王，甚欢。邀至其所，具酒馔，话温凉。话间，见一少女自门外过，望见王，秋波频顾，眉目含情。其仪容娴婉，可比仙女。王素方直，至此惘然若失。问之，方知为娼家次女，名鸦头。王借赵银十两为嫖资，与鸦头一夜相聚；彼此欢爱甚至，难舍难离。二人商定当夜私奔。鸦头书符，贴驴耳上。纵辔极驰，目不容启，但闻风鸣，平明至汉口，税屋而居。王惊其异，鸦头自言为狐，母贪淫，日遭虐遇，心所积懑。今幸脱苦海，百里外即非所知。王略无疑贰。二人将驴卖为资本，于门前设小肆，卖酒贩浆，以为生。

一日，女悄然忽悲，曰："今夜合有难，奈何！"当夜，鸨母果至，怒容可掬。女迎跪哀啼。媪不言，揪发提去。王徘徊怆恻，眠食俱废。急回东昌探寻，则门庭如故，人物已非。问之居人，俱不知其所徙。悼丧而返。后数年，偶入燕都，过育婴堂，见一儿，七八岁，貌极肖己。爱而赎之。问其名，自称王孜，乃山东王文之子。王始知为鸦头所生。大喜，携归。

王孜渐长，勇武有力，乐斗好杀，言能捉狐驱鬼。里中有患狐者，孜往觇之。指狐隐处，令人随指击之；即闻狐鸣，毛血交落，自是遂安。一日，王文偶遇赵东楼，得知媪捉回鸦头，横施楚掠，囚置之；生王孜，弃之育婴堂。孜知母被鸨母关押，怒眦欲裂。辗转找到押母妓院，射杀老鸨，救出母亲而归。

鸦头与王文重聚，悲喜交至。见王孜儿生性好杀，惧其杀身败家。趁其熟睡，潜缚其手足，以巨针断其拗筋。王醒，性情大变，痛悔己过。从此，温文尔雅，如同处子。父母大喜，乡里赞之。

【酒虫】

嗜酒成性虫作怪　酒虫一除家道衰

长山县刘某，体肥嗜饮。每独酌，辄进一瓮。家有良田三百亩，半种粟以酿酒，而家豪富，不以嗜饮为累也。一番僧见之，谓其身有异疾。刘求医之。僧以绳缚其手足，令于日中俯卧；去首半尺，置好酒一坛。移时，燥渴。酒香入鼻，馋火上炽，思饮至极，而苦不得饮。忽觉咽中暴痒，哇有物出，直堕酒中。视之，有赤肉，长三寸许，蠕动如游鱼，口眼俱备。刘惊谢，酬以金，不受，但乞得其虫。问：“将何用？”曰：“此酒之精，瓮中贮水，入虫搅之，即成佳酿。”试之，果然。刘自此恶酒如仇。体渐瘦，而家亦日贫，后饮食至不能给。

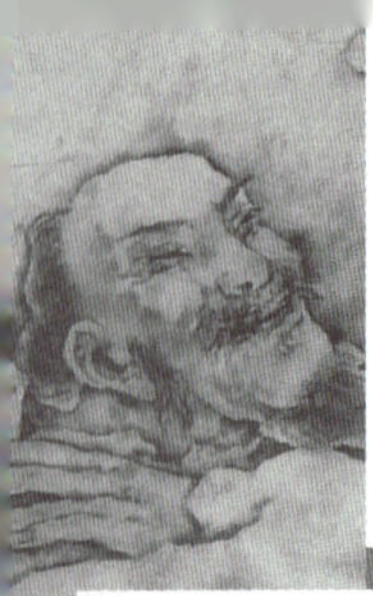

【木雕人】

昭君出塞跨犬戏　栩栩如生木雕儿

济南泺口，一人荷竹箱，牵巨犬二。自箱中出木雕美人，高尺余，手自转动，艳妆如生；又令跨犬鞍上，叱犬疾奔。美人自起，作马戏诸剧：镫里藏身，跪拜起立，灵变不讹。又作昭君出塞。另取一木雕儿，插雉尾，披羊裘，跨犬从之。昭君频频回首，羊裘儿扬鞭追逐，真如生者。

牛鬼蛇神倒比正人君子更可爱。〔王阔海〕

【封三娘】

靓女殒命为殉情　撮合姻缘有仙丹

范十一娘，少艳美，有文采，父母钟爱之。上元节，游水月寺，遇少女封三娘。二人把臂欢笑，词致温婉，大相爱悦，互赠信物。分手后，十一娘倾想殊切。出封三娘所赠发簪，非金非玉，甚异之。日望其来，怅然遂病。正羸顿无聊，忽见三娘攀墙而至。十一娘大喜过望，病寻愈。二人订为姊妹，衣履互换，时而同榻眠。

同里有孟生，名安仁，贫而多才。三娘为十一娘撮合之，并将十一娘金钗送孟生为婚约。孟生大喜，遂托媒提亲。十一娘父母嫌贫而拒之。有某绅看好十一娘，浼邑宰作媒，为其子求婚。父母慨然答应。十一娘忿而不食，至迎亲日，揽镜自妆，妆毕，悬梁自尽。孟生闻十一娘死，惨然悲丧，恨不从丽人俱死。夜哭于十一娘之墓。封三娘突至，曰："可急唤家人发冢，我有异药，能活之。"生急发墓破棺，负尸归。三娘投以药，逾时而苏。三娘惧泄露，相携去五十里外，避匿山村。十一娘感三娘活命之恩，要与三娘同嫁孟生。三娘不肯。十一娘遂与孟生密谋，将其灌醉，让孟生潜入同床。三娘醒，曰："妹子害我矣！我本狐仙，倘色戒不破，道成，当升第一天。"言已，而逝。夫妻惭悔不已。

逾年，孟生中进士，官至翰林。

【布客】

修路架桥有善举　冥司嘉奖延寿命

长清县民某，贩布为业，客居泰安。有术人告之曰：“推其命造，运数恶，可速归。”某惧，携资北上。途中遇一褐衣人，渐与语，遂相知悦，呼与餐饮。问之，方知乃阴间鬼役，至长清勾人。出勾牒，第一名即己姓名。某大骇，出涕求救。鬼曰：“不能。然牒名繁多，拘集尚待时日；子当处置后事，我最后相招。”至河边，桥梁断绝，行人难涉。鬼曰：“子行将死矣，一文亦带不去。请即建桥利行人，虽颇烦费，然于你未必无小益。”某然之。及归，告妻子准备后事，克日鸠工建桥。

久之，竟未死，心窃疑之。一日，鬼忽来，曰：“我已将建桥事禀之城隍，转达冥司矣。谓此一节可延寿命。今牒名已除，敬以报命。”

其后至泰山，不忘鬼德，敬献纸钱美酒致奠。

【农人】

早知锄头可制狐　何必念咒复画符

一农夫耘草于山下，妇以陶器送饷，食已，置器垄畔。有狐来，探首陶罐中。农夫荷锄潜往，力击之。狐惊窜走。陶罐囊头，苦不得脱；颠蹶触树，罐碎出首。见农人，窜益急，越山而去。

后数年，有贵家女，遭狐缠祟。画符念咒皆无效。狐谓女曰：“纸上符咒，能奈我何？”女曰：“汝道术良深，不知生平亦有所畏者否？”狐曰：“我无所怖，但十年前在北山，窃食田畔，一人持曲项兵，戴阔笠，几为所戮，尤悸。”女告父，父命仆四处打探，终于找到该农夫。主人喜，招之来，使披戴一如当时。待狐至，以锄杵地，咤曰：“我日觅汝不可得，汝乃逃匿在此耶！今相遇，决杀不宥！”言已，即闻狐鸣于室。农人益作威怒，狐即哀告乞命。农人叱曰：“速去，释汝！”女见狐抱头鼠窜而去。自是遂安。

此图将文章中四个不同时空发生的情节组联在一起，用烧纸马的火焰将画面巧妙地分割。构图合度，人物和事件清晰、明白、生动、传神，丝丝入扣，美不胜收。〔李学明〕

【章阿端】

遇鬼情生荒亭里　人怕鬼魅鬼怕聻

戚生，河南卫辉人，少年蕴藉，敢做敢当。某大户有豪宅，白昼见鬼，死亡相继，欲贱卖。生廉其值，购居之。两月余，妻婢相继死。家人益惧，或劝生他徙。生不听，而块然无偶，凄凉自伤。婢仆辈又时以怪异相聒。生怒，盛气幞被，独卧荒亭中，留烛以觇其异。久之无他，亦竟睡去。

忽有人以手探被，反复扪搎。生醒，视之，则一老大婢，挛耳蓬头，臃肿无度。生知其鬼，笑曰：“尊范不堪承教！”婢惭，敛手蹀躞而去。少顷，一妙龄女郎出，神情婉妙。闯然至灯下，怒曰：“何处狂生，居然高卧！”生起笑曰：“小生此间之第主，候卿讨房税耳。”遂起，裸而捉之。近视之，端丽如仙，渐拥诸怀。女笑曰：“狂生不畏鬼也？将祸尔死！”生强解裙带，则亦不甚抗拒。已而，自白曰：“妾章氏，名阿端，误嫁荡子，刚愎不仁，横加折辱，愤悒夭折，葬此二十余年矣。”事已，着衣下床，约待来夕。逾夕果来，绸缪益欢。生请其将亡妻携来相聚。阿端应之。于是，生与鬼妻夕则相聚，款若平生之欢。一年后，阿端被阴间之聻缠身，神志不清，请生为之超度。鬼之畏聻，尤人之畏鬼也。生请巫王氏，焚烧纸钱纸马。夜，王巫即乘该马为之奔走救援，但仍无效。阿端人毙床上；委蜕犹存。启之，白骨俨然。生大恸，以世人之礼，将阿端葬于祖坟之侧。

一夜，妻与生呜然作别。细审之，面庞形质，渐就澌灭矣。后，生每独宿亭中，冀有他遇，终亦寂然。

【馎饦媪】

老媪入门拨炉火　竟将土鳖当馎饦

韩生之妻，一夜独卧室中。闻有人行声，见一媪，可八九十岁，鸡皮驼背，衰发可数。向女曰：“食馎饦否？”女惧，不敢应。媪遂以铁箸拨炉火，置锅其上，又注以水。俄闻沸腾。媪撩襟启腰囊，出馎饦数十枚，投汤中，历历有声。自言曰：“待寻筷子来。”遂出门去。女觑媪去，急起，端锅倾竹席后，蒙被而卧。少顷，媪至，逼问锅汤所在。女大惧而号。家人尽醒，媪始去。持烛照视，则土鳖虫数十，堆累地上。

【金永年】

老实本分有善报　耄耋媪翁得贵子

利津县金永年，八十二岁无子，媪七十八岁，自以为绝后。一夕，忽梦神告曰：“本应断嗣，念你与人为善、买卖公平，赐予一子。”醒以告媪。媪不以为然，曰：“此真妄想。两人皆将就木，何由生子？”无何，媪腹震动；十月，竟举一男。

这是一篇非常复杂的故事，画家从中理出两节爱情片段。一是安幼舆经不住花姑子青春美貌的诱惑，趁其父暂离之际，上前抓挠，欲行无礼。正当花父闻声赶来，尴尬之际，花姑子机智地出面为之掩饰，保住了安的面子。二是后来花姑子遇难亲自求救于安，并委身与之结为情侣。画家删繁就简，表达充分，非熟读《聊斋》，深谙古文，难能有此手笔。 ［王双贵］

【花姑子】

痴男放生救獐子　獐女报恩委书生

陕西贡生安幼舆，为人挥霍好义，喜放生。见猎者获禽，辄不惜重价，买而释之，内中有一獐子。一日，为舅家发丧暮归，路经华岳，迷窜山谷中。心大恐。一矢之外，忽见灯火。为一章姓老叟，领至家中，口称“恩主”。遂设酒款待，唤女儿花姑子筛酒。花姑子端酒侍立，秋波斜盼，嫣然含笑。安视之，芳容韶齿，殆类天仙。安注目情动。忽闻妪呼，叟去。安觑无人，抢前抱而吻之。女颤声疾呼，叟遽入，安急释手，殊切愧惧。女从容向父曰：“壶酒涌沸，非郎君来，锡壶将烧化矣。”安闻女言，心始安妥，益德之。于是伪醉离席，经宿而去。

至家，安托人进山做媒，终因迷途而返。安寻途自往，至则绝壁巉岩，竟无村落。失望而归，思念心切，并废寝食。由此得昏疾。神智溃乱中，则呼花姑子，病势危急。一夜，安朦胧中觉有人揣而抗之，略开眸，则花姑子立床下，不觉神气清醒。乃登榻，坐安股上，以两手为揉捏太阳穴。只觉脑麝奇香，穿鼻沁骨，又留蒸饼数枚，小声曰：“三日当复相望。”悄然离去。安食后，豁然病愈。三日，饼尽，精神倍爽。未几，女果至。安喜极，抱与绸缪，恩爱备至。安与同衾，但觉气息肌肤，无处不香。早起，女曰：“此宵之会，亦乃百年之别。”安不忍释，俯仰悲怆。正依恋间，夜色渐曙。叟忽闯入，骂曰：“婢子玷我清门，使人愧怍欲死！”女失色，急急出门而去。安惊惧羞怯，无以自容。自此，数日不至。安思念益切，进山寻之。蹀躞山中，正不知所向，花姑子趋出，领至家中，携手入帷。偎傍之际，觉甚膻腥，心疑有异。女抱安颈，以舌舐鼻孔，彻脑如刺。安大骇，欲逃脱，而身若巨绳之缚，少时昏然。迷蒙中，花姑子又至，才知前花姑子乃为蛇精变化，已被驱逐。遂按花姑子嘱，使家人入山。找到蛇穴，焚烧之。杀蛇。安喝下蛇血，半年康复。后独行山中，遇老媪抱婴儿授之，曰：“吾女致意郎君。”方欲问讯，瞥不复见。安抱儿归，竟不复娶。

原来，花姑子即安生所释獐子之女，委身安生，以报重恩耳。

【武孝廉】

知恩不报反欲杀　蛇蝎之行丧性命

武孝廉石某，囊资赴都，欲谋官职。至德州，暴病，唾血不起，长卧舟中。仆篡金而逃。石大恚。病益加，钱粮断绝，船家欲委弃之。会有女子乘船夜泊，闻之，自愿以舟载石。石视之，妇四十余，服饰灿丽，神采犹都，呻以感谢。妇曰：“君魂已游墟墓。”石闻之，嗷然哀哭。妇曰：“我有丸药，能起死。苟病愈，勿相忘。”石洒泣矢盟。妇乃以丸药饵之，半日，觉少痊。妇即榻供甘旨，殷勤过于夫妇。石益德之。月余，病愈。石膝行而前，敬之如母。妇曰：“妾茕独无依，若不以色衰见憎，愿侍巾栉。”其时石三十余，丧偶经年，闻之，喜惬过望，遂相燕好。妇乃出藏金，使入都周旋，相约，事成而返，与之同归。

石赴都，以妇金，攀权贵，得守城武官之职；又以余金购鞍马，冠盖显赫。因厌妇年老色衰，终非良偶，即以百金聘王氏女为妻，携之避道德州，迂途赴任。年余，不通音耗。

又年余，妇不能待，自往都城寻石署。至门，阍人通报，石沉思良久，令绝之，不见。一日，石方燕饮，妇突搴帘入。石大骇，面如土色。妇指骂曰：“薄情郎！试思富贵，何所自来？”石理亏，不能作声，长跪自投，诡辞求宥。妇气稍平，勉相安帖。妇留石署，与新妇王氏情同姊妹，极相怜爱。一夕，妇与王饮，不觉沉醉，化为狐。石入见，遂起杀心。王氏劝曰：“即狐，何负于君？”石不听，急觅佩刀。而妇已醒，骂曰：“蛇蝎之行，而豺狼之性，必不可以久居！前所啖药，乞赐还也！”即唾石面。石觉森寒如浇冰水，喉中习习作痒。呕出，则丸药如故。妇拾之，忿然而出。追之已杳。石中夜旧病复发，吐血不止，半载而卒。

【西湖主】

红巾题句遇仙女　分身两地演爱情

河北书生陈弼教，家贫。从副将军贾绾作文书。舟泊洞庭，适有扬子鳄浮水面，贾射之中背。有小鱼衔鳄尾不去，并获之。生恻然心动，请于贾而释之。

后年余，生复经洞庭，风大覆舟。幸扳一竹簏，漂泊终夜，挂木而止。援岸而升，越山疾行。才至山半，闻鸣镝声。方凝听间，有二女郎乘骏马来，骋如撒菽。各以红绡抹额，髻插雉尾。度过岭头，则数十骑猎于榛莽，并皆姝丽。簇拥一女郎，年可十四五，玉蕊琼英，腰细惊风，貌若仙人。问其驭卒，答曰：“此西湖主出猎也！”生潜匿丛花中，睨之良久，神智与之飞扬。旋随之，至茂林中，见有殿阁。粉垣朱门，溪水石桥，拟于上苑。逡巡而入。有一小亭，西湖主与诸女子坐亭上，灿如堆锦。又荡亭边秋千。待人声既寂，陈生来至秋千下，徘徊凝想。见地上有红巾，拾之，以案上笔砚，题巾曰：“雅戏何人拟半仙？分明琼女散金莲。广寒队里恐相妒，莫信凌波上九天。”

忽一婢来寻巾，见巾上被题字，大惊曰：“此公主所常御，涂鸦若此，汝死无所矣！”悵悵而去。未几，婢复来，言王妃有请。携至宫殿。王妃迎之，曰：“我非君子相救，无以有今日。再造之恩，恨无所报。小女蒙题巾之爱，当是天缘，今晚即遣奉侍。”日暮，忽闻笙管嗷嘈，张灯结彩，数十妖姬，扶公主交拜。既而相将入洞房，两相倾爱。言之始知，王妃与公主，即前所放生扬子鳄和衔尾小鱼。

越半载，生携公主归，裘马甚都，囊中珠宝充盈。由此，富有巨万，声色豪奢，世家所不能及。七八年间，生子五人。日日宴集宾客，或问所遇，言之无少讳。

有梁生者，乃生好友，偶过洞庭，见一画舫上，陈与二八姝丽交杯款洽。见梁，邀至船上，进酒烹茗，相待甚欢。梁归，探诸其家，则陈方与客饮。大异之。众亦莫解其故。

陈生八十一岁而终，及殡，讶其棺轻；开视之，则空棺耳。

【孝子】

血肉本是父母生　割之奉母不觉痛

青州东香山之前，有周顺亭者，事母至孝。母股生巨疽，痛不可忍，昼夜呻吟。周抚肌进药，至忘寝食。数月不愈，周忧煎无以为计。梦父告曰：“母疾赖汝孝，然此疮非人膏涂之不能愈，徒劳焦恻也。”醒而异之。乃起，以利刃割胁肉，肉脱，觉不甚苦。急以布缠腰际，血亦不流。烹肉持膏，敷母患处，痛顿止。母喜曰：“何药而灵效如此？”周诡对之。母疮寻愈。周每掩护刀割处，即妻子亦不知也。既愈，有巨疤如掌。妻诘之，始得其详。

【张贡士】

尘世人生一场戏　心中俳优从头演

安丘县贡士张卯君，患病，仰卧床头。忽见胸口有小人出，高仅半尺，儒冠儒服，似歌舞艺人。唱昆山曲，音调清澈。开场自报名贯，内容一与己同；所唱节末，皆本人平生所遭。四折既毕，吟诗而没。张犹记其梗概，常为人述之。

【义犬】

关键时刻冲上船　义犬逮贼报主恩

周村商人某，贸易芜湖；获重资，赁舟将归。见堤上有屠人缚犬，心生怜悯；倍价赎之，豢养舟上。船夫乃江湖惯匪，窥客多资，荡舟入芦苇丛，操刀欲杀之。商人以必死无疑，哀赐全尸。盗乃以毡裹之，推入江中。犬见之，哀鸣投江，潜衔毡包，与共沉浮。随水流荡；不知几里，搁浅而止。犬泅出，至有人处，狺狺哀吠。或以为异，随犬而往，见毡包，即解其缚，救出商人，始言其情。复哀船家载还芜湖，寻找贼船。登舟失犬，心甚悼焉。然至芜湖三四日，未见盗船。一日，忽犬自来，望商人鸣嗥。唤之，掉头疾走。商人紧随之，犬跳上一舟，咬舟人胫股，挞之不解。商人近呵之，乃即前盗也。衣服与舟皆换，故不得认之。缚而搜之，所盗金裹犹在。呜呼！一犬也，而报恩如是。世无心肝者，其亦愧此犬也夫！

【狮子】

狮子贡自暹罗国　张口一吹鸡毛落

暹罗国贡狮，每止处，观者如堵。其形状与世所传绣画者迥异，毛黑黄色，长数寸。或投以鸡，先以爪抟而吹之。吹则毛尽落如扫，亦理之奇也。

一股幽幽曲线通天接地，贯穿阴阳两界，撑起画面。画家将李嫂恶有恶报的情景，用一圆一方两个画中画并列而出，益发表达出了蒲老先生想要表达的主题思想。画中人物表情之丰富，体态之完美，非同寻常。［吴东奋］

【阎王】

悍妇嫉恨刺妾肠　阎王罚之臂生疮

李常久，临朐人，携酒野游，见旋风蓬蓬而来，敬酹奠之。后以故外出，路旁有广第，殿阁弘丽。一青衣人自内出，邀李，恳请甚殷，随之入。进一门，见一女子手足钉扉上，近视之，其嫂也，大骇。李有嫂，臂生恶疽，不起者年余矣。李畏沮却步。青衣者促之，乃入。见殿上一人，冠戴如王者，气象威猛。李跪伏，莫敢仰视。王者命扶之起，慰之曰："勿惧，我因往日曾受子杯酌，欲一见相谢，无他故也。"李心始安，顿悟野游所遇旋风，即为此神。顿首曰："适见吾嫂，受此严刑；骨肉之情，实怆于怀，乞王怜宥！"王者曰："汝嫂悍妒，宜得此罚。三年前，汝兄妾分娩时盘肠而产，彼阴以针刺肠上，使其脏腑常痛，岂有人理也！"李再三哀之，乃曰："若然，归当劝悍妇改行。"

李谢而出，则扉上已无人矣。归视嫂，卧榻上，创血殷席。时以妾稍忤其意，方致诟骂。李至前劝曰："嫂勿如此！今日恶苦，皆平日嫉忌所致。"嫂不服，反以恶语数落之。李微哂曰："嫂勿怒，若言其情，恐欲哭无暇矣。"嫂曰："也不曾盗得王母箩中线，又未与玉皇案前吏一眨眼，中怀坦荡，何处可用哭者！"李小语曰："针刺人肠，宜何罪？"嫂勃然色变，问此言之因。李告之故。嫂战惕不已，涕泗流离，而哀鸣曰："吾不敢矣！"涕泪未干，觉痛顿止；旬日而愈。由是立改前辙。遂称贤淑。后妾再产，肠复堕，其针宛然在焉，已生锈。拔去之，腹痛乃瘳。

【土偶】

夫鬼夜自肖像出　依然欢合竟生男

沂水人马某，娶妻王氏，琴瑟甚敦。马早逝，王父母欲令改嫁，王矢志不从；再劝之，则以死自誓。乃罢。女命塑工塑夫像，每日三餐酹献如生时。一夕，将寝，忽见土偶丈夫欠伸而下。骇心愕顾，已暴长如人，真其夫也。曰：“感卿情好，幽壤酸辛。吾父生前损德，应受报应，使之无嗣，遂至促我茂龄。冥司念尔苦节，故令我归，与汝生一子以承宗绪。”女亦沾襟。遂燕好如平生。鸡鸣，即下榻去。如此月余，觉腹微动。鬼乃泣曰：“限期已满，从此永诀矣！”遂绝。女阴告其母。母疑涉妄，然窥女无他，大惑不解。十月，果生一男。向人言之，闻者无不匿笑，女亦无以自申。有里正与马家有隙，告官。官拘讯邻人，并无异言。官曰：“闻鬼子无影，可验之。”遂抱儿日中，影淡淡如轻烟然。又刺儿指血付土偶上，立入无痕；取他偶涂之，则不然。以此信之。

儿长数岁，口鼻言动，无一不肖马某，众疑始解。

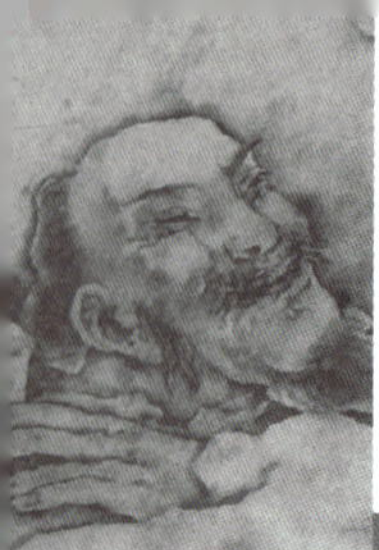

方圆并用是中国画传统用笔的规范。此图从用笔用墨到整个画面构成，圆中有方，方中有圆，堪称杰构。〔袁 敏〕

【长治女子】

妖道作法害艳女 天棚崩落诉冤情

陈欢乐，山西长治人。有女慧美，被一行乞道士相中。道士探之术人，知女生辰八字。

数日后，女绣于房，忽觉两足麻痹，渐至股，又渐至腰腹；俄而晕然倒地。定逾刻，始恍惚能立，将寻告母。及出房门，则见茫茫黑波中，一路如线。骇而退却，门舍居庐已被黑水淹没。又视路上，行人绝少，惟道士缓步于前。遂遥尾之。走数里，忽睹里舍，视之，则己家门。大骇：“奔驰如许，犹在村中。何迷惘若此！”欣然入门，复至己房，就榻憩坐。道士忽入，女大惊欲遁。道士捉而按之。女欲号，则哑不能声。道士以利刃剖女心。女觉魂飘飘离壳而立，四顾家舍全非，唯有崩崖欲倾。视道士，手持小木人，以己血滴其上，又复叠指诅咒；女觉木人遂与己合。道士嘱曰：“自此当听差遣，勿得违误。”遂将木人佩戴之。

陈氏失女，举家惶惑。寻至牛头岭，见女被剖心而死。告之官，县宰严查岭下居民，遍行拷掠之。

道士去数里外，坐路旁柳下。遣女第一差，往探县衙审狱状。严嘱，去县衙隐身大堂天棚上，如见县宰用印，即当趋避，并限时回报。女飘然遂去。瞬息至县衙，伏于天棚上。只见岭下居民罗跪堂下。县宰适将钤印公牒，女未及躲避；天棚爆裂，翻坠堂下。众大惊愕。宰起祝曰：“汝若冤鬼，当便直陈，为汝昭雪。”女哽咽而前，历言道士杀己，遣己状。宰即遣役驰去。至柳树下，道士果在。捉还，一鞫而服。人犯乃释。

宰问女：“冤雪何归？”女曰：“将从大人。”宰曰：“我署中无处可容，不如暂归汝家。”女良久曰：“官署即吾家，我将入矣。”宰又问，则音响已寂。退入宅中，则夫人生女矣。

【鄱阳神】

祠中挪神升一座　浪里来舟救全家

益都人翟湛持，司理饶州。上任时，道经鄱阳湖。湖上有神祠，停舟游瞻。祠中塑丁普郎忠烈神像，内中有翟姓一神，最居末位。翟曰：“吾家宗人，何得在下？”遂将其上移一座。继而登舟。忽大风断帆，桅樯倾侧，一舟哀号。俄，一小舟破浪而来，既近官舟，一人急挽翟与家人登小舟。审视其人，乃祠中翟姓神者。无何，浪平，寻之已杳。

【伍秋月】

人鬼之恋成正果　勇杀鬼隶皈佛门

高邮人王鼎，为人慷慨有力，广交游。每远游，常经年不返。兄鼐，江北名士，劝弟勿游，将为择偶。生不听，命舟抵镇江访友。友他出，乃税居逆旅阁上。

居半月余，夜梦女郎，年可十四五，容华端妙。上床与之交合，既醒而遗，颇怪之。入夜，又梦之，如是三四夜，心大异，不敢息烛。才交睫，梦女复来；方狎，忽自惊醒。急开目，则少女如仙，俨然犹在抱也。见生醒，顿自愧怯。生虽知非人，意亦甚得；无暇问讯，直与驰骤。女若不堪，曰："狂暴如此，无怪人不敢明见也。"生始诘之，答云："妾伍秋月，先父乃名儒，言妾短寿。至十五岁果夭殁，即埋阁东，无碑，唯立片石，曰：'女秋月，葬无冢，三十年，嫁王鼎。'今已三十年，君适至。心喜，亟欲自荐，寸心羞怯，故假之梦寐耳。"言讫而去。次日复至，坐对笑谑，欢若生平。灭烛登床，无异生人。但女既起，则遗泄流离，沾染茵褥。

一夕，问女："生人能见冥中城郭否？"答曰："可。"女以口唾涂其两眦，出门，顿见街市行人接踵。俄，二皂隶执三四人过，细审之，内有其兄王鼐。问之，知兄冤枉。生怒曰："我兄秉礼君子，何至缧绁如此！"隶怒，猛掣项索，兄顿颠蹶。生见之，忿火填胸，不能自止，即解佩刀，立决隶首。秋月大惊，言其火速返家，勿摘丧幡，关门七日，可保无事。王乃扶兄回家，方知兄果死。即遵女嘱，闭门上锁。七日后，兄乃复活。

转思秋月，遂再南下；至镇江旧阁，秉烛久待，女竟不至。朦胧欲寝，见一妇人来，曰："前因公役被杀，凶犯逃亡，捉得娘子去，见在监押，押役遇之虐。日日盼郎君，当谋作经纪。"王悲愤前去，杀二狱卒，救出秋月，幸无觉者。蓦然即醒。急至坟地，打开棺木。见秋月面色如生，但衣裳随风而化。抱归家中，伴尸而寝。日渐温暖，三日竟苏，七日能行走，体态轻盈，不亚仙女。每劝生曰："君罪孽太深，宜积德诵经以忏悔之。不然，寿恐不永也。"生素不信佛，至此皈依甚虔。后亦无恙。

【莲花公主】

胶州才子登桂府　蜜蜂公主鸣枕上

胶州窦旭，方昼寝，见一褐衣人来请，从之而出。转过墙屋，导至一处，叠阁重楼，万椽相接，曲折而行。觉万户千门，迥非人世。又见宫人女官，往来甚夥。俄，二女官出，以双旌导生行。步重门，见一殿，匾额书“桂府”二字。殿上王者，见生入，降阶而迎，执宾主礼。礼已，践席，列筵丰盛。酒过数巡，王者出一上联：“才人登桂府”；窦生应声对曰：“君子爱莲花”。王大悦曰：“奇哉！莲花乃公主小字，何适合如此？宁非缘分？”传语公主，不可不出一晤君子。移时，莲花公主出见。年十六七，妙好无双。生睹之，神情摇动，木坐凝思。王举觞劝饮，目竟罔睹，怅然若痴。忽然梦醒，则日已西下，冥坐观想，历历在目。晚斋灭烛，冀望旧梦可以复寻，而南柯路渺，悔叹而已。

一夕，前褐衣人复来，传王命招之为贵婿。生喜，从去见王。即与公主交拜成礼。已而送归华舍，洞房温清，穷极芳腻。生曰：“有卿在目，真使人乐而忘死。但恐又是梦耳。”公主掩口曰：“明明真实，哪得是梦？”

晨起，戏为公主匀铅黄。正调笑间，一宫女忽入曰：“妖入宫门，王避偏殿，凶祸不远矣！”生大惊，趋见王。王执手涕曰：“君子不弃，方图永好。谁知祸自天降，国祚将覆，且复奈何！”

原来，有一千丈巨蟒入侵，吞食国民一万三千八百余口，所过宫殿，尽成丘墟。真千古未见之凶，万代不遭之祸。生急携公主回至家中。公主请为父王再造宫殿，解救国民，说完伏床悲泣。生焦思无术，顿然而醒，始知是梦。而耳畔啼声，嘤嘤未绝。审视之，乃蜜蜂二三头，飞鸣枕上。生大叫怪事，循蜂之迹至邻翁旧圃，见有一多年蜂房，今寂然，而蛇居其中，长丈许。乃知巨蟒即此物也。捉而杀之。生急构筑蜂房。群蜂即入生家，滋息更盛，再无他异。

【绿衣女】

能使书生魂颠倒　却畏蜘蛛张网络

益都人于璟，读书醴泉寺。夜方披诵，忽一女子在窗外赞曰：“于相公勤读哉！”方惊疑间，女子已推扉入。绿衣长裙，婉妙无比。生知其非人，而心好之，遂与寝处。罗襦既解，腰细不盈掬。夜尽天晓，翩然离去。由此，无夕不至。

一夕共酌，谈吐间妙解音律。生请唱一曲，女子歌云：“树上乌臼鸟，赚奴中夜散。不怨绣鞋湿，只恐郎无伴。”声细如蝇，却动耳摇心。歌已，开门窥曰：“防窗外有人。”绕屋周视，乃入。登床就寝，仍惕然不悦，曰：“妾心不宁，只怕祸将至矣。”生安慰再三，女稍心宽，复相绸缪。天微明，女披衣下榻，乞生送其出门。生起，送之出。女回首曰：“待我逾垣去，方可回屋。”生视女转过房廊，寂不复见。方欲归屋，忽闻女号救甚急。生急奔往。四顾无迹，声在檐间。举首细视，乃一蛛网，缠住一物，哀鸣声嘶。生破网救之，则一绿蜂，奄奄一息矣。持归室中，置案上。移时，始能行步。徐登砚中，自以身投墨池，出伏几上，走作“谢”字。频展双翅，穿窗而去。由此遂绝。

该篇原作精神，一是野合，一是孩子遭狼劫。蒲留仙将此段野合情节写得雅化，于先生也随之画得雅化。此图配景石树，亦颇见功力。【岳海波】

【黎氏】

书生无行勾野妇　引狼入室乾娇儿

龙门县谢中条，佻达无行。三十余丧妻，遗二子一女，晨夕啼号，萦累甚苦。一日山行，忽一妇人出其后，颇丽，年二十许。心悦之，上前戏曰：“娘子独行，不畏怖也？”妇走不答。又曰：“娘子纤步，山径殊难。”妇仍不顾，亦不言。谢四望无人，近之，拏握其腕，拽入幽谷，将以野合。妇怒呼曰：“何处强人，横来相侵！”谢牵挽而行，更不休止。妇步履跌蹶。困窘无计，乃曰：“燕婉之求，乃如此也？缓我，当相就耳。”谢从之。缓步偕入一静壑，藉草而野合之；遂相欣爱。女子自言姓黎，夫死无归。谢曰：“我亦鳏也，何不合成一家。”女然之。遂同归，扫榻迎妇，倍极欢好。妇便操作，兼为儿女补缀，辛勤甚至。谢得妇，嬖爱异常，日日闭门相对，更不通客。

月余，适以公事出，反关乃去。既归，则中门严闭，扣之不应。破门而进，渺无人迹。及至寝室，一巨狼冲门跃出。几惊绝。入视，鲜血殷地，子女皆无，惟三人头存。返身追狼，已不知所之矣。

有传统，能创新，寓法度严谨于抒情写意之中。风格独步。 〔石 寒〕

【荷花三娘子】

荷花转眼化姝丽　狐仙深情报德恩

湖州书生宗湘若，秋日巡视田垄，见禾稼茂密处，振摇甚动，疑之。越陌往视，则有男女野合。一笑将返。即见男子腼然结带，草草径去。女子亦起。细审之，雅甚娟好，心悦之。欲就绸缪，实嫌鄙恶。乃略近拂挲之，曰：“桑中之游乐乎？”女笑不答。宗近身启衣，肤腻如脂，于是摩挲上下几遍。女笑曰：“腐秀才！要如何，便如何耳，狂探何为？”宗曰：“书斋不远，请过留连。”女问门户物志甚悉。当晚果至。殢雨尤云，备极亲爱。如此，积有月日，密无知者。

一日，宗偶遇一番僧，见宗惊曰：“君患邪气，若有所遇，慎当避之。”过数日，悄然忽病。女每夕携佳果饵之，殷勤抚问，如夫妻之好。然，卧后必与强合。宗抱病，颇不耐之。心疑其非人，即遣人告僧。僧署符诵咒，将女收入瓶中，果狐也。家人正欲烹之，宗见女所携金橘，散落满地。追念情好，怆然感动，命释之。女自瓶中出，狼狈颇殆，稽首曰：“宗君，仁人也，誓必报答。”遂去。至夜，狐女送灵药一裹。宗食之，十日而愈。一夕，狐女又至，曰：“今为君觅一良匹，聊以报德。”并告以得女之策。翌日，宗按狐女嘱，至南湖，将一摇曳红莲，折之而归，插入瓶中。一回首，化为姝丽。宗捉臂欲牵之，遂化为怪石，乃携供案上，焚香拜而祝之。暮，登榻欲眠，则一垂髫丽人已在枕上。喜极，遂相款狎。女曰：“不知何人饶舌，遂教风狂儿屑碎死。”由此，两情甚谐。而金帛常盈箱箧，亦不知所从来。女怀孕十月，自以刀割脐下，取子。创处过宿而愈。

又六七年，女曰：“夙业偿满，请告别。”宗闻，泣下。女亦怅然，曰：“倘蒙思眷，即抱妾物而呼‘荷花三娘子’，当得见耳。”惊顾间，已飞升。宗急拽之，得履，遂化为水晶石燕。藏之。每一忆念，持呼“荷花三娘子”，则宛然女郎，欢容笑黛，不异平生，但不语耳。

【骂鸭】

小偷遍体生鸭毛　老翁唾骂病始消

淄川城西白家庄居民某，盗邻翁鸭而烹食之。至夜，觉肤痒。天明视之，遍体生鸭毛，触之则痛。大惧，无术可医。当夜，梦一人告之曰：“汝病乃天罚，须得失鸭者骂之，毛乃可落。”失鸭邻翁，素雅量，每失物未尝表露声色。某素奸猾，诡告翁曰：“鸭乃邻村某甲所盗。宜骂之，以警将来。”翁笑曰：“谁有闲气骂恶人。”终不骂。某益窘，因实告翁。翁乃骂，其病遂愈。

此篇文章写因果报应，画家的良苦用心在于巧用太极图，将前世今生从行窃到被败家，有条不紊，表达清晰。

此套画面中锋为主，侧锋辅之，时而刚如铁线，时而皴如斧劈。正如刘曦林先生所赞“工写自如”。　［盛　伟］

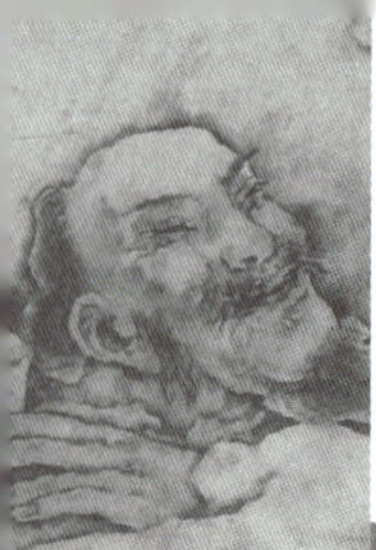

【柳氏子】

恶人得子空欢喜　奈何正是讨债人

胶州柳西川，年四十，生一子，溺爱甚至。纵任之，惟恐拂其意。既长，荡耆过度。翁因之囊积为空。无何，子病。翁养有好骡。子曰：“骡肥可啖。杀啖我，病可愈。”柳拟杀骞劣者。子闻之，大怒骂，病益重。柳惧，杀骡以进，子乃喜。然仅尝一口，便弃去。病卒不减，遂死。柳叹悼欲绝。

后三年，村人登岱，至山半，见柳已死之子，乘骡而至；下骡遍揖，各道寒暄。村人共骇，亦不敢诘其死。相携入店中，趋于笑言。众曰：“尊父日夜思慕，何不一归省侍？”柳子闻之，神色剧变，久之，曰：“彼既见思，归请传语：我于某日在此相候。”

众归，以情告翁。翁大哭，如期而往。至旅店，店主曰：“曩见公子，情神冷落，似未必有善意。以我意，殆不可见。”柳啼泣不信。店主曰：“我非阻君，神鬼无常，恐遭不善。如必欲见，请伏椟中，待其来，察其辞色，可见则出。”既而柳子果至，问曰：“老畜生还不来！”店主惊曰：“何骂父？”答曰：“彼是我何父！初与合伙经营，不意包藏祸心，吞我血资，悍不还。今欲得而杀之方甘心，何父之有！”言已，出门，曰：“便宜他！”柳在椟中，历历闻之，汗流接踵，不敢出气。主人呼之出，狼狈而归。

线的节奏韵味十足。［盛　伟］

【上仙】

蒲翁稷下遇狐巫　夜祀茶水病乃除

康熙二十二年三月，吾与高季文赴济南，同居逆旅。季文忽病。适高振美亦从高珩先生来济，因谋医药。闻南郭梁氏家有狐仙，善医术。遂共诣之。

梁氏，四十余岁女子也，绥绥有狐意。入其舍，室中挂红幕，壁间悬观音像。众人焚香，列揖。妇击磬三，口中隐约有词。祝已，客就外榻坐。妇立帘下，理发支颐与客语，具道仙人灵迹。久之，日渐曛。妇乃击磬再祷，转身复立，曰："上仙最爱夜谈……"言未已，闻室中细细繁响，如蝙蝠飞鸣。方凝听间，忽案上若堕巨石，声甚厉。又闻案上作叹咤声，似一健叟。大声曰："有缘哉，有缘哉！"抗声让坐，又似拱手为礼。已而问客人："何所谕教？"只闻其声，不见人。高振美问曰："见到菩萨否？"答云："南海是我熟径，如何不见？""阎罗亦更代否？"曰："与阳世等耳。"问："阎罗何姓？"曰："姓曹。"已而为季文求药。曰："归当夜祀茶水，我于菩萨处讨药奉赠，何恙不已。"众各有问，悉为剖决。乃辞而归。过宿，季文少愈。

高珩之侯仙园，抑或谶在此乎？ ［唐加福］

【侯静山】

猴死魂依河间叟　谈诗论文说休咎

吏部侍郎高珩先生云：“崇祯年间，有猴仙，号静山，托神于河间之叟。与之谈诗文、判吉凶，娓娓不倦。以肴果置案上，啖饮狼藉，但不能见之。”当时，高珩祖父患病，遂以仆马招之。叟至经日，仙犹未至。焚香祷之，忽闻屋上大声赞叹：“好人家！”叟起曰：“大仙至矣。”既入室，遂大笑纵谈。时，高珩与其兄高玮，试后方归。仙曰：“二公，考卷亦佳，但‘五经’不熟，须再勤勉，云路不远矣。”问祖父病情，曰：“生死事大，其理难明。”听口气，知其不祥。无何，祖父谢世。

旧有人，养猴于村中。猴断锁而逸，入山中，数十年，其走飘忽，见人则窜。后渐入村中，窃食果饵。一日，为村人所睹，射而杀之。而猴之魂，竟不自知其死也。但觉身轻如叶，一息百里。遂往依河间叟，曰：“汝能奉我，我为汝致富。”因自号静山。

图中钱流如水，从一幅完整的山水画中汩汩流出。山石杂树相揖相让，勾、皴、点、染都合山水画法度。一轮夕阳滋润着画面，引人遐想。〔盛　伟〕

【钱流】

钱财如水涓涓流　到手才归自己有

沂水刘宗玉之仆杜和，偶在园中，见钱如流水，滚滚而来，深广二三尺许。杜惊喜，以两手满捧之，复偃卧其上。待起视之，则钱已尽失，惟握于手者尚存。

【郭生】

谦则受益满招损　狐仙涂鸦套路深

郭生，淄川东山人。少嗜读，但山村无以请教，年二十余，字画多讹。先时，家中患狐，服食器具多亡失，深患苦之。

一夜读，卷置案头，被狐涂鸦，狼藉不辨行墨。择其稍洁者，仅得六七十首。心大不悦而无可奈何。又积习作二十余篇，待求教于名流。晨起，见文章摊翻案上，被墨汁涂抹殆尽，恨甚。

有王生者，素与郭善，登门造访。见被狐所涂文章。审之，似有春秋，又复视之，讶曰："狐似有意，不惟无患，当即以为师。"于是，改做两题，置案上，以观其异。比晓，又涂之。积年余，不复涂，但以浓墨洒作巨点，淋漓满纸。生不知何意，持之问王。王生阅之，曰："狐，真尔师也！可进考场矣。"当年入试，果为秀才。郭以狐德，遂置鸡黍，备狐啖饮。此后，每有稿，不自选择，但决于狐。因之，两试俱列前名，考中副贡生。自以屡拔前茅，心气颇高，遂不为狐设馔，将文章锁置箱簏。虽封锢俨然，启视，则卷面涂四道黑杠，粗如指，第一章、第二章各涂五道。后即无有矣。自是狐竟寂然。后与岁考，一次四等，两次五等，始知其兆已寓于画也。

【金生色】

害人害己失妇德　天眼清明报连环

金生色，云南晋宁人也。娶同村木姓女，生一子，方周岁。金忽病，自以为必死，谓妻曰：“我死，你必嫁，勿守也。”妻发誓不改嫁。又对母述此意，金母哭应之。

既而金死，岳母来吊，私劝女儿改嫁。适被金母闻之，不胜愤激。夜，金托梦于母，勿让其守寡。于是，金母使人言于木，约殡后听妇自便。但星术家言，年内不宜出丧，遂将棺木停放家中。而妇则等待不及，缞绖期间，亦不忘涂泽。自炫以售。居婆家尚素妆，一回娘家，则崭然新艳。村中有无赖子董贵者，买通金家邻妪，由妪家逾垣，以达妇所，与之苟合。往来积有旬日，丑闻四播。一夕，两情方洽，闻棺木震响，声如爆竹。只见亡者自幛后出，带剑入寝室，俄闻二人骇诧声。少顷，董贵裸而奔出；无何，金抓妇发，亦出。妇大号。母惊起，见妇赤体走去，问之不答。出门追视，竟迷所往。董贵窜过邻家，视院中一室，双扉虚掩，侧身而入。暗摸榻上，知为邻子妇，顿生淫心。乘其睡，潜就淫之。妇以为夫归，竟不疑，狎亵备至。邻子既返，闻室内有声，疑而审听，音态绝秽。大怒，操戈入室，共杀之。

是夜，金妻娘家突然起火，纵火者越垣而去。翁大惊，呼救追凶。见墙外桃园中块然而动，问之，不应，急射之。启扉往验，乃一裸女，箭穿胸脑而死。细烛之，则翁女而金妇也。翁妪惊怛欲绝，不解其故。

邻妪之子杀人自首，官审其情，薄责释之；董贵作恶两家，论死；邻妪导淫，杖之毙。

此图依该篇文章之起承转合，将多个情节组合一起，画面满含的动感、美感、神秘感，都由那些顿挫有致、方圆并用的传统线描予以呈现。这些用线苍劲而秀丽，随着形体的表现，疏密得当、曲直相生，几乎找不到败笔，堪为画范。［阎先公］

【彭海秋】

天河呼舟游西湖　仙人为媒赎娟娘

莱州秀才彭好古，读书别墅，离家颇远。中秋之夜，孤寂无偶。村中可共酌者，惟邑中名士邱生。而邱素有隐恶，彭常鄙之，不得已，邀之共饮。正饮谈间，有书生造访，自称广陵人彭海秋。入席，好古与海秋谈吐契合，一见如故。然察其意，亦甚鄙邱生。邱仰与攀谈，辄傲不为礼。席间，好古唱民谣助兴。海秋则辞不能歌，请觅代者，遂远招西湖名妓娟娘，唱《薄幸郎曲》。好古惊诧不已，曰："西湖至此，何止千里，咄嗟招来，得非仙乎？"海秋曰："仙不敢言，但视万里，犹庭户耳。今夕西湖风月，尤盛往时，不可不一观也。"又曰："此处呼舟较远，天河中当有渡者。"乃以手向空招曰："船来！"无何，彩船一只，自空飘落，烟云绕之。众人登船，船主以彩羽为桨。清风习习，渐上入云霄，往南游行，其驶如箭。逾刻，船落西湖。但听湖上，弦管嗷嘈，鸣声喤聒。少间，一楼船渐近，相傍而行。海秋举酒向娟娘道别。而好古却对娟娘恋恋难舍。女会其意，亦斜波送盼，曰："如相见爱，但问娟娘名字，无不知者。"海秋以手将娟娘拥过楼船。船上人曰："娟娘醒矣！"

游湖完毕，离舟上岸。海秋找来马匹，交与好古，转眼即逝；邱生却不复见，寻之不得。好古独自振辔而归。至家，拴马于厩，而转眼失马，顿见邱生口衔缰绳，拴于马桩之侧。众骇极，急解缰绳。邱生面色死灰，两眸启闭而已。好古大不忍，解扶榻上，灌以汤水。邱生饮罢，急急入厕，下马粪数枚，始能言。

好古再至扬州，辗转打听，终于找到娟娘。曰："昔日随人泛西湖，忽若醉；朦胧间，入一宴席。席中三客，君其一也。后乘船回西湖，君送妾自窗棂归。每所凝念，谓是幻梦。"好古告之以故，共相叹咤。娟娘纵身入怀，哽咽曰："仙人已作良媒，君勿以风尘可弃，而舍我苦海人。"好古曰："舟中之约，未尝一日去心。卿倘有意，则倾囊货马，所不惜耳。"遂以千金赎娟娘妓籍，相携以归。

【堪舆】

风水有益或可信　兄弟反目死相争

沂州宋侍郎家，素尚风水，即闺阁中亦晓其理。宋公卒，两公子各立门户，为父卜兆风水宝地。两家所请风水先生，不下百人。日日连骑遍野而勘之。经月余，各得佳地。此言能封侯，彼言可拜相。兄弟两不相让；因负气各自营造坟墓。发丧时，灵柩抬至歧路，兄弟各率其属以争，自晨至夕，不能决。柩夫十易其肩，困惫不举，终将灵柩弃之路侧而去。因之不葬，雇工构庐，以蔽风雨。兄建舍于旁，留役居守；弟亦建舍如兄。兄再建之，弟又建之。三年间，竟成村落。

积多年，兄弟相继逝；两妯娌始合谋，力破前人水火之争，重新勘择佳地，灵柩方得葬之。三年后，宋家长孙果以武生员领乡荐。

读书人好色无行，一错再错，终遭仇报，令人击节慨叹。看得出画家深悟文意，捏笔蹙眉一气呵成。此图悲剧中男女其爱也真诚，其弃也凄惨，其报也痛快。图中所表达的情感已经溢出画外。

画面构图完美，用笔潇洒，穆然高于侪辈。［盛　伟］

【窦氏】

先奸后弃死两命　鬼神报应更凄惨

南三复，晋阳世家也。有别墅，离家十余里。每驰骑日一往返。适遇雨，避之路旁一农家。主人窦廷章，热情好客，进酒烹茶。窦之女年十五六，端妙无比。三复心动。越日，具礼往谢，借此阶进。后，常过窦家，时携肴酒，相与留连。女渐熟，不甚避忌，奔走其前。睨之，则低鬟微笑，脉脉含情。三复益惑焉，无三日不往者。

一日，值窦出，女出应客。三复捉臂狎之。女惭急，拒之曰："奴虽贫，要嫁，应有婚约，不可以贵凌人也。"时三复失偶，揖之曰："倘获怜眷，定不他娶。"并指天发誓，以坚永约。女乃允之。自此，视窦他出，即过缱绻。久之，不言婚嫁。女催之，三复托辞拖延。

不久，有媒为三复议婚于某大家，貌美财丰。三复遂应之。此时，窦女已有身孕，催促益急。三复遂绝迹不往。

无何，窦女产一男。父怒搒女，女以情告。窦使人问之，三复矢口否认。窦乃弃儿于野。女乘夜出门，觅弃儿，抱奔三复，至则被拒之门外。时值严冬，女倚门悲啼，五更始不复闻。天明视之，则抱儿僵死矣。窦忿，讼之上官。三复惧，以千金行贿得免。某大家女之父，梦一女披发抱子而告曰："必勿嫁负心郎。若嫁，我必杀之！"某大家贪南家富，将女嫁之。过数日，女父至，见女缢死门外桃树上。入室欲问罪三复。却见另有一女。骇曰："此女谁也？"女闻言，色暴变，仆地而死。视之，则窦女。急至门外，新妇果自经死。骇极。窦父知之，急发女冢，棺启而不见尸，倍益惨怒，复以挖坟盗尸，讼于官。三复又贿官饵窦，乃罢。以此，三复家渐落。

从此，以怪异传播，数年无敢为三复论婚者。不得已，远于百里外聘得曹进士女。一日，有花轿送女至，曰："为避朝廷选女，先送女上门，后补婚礼。"三复视女亦风致。遂与谐笑。女俯颈引带，神情酷类窦女。心中作恶，而未敢言。女自登榻，引被蒙头而眠。至天晚，曹家又送女至，始疑。揭被视之，竟为女尸。时，有姚孝廉女新葬，隔宿为盗所发，破棺失尸。闻三复家有女尸，急趋之。四体裸然，真其女也。姚怒，质于官，官以三复屡行无状，恶之。以挖坟盗尸罪，论死。

【梁彦】

嚏喷出物蠢蠢动　爬搔腰胁成赘疣

徐州梁彦，患喷嚏，久而不愈。一日，方卧，觉鼻奇痒，大嚏之，有物突出落地。状类屋脊瓦狗，约指顶大。又嚏，又一枚落。四嚏凡落四枚，蠢然而动，相互聚嗅。俄而，一强健者吞食一细弱者，而身暴长。瞬息吞并，只存其一，大于仓鼠。伸舌周匝，自舐其吻。梁大愕，踏之。物缘足而上，渐至股际。捉衣而撼之，粘据不可下。顷入襟内，爬搔腰胁。大惧，急解衣掷地。扪之，物已贴伏腰间。推之不动，掐之则痛，竟成赘疣。口眼已合，如伏鼠焉。

【龙肉】

龙堆底下有龙肉　太史食之言不谬

太史姜玉璇言：“天山南麓白龙堆之下，掘地数尺，有龙肉，任人割取，但勿言龙字。或言‘此龙肉也’，则霹雳震作，击人而死。”太史曾食其肉，实不谬也。

【山市】

山市缥缈风物奇　恰如梦幻泡影时

淄川城西有奂山。奂山山市，邑之八景之一也，数年恒不一见。孙禹年，与友人饮楼上，忽见山头有古塔耸起，高插青冥。相顾惊疑。无何，见宫殿数十所，碧瓦飞甍，始悟为山市。俄，有城郭连亘六七里，楼堂桥坊，历历在目。忽大风起，尘气莽莽，城市依稀而已。待风定天清，一切乌有，惟危楼一座，直接云霄。窗户皆洞开，闪灼五点明处，楼外天地也。层层指数，楼愈高则明渐小。数至八层，裁如星点。又其上，则虚无缥缈，不可计其层次也。而楼上人来人往，或凭或立，不一状。逾时，楼渐低，可见楼顶，又渐如常楼，又渐如平舍。倏忽如拳如豆，遂不可见。

又闻有早行者，见山上人烟市肆，与世间无别。故又名“鬼市”云。

画面按《聊斋》文意，创意了恶鬼和几个情节的组合。其中掺和着一个美人头像，一个微型女性裸体，从而产生了强烈的美丑对比效果。从这里可以推知画家的内心世界丰富而快乐。 [董善习]

【白莲教】

白莲教徒有奇术　幻作巨人逃性命

白莲教徒某，左道惑众，能役使鬼神，慕其术者多师之。

一日将外出。堂中置一盆，又一盆覆之；嘱门人坐守，戒勿启观。去后，门人好奇而启之，见盆贮清水，上有草编小船，帆樯具焉。异而拨之，随手倾侧；急扶如故，仍覆之。俄而某归，怒责曰："何违吾命？"门人惊骇，否认之。师曰："适海中船翻，何得欺我？"又一夕，燃巨烛于堂上，戒门人恪守，勿被风灭。至二更，师未回。门人疲惫，就床暂寐；及醒，烛灭。既而师入，又责之曰："烛灭，使我暗行十余里矣！"如此神奇种种，不可胜书。

师有爱妾，与门人私通。觉之，隐而不言。遣门人喂猪。门人入圈，立地化为猪。即呼屠人杀之，卖其肉。后有门人泄之，死者父告官；官集千人围其第，妻子皆捉之。闭置囚笼，将以解押入都。途中，遇一巨人，高与树等，目如盎，口如盆。兵士不敢行。某在囚笼中曰："此妖也，吾妻可以御之。"兵释其妻。令斗，巨人怒，吸吞之。众愈骇。又令其子上前，巨人又吞之。众相觑，莫知所为。某怒曰："既杀我妻，又杀吾子，非某自往不可也。"缚解，挺而趋前，与巨人格斗。移时，亦被巨人抓入口中，伸颈咽下，从容而去。

【双灯】

靓女投怀双灯亮　姻缘了时转眼空

魏运旺，益都盆泉村人，故世族大家。后家道败落，年二十废学，随岳父卖酒。一夕，独卧酒楼上，忽闻楼下有脚步声。俄而，双婢挑灯，已至榻前。后有少年书生，导一女郎，近榻微笑。魏大愕怪，转知为狐，毛发悚竖，俯首不敢睨。书生笑曰：“君勿见猜，舍妹与有前缘，合当奉事。”说完，率婢离去。魏细视女郎，楚楚若仙，心甚悦之。然惭怍不能作游语。女郎趋近枕席，暖手于怀。魏为之破颜，遂与狎昵。晓钟未发，双婢即来引去。复订夜约。

至夕，女至，笑曰：“痴郎何福，不费一钱，得佳妇，夜夜自投也。”魏置酒与饮，猜枚为戏。女十有九赢。通夕为乐，既而缓带交偎，口脂浓射，真乃汉家温柔乡也。遂以为常。半年后，魏回家。月夜与妻话窗前，忽见女郎华妆坐墙头，以手相招。魏近就之。女牵其手，逾墙而出，把手而告曰：“今与君别矣，请送我数武，以表半载绸缪之义。”魏惊叩其故，女曰：“姻缘自有定数，何待说也。”说完，至村外，前婢挑双灯以待，竟赴南山。魏伫立彷徨，遥见双灯明灭，渐远不可睹，怏怏而返。是夜，山头灯火，村人悉望见之。

【捉鬼射狐】

茗碗倾侧自旋转　一履夹塞屋椽间

李公著明，为人豪爽，无馁怯，为新城王季良内弟。季良家多楼阁，往往见怪异。公常夏季寄宿，爱楼上晚凉。一日，公仰卧床榻，于月色中见几上茗碗，倾侧旋转，不坠亦不休；咄之，铿然立止。又若有人拔香炷，炫摇空际，纵横作花缕。公起叱曰：“何物鬼魅，敢尔！”裸身下榻，欲就捉之。以足觅床下，仅得一履，不暇冥搜，赤足挥之，香炷顿插香炉中，竟寂无踪兆。公俯身寻履，忽一物腾击颊上，觉似履状。索之，不得。天明，使数人搜履，不知所在。越日，偶一仰首，见一履夹塞屋椽间；挑拨而下，则公履也。

【蹇偿债】

当牛作马偿前债　得失之间鬼神知

李公著明，慷慨好施。乡人某，为李家佣工。其人游惰，不能操农务，然小有技能，故报酬为厚。某时而缺粮断炊，向公哀乞，公则给以升斗。一日，向公乞贷绿豆一石，作资本。公欣然授之。某负去，年余，一无所偿。及问之，豆资已荡然亏矣。公怜其贫，亦置不索。

后三年余，公在萧寺读书，忽梦某来，曰：“小人负主人绿豆值，今来投偿。”醒后，忽有家人来报：“母驴夜产一驹，状貌修伟。”公忽悟曰：“得毋驹乃某也？”越数日归，见驹，戏呼某名。驹奔至前，似曾相识。

一年后，驹与雄马同槽争食，被雄马咬断胫骨。有兽医自愿为之治疗，谓公曰：“万一得痊，所卖钱，与君平分之。”公如所请。后数月，医售驴得一千八百钱，以半献公。公受钱顿悟，其数适符豆价也。噫！昭昭之债，而冥冥之偿也。

【头滚】

世间凡事有先兆　事出偶然乃必然

孝廉苏贞下之父，昼卧，见一人头，从地中出。其大如斛，于床下旋滚不已。翁惊而中疾，不治身亡。后孝廉之二弟因与荡妇宿，罹杀身之祸。其兆于此耶？

用笔潇洒自如，似乎漫不经心，却理法备至。［王双贵］

【鬼作筵】

阴间亦有应酬局　鬼附人身救儿妇

秀才杜九畹，妻病。会重阳，为友人招作茱萸会。早起，冠服欲出，妻忽昏愦，絮絮若与人语，就榻问之。妻呼其为儿，家人心知其异。时杜有母柩未殡，疑其魂之所凭。杜祝曰：“是吾母耶？”妻骂曰：“畜生！何不识尔父？”杜曰：“既为吾父，何乃归家祟儿妇？”妻曰：“我专为儿妇来，何反怨恨？儿妇本该即死。有四人前来勾魂。我万般哀乞，才允免一死。我许勾魂者小馈送，宜速付之。”杜即于门外焚纸钱。妻又曰：“四人去矣！三日后当酒筵酬谢之。汝母年迈，龙钟不便，及期，尚烦儿妇一往。”言已，即冥然；良久，乃苏。杜问所言，茫不记忆。

越三日，方笑语间，妻忽瞪目如痴，奄然而毙。约半日，始醒。告杜曰：“适才阿翁呼我去，而烹调已有人手，只命我安坐指挥。前日拘我者四人，皆在筵中。酒馔既毕，翁乃命我还。”杜大惊异，每语同人。

此图形象生动，想象丰富。画面清晰明白，丝毫不乱。四种不同的座位，三种不同的人物神态。与图下文言相得益彰。于先生的图文把《聊斋》这部奇书活灵活现于纸上。［马冀文］

【胡四相公】

真狐仙惩假狐仙　焦头烂额亦可怜

张虚一，莱芜人，性豪自纵。闻邑中某宅为狐所居，即往拜谒。投名帖入门隙中，少时，扉自开。进屋，见几榻宛然，而寂静无人。拱手而拜，忽闻室中人言曰：“劳君枉驾，请坐赐教。”即见两座椅，自移相向。入座，即有朱盘茗盏悬飘目前。各取饮之，吸吮有声，而终不见其人。茶已，继之以酒。细问其官阀，曰：“弟姓胡，行四，人呼相公。”于是，酬酢议论，意气颇洽。进酒行炙者，小辈甚夥。酒后思茶，意才少动，香茗已置几上。凡有所思，应念即至。张大悦，尽醉而归。自是三数日必一往。胡亦时至张家，俱如主客往来礼。

一日，张问胡曰：“南城巫媪，日托狐神，赚取病家利益，不知何狐，君识之否？”曰：“妄耳，实非狐。”酒后张曰：“我欲得足下服役者一二辈，随我往探狐媪，敬请君命。”狐允。乃乘马至巫媪家。张曰：“闻尔家狐子大灵应，果否？”巫正容曰：“何便言狐！恐吾家花姊不悦！”媪言未已，空中发半砖来，中巫臂，踉跄欲跌。巫正欲再言，空中又一石落，中巫，颠蹶。继而秽泥乱坠，涂巫面如鬼。惟哀号乞命。张遥空请恕之，乃止。巫急起，奔遁房中，不敢出。张呼曰：“尔狐如我狐否？”巫惟谢过。张笑谕之，乃还。

一日，胡四相公置酒告别，言回陕中。张坚请一露真容，胡应之。遂推扉入其室，观之，则一美少年，相视而笑。衣裳楚楚，眉目如画。转瞬不复睹矣。

【念秧】

不择手段连环局　煞费心机为骗钱

淄川人王子巽，赴京探亲。出济南，行数里，有一人跨黑驴，驰与同行。自称栖霞衙役，姓张。一路殷勤备至，寸步不离。仆人疑之，厉色驱去，不使相从。既暮，休于旅舍，张某已在店中。见王，垂手拱立。次日一早，张某呼与同行，仆咄绝之。日出后，王始上道。又逢一骑白驴者，瞌睡欲堕。自言姓许，因夜间误与念秧者同住，未敢合眼，故迷顿不堪。王问："何为念秧？"曰："今有匪类，以好言诱行旅，同休止，乘机行骗。吾等皆宜警备。"王颔之。翌日中午，又遇一骑骡少年金某，冠服整齐，谈吐不凡。王悦之。

至晚，王住店，见许某已先住下。少顷，金姓少年亦至。金请王、许共饮。饮间，许某出赌具，以酒令，相欢饮。时隔房间传出赌博之声。王辞不胜酒。金、许遂去隔壁房间参赌，张某亦在其中。众拉王入赌，王拒之。张某主动为王代赌，竟然赢些筹码。此时，有旗人佟某也入赌局。既散局，各计筹码，王负欠颇多。佟遂搜王装裹取偿。王愤起相争。金捉王臂，阴告曰："彼皆匪人，其情叵测。"王本性厚，遂信之。而视钱袋已被搜空。佟某、金某、许某一哄而散。王始悟张、许、金等皆为念秧同伙。

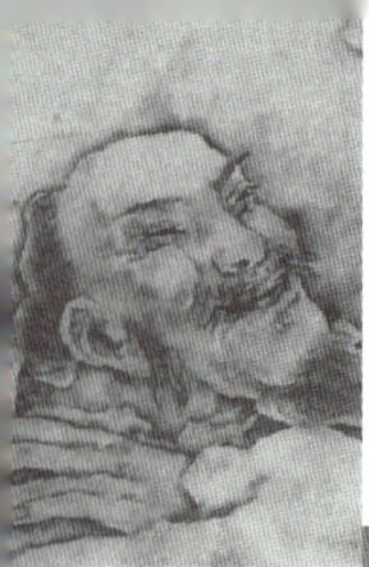

【蛙曲】

木盒格格驻青蛙　敲之咯咯响宫商

王子巽言：在都城，曾见一杂耍艺人。携木盒，内设十二孔，每孔一蛙。以细棒敲蛙首，则呱然作鸣；或与金钱，则乱击蛙顶，如拊云锣之乐，宫商词曲，了了可辨。

【鼠戏】

术有专攻鼠演戏　男女悲欢合剧情

王子巽又言：一人在长安市上表演鼠戏，背负一囊，中蓄小鼠十余头。每于人多处，出小木架置肩上，俨如戏楼状。乃拍鼓板，唱古杂剧。歌声才动，则有鼠出；戴面具，穿戏服，登楼，人立而舞。男女悲欢，悉合剧中关目。

【泥书生】

心存春怨招鬼怪　泥巾一片堕榻前

淄川罗村陈代，少蠢陋，娶妻某，颇艳丽。妻以婿不如人，郁郁不得志。然贞洁自持，婆媳亦相安。一夕，独宿，忽闻风动门开。一书生入，脱衣巾，就妇共寝。妇骇惧，苦相拒，而肌肤顿软，听其狎亵而去。自是，夜无虚夕。月余，形容枯悴。母怪问之。初惭怍不欲言。固问，始以情告。母骇曰："此妖也！"百术禁咒，终不能绝。乃使陈代伏匿室中，操杖以伺。至夜半，书生复来。置冠几上，又脱袍服，搭衣架上。才欲登榻，忽惊曰："咄咄！有生人气！"急复披衣。陈代暗中暴起，击中腰胁，嗒然有声。四壁张顾，书生已杳。束薪爇照，泥衣一件坠地上，案头泥巾犹存。

女子的那根手指是勾魂工具，文章中本无此描写，纯系画家创作，合情又合理。这套全图画得活，画得生动，往往得力于这类细节的处理。［盛　伟］

【土地夫人】

土地妇人夜入村　淫倒王炳意未尽

淄川窎桥村王炳，出村时，见土地庙中出一美人，顾盼甚殷。挑以亵语，欢然乐受。狎昵无所，遂期夜奔。炳因告以居址。至夜果至，登床，极相悦爱。问其姓名，固不以告。由此往来不绝。时炳与妻共榻，美人亦必来与交，妻亦不觉有人。炳讶问之，美人曰：“我土地夫人也。”炳大骇，欲绝之，而百计不能止。因循半载，疲惫不起。美人之来更频，家人都见之。未几，炳卒。而美人犹日一至。炳妻叱之曰：“淫鬼不自羞！人已死矣，复来何为？”美人遂去，不返。

土地虽小，亦神也，岂有任妇自奔者？愦愦应不至此。不知何物淫昏，遂使千古下，谓此村有污贱不谨之神。冤哉！

【寒月芙蕖】

杖打道人官股痛　寒月花开地天香

济南一道人，姓名不详。冬夏皆着一单袷衣，系黄绦，别无裤襦。常赤脚行于市。冬夜卧街头，数尺外，冰雪尽融；日则对众作幻剧。市人争贻之。一日，道人浴于河，有无赖子抱其衣为质，令传其术。道人不语。俄见所抱黄绦化为蛇，绕其身六七匝，怒目昂首，吐舌相向。无赖大愕，长跪，色青气促，惟言乞命。道人乃取绦，竟非蛇也。由是道人之名犹著。缙绅家闻其异，招与游。行省高官每宴集，必以道人从之。

一日，道人宴于水面亭，报答诸高官之请。诸官赴亭，见空亭寂然，几榻未设，或疑其妄。道人于壁上绘双扉，以手挝之，则见人影憧憧，往来其中；屏幔床几，亦复都有。顷刻，陈设满亭，穷极奢丽。既而旨酒散馥，热炙腾熏，皆自壁中出。客无不骇异。时值寒冬，窗外冰冻茫茫。一官叹曰："此日佳集，可惜无莲花点缀！"少顷，但见莲花满塘，荷香沁脑。无何，酒阑，荷亦凋谢；北风骤起，摧折荷盖，无复存矣。

济东观察某公，携道人归署，日与狎玩。一日，公与客饮。公有家传佳酿，不肯尽倾，每以一斗为率。道人以壶入袖中，少刻出酒，遍斟座上，与公所藏无异。尽欢而罢。公疑，入视酒坛，封固宛然，而坛中已空。公大怒，执以为妖，令众笞之。杖才加，公觉股暴痛；再笞，臀肉欲裂。道人声嘶阶下，公已血殷座上。乃止，不笞，令去。道人遂离济，不知所往。

【酒狂】

阴阳两界遭唾弃　使酒骂座死不悔

缪永定，江西拔贡生。滑稽善谑，素酗于酒，戚党多畏避之。偶适叔家饮，使酒骂座，客怒。叔为排解，缪反以叔袒客，迁怒于叔。叔无计，奔告其家。家人扶携以归，置之榻上，奄然气绝。缪魂离躯体，被鬼卒拘至阴间。

缪在阴间，偶遇娘舅。舅贾氏，已死数载矣。缪见之，始恍然悟己已死，心始恐惧。求救。舅答应为之关说，以减冥罚。缪亦示悔过，不再酗酒。

傍午时，趁鬼卒暂离。欲至鬼市一游，舅嘱勿远荡。缪至一酒肆，遇邻村翁生，乃故文字交。相见，欢若平生，即于肆内小酌，各道契阔。缪得逢故知，倾杯酣醉，旧态复作，絮絮瑕疵翁生。翁曰："数年不见，君犹尔耶？"缪素厌人道其酒德。闻言，益愤，击桌大骂。翁拂袖而去。缪追至溪头，捋翁帽。翁怒曰："真妄人也！"乃推缪颠堕溪中。水虽不深，中有利刃如麻，刺胁穿股，痛彻骨髓。岸上人欢笑如堵。方危急间，舅忽至，见之大惊，提携以出，曰："子不可救也。死犹不悟，不足以复为人！请仍从鬼卒受斧锧。"缪大惧，泣言知罪。舅曰："适才我已与东灵立卷，付千贯，以十日为期。汝归，宜急措置纸钱，夜于村外旷野，呼舅名焚之，此案可结也。"乃示途以归。

时缪已僵卧三日。是日，苏醒。大呕，出黑汁数斗，臭不可闻。而冥中所应千贯贿金，虽为纸箔，却颇生吝惜，不办。家人劝之不听。而心惕惕然，不敢再纵饮。年余，冥报渐忘，故状复萌。一日饮于子姓之家，又骂座，被逐出，醉卧街头。其子扶持归家。入室面壁长跪，磕头不止，曰："便偿尔负，便偿尔负！"言已，仆地气绝。

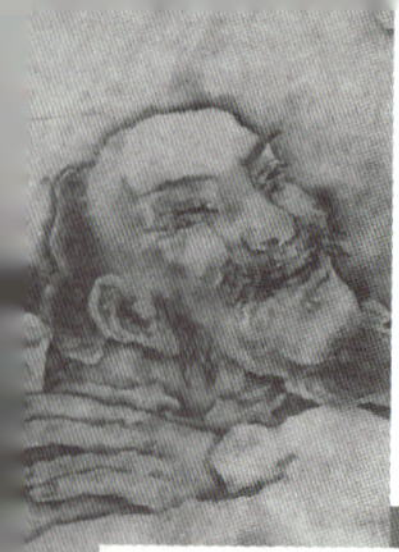

【柳秀才】

县宰柳神皆爱民　蝗虫见禾不再侵

明朝末年，青州与兖州交界处，遭蝗灾，渐往沂水蔓延。沂水县令忧之，退卧后衙。梦一秀才过访，峨冠绿衣，壮貌修伟，自言御蝗有术。询之，答曰：“明日，西南道上，有妇骑硕腹母驴，即为蝗神。哀之，可免此灾。”县令异之，携供品至邑南。伺良久，果有妇高髻褐帔，骑驴缓缓而来。县令即燃香捧酒，迎拜道左，捉驴缰不令去。妇问：“大夫将何为？”县令哀求：“区区小治，庄稼正茂，乞请脱蝗口。”妇曰：“可恨柳秀才饶舌，泄我机密，当以其身受，不损禾稼可耳。”乃进三杯，瞥不复见。后蝗来，飞蔽天日，竟不落禾田，尽集杨柳，过处柳叶净尽。方悟，秀才乃柳神也。

【水灾】

水灾扶母登高埠　孝感天地家平安

康熙二十一年，山东大旱，自春至夏，赤地无青草。六月十三日，小雨，始种粟。十八日，雨足后，乃种豆。一日，石门庄有老叟，暮见二羊斗山上，回告村民曰：“大水将至矣！”遂携家迁至高埠。村人共笑之。无何，雨果暴注，平地水深数尺，居庐尽没。

一农人弃其两儿，与妻扶老母奔避高埠。下视村中，汇为泽国，遂不再念及两儿。水落回家，一村尽成废墟。入己门，则一屋独存，见两儿安坐床头，嬉笑无恙。村民皆感叹，谓夫妇孝感所致。

谈笑酌酒，乐不可支，虽画断头而感觉不恶。紧合文章主题。［阎先公］

【诸城某甲】

流寇砍头不当死　解颐一笑丢性命

诸城县某甲，值寇乱被杀，首坠胸前。寇退，家人得尸，将待入殓，闻其气缕缕然。审视之，咽不断者盈指。遂扶其头，荷之以归。经一昼夜，始呻。以汤匙稍哺饮食，半年竟愈。

十余年后，某甲与二三友聚谈。或作一笑语，众为哄堂，甲亦鼓掌。一俯仰间，刀痕暴裂，头堕血流。共视之，已死。父讼笑者，众敛金赂之，葬甲，父乃息诉。

【库官】

阴阳造化存平仄　饮啄有定勿妄求

邹平县张华东，明末任工部尚书。奉旨祭南岳，道出江淮间，将宿驿亭。前驱官曰：“驿中有怪异，宿之必致纷纭。”张不听，乃宿。入夜，冠剑而坐。俄闻靴声入，乃一白发叟，皂帽黑带。怪而问之，叟稽首曰：“我库官也，为大人库藏有日矣，幸大人莅临，下官可释重负矣。”问：“库存几何？”答曰：“二万三千五百金。”公虑多金累赘，约归时盘验。叟唯唯而退。张至江南，受馈赠颇丰。及返，再宿驿亭，叟复出谒。问及库藏，曰：“已拨辽东作兵饷矣。”深讶其前后之舛，叟曰：“人世禄命，皆有定数。大人此行，应得之数已得矣，又何求哉？”言已竟去。

张乃计此行所获馈赠，与库存之数适相吻合，方叹饮啄有定，不可妄求也。

【董公子】

关公义勇震三国　神威视恶不留情

青州尚书董可畏，家道严肃，内外男女，不敢通一语。一日，有婢仆调笑于中门之外，公子见而怒叱之，各奔去。至夜，公子偕童卧斋中。时方盛暑，室门洞敞。更深时，童闻床上有声甚厉，惊醒；月影中，见前仆提一物出门去。旋闻靴声，一伟丈夫，红脸长髯，似关公模样，提一人头入。童惧，钻床下。闻床上支支格格，如振衣，如摩腹，移时始罢。靴声又响，乃去。童以手摸床，着手黏湿，嗅之血腥，大呼公子。公子醒，相与察看，见血盈枕席。大骇，不知其故。忽有官役叩门，公子出见；役愕然，但言怪事。诘之，告曰：“适才衙前一人神色迷惘，大声曰：‘我杀主人矣！’审知为公子家仆，并述杀汝之后，埋首于关帝庙之侧。往验之，穴土犹新，而首则乌有。”公子赶到公堂，见其人正是狎婢之仆。

公子不欲结冤小人，以前婢配之，双双辞退。

几日后，婢仆于夜间，被人一刀横切，连床俱为两段。关公之灵验颇多，此为最奇之者。

【龙无目】

天降大雨坠一龙　身大广亩无双睛

沂水大雨，忽堕一龙，双睛俱无，奄有气息。邑令以八十席覆之，未能周身。为设野祭，犹反覆以尾击地，其声哔然。

【雨钱】

金钱纵然从天降　不劳而获归虚空

滨州一秀才，读书斋中。有敲门者，启视，则皤然一翁，形貌甚古。自言姓胡，名养真，实为狐仙。曰："慕君高雅，愿共晨夕。"秀才生性旷达，亦不为怪，相与评驳古今。翁学问渊博，言辞精微；时抽经义，则名理湛深。秀才惊服，留之甚久。

一日，密祈翁曰："君待我良厚，顾我贫如此，君但一举手，金钱自可立致，何不小周给？"翁默然，似不以为可。少间，笑曰："此亦大易事，但须有十数钱作母。"生如其请。翁乃与之共入密室，禹步作咒。俄顷，钱有数十百万，从梁间锵锵而下，势如骤雨，转瞬没膝，拔足而立，又没踝。丈余之舍，约深三四尺余。乃顾生曰："颇如君意否？"曰："足矣。"翁一挥手，则钱划然而止。乃阖扉出。生窃喜暴富矣。顷之，入室取用，则一室空空，化为乌有，惟母钱十余枚尚在。生大失所望，盛气向翁，颇怨其诳。翁怒曰："我本与君文字交，不谋与君作贼。若如秀才意，只合与梁上君子交，老夫不能承命！"遂拂衣去。

动态结构韵律十分生动。
［齐辛民］

点画纵横，淋漓奇古，脱落尘俗，在浪漫写实中既具有抽象意味，又具有开风立派之境势。［张　望］

在一个瞬间，八个人物画出八个不同的姿态和表情，而又主次分明。主题人物动作开张而其神态表情不慌不忙。散乱的门帘和几个简单的色块烘托了紧张气氛。画面似精心设计又似信手拈来。观之，拍案称奇。［蒲　泽］

【妾杖击贼】

巾帼原是百人敌　甘为人妾依天命

益都西鄙有贵家某，巨富。蓄一妾，颇婉丽，而嫡妻则凌折之，鞭挞横施。妾仍奉事惟谨。某怜之，常私语慰抚。妾殊无怨言。

一夜，数十恶人逾垣入，破门撞扉。某与妻惶惧丧魄，战摇不知所为。妾起，默无声息，暗摸屋中，得挑水扁担，拔关而出。群贼乱如蓬麻，妾舞杖动，风鸣钩响，立击四五人仆地。贼尽靡，骇愕乱奔至墙，急不得上，倾跌咿哑，亡魂失命。妾拄杖于地，笑曰：“此等庸物，不值下手打得，亦学作贼！我不杀汝，杀嫌辱我。”悉纵之逸去。

某大惊，问曰：“何能如此？”答曰：“妾父乃枪棒师，妾得尽传其术，可御百人敌也。”嫡妻尤骇，悔以往之虐遇。由是善视女，待之如亲姊妹。然妾终无纤毫失礼。

邻妇谓妾曰：“汝击贼若杖猪，奈何俯首受其挞楚？”妾曰：“是吾分也，他何敢言。”闻者益贤之。

【秀才驱怪】

秀才手无如意钩　急中蒙被镇邪妖

长山徐远公，明亡后，弃儒访道。稍稍学得驱鬼之术，远近多耳其名。某县一富翁，致诚相邀。至则设宴款待，礼遇甚恭。至暮，又邀饮园中。园颇佳胜，而竹树蒙翳，景物阴森。至一阁，雕绘剥落，蛛网错缀。酒数巡，主人托故竟去。仆人持烛，引宿左傍一室，置烛案上，返身亦去。徐疑或有人携被来伴，久之，人声杳然，乃自起扃扉就寝。皎月侵床，秋虫啾唧。心中怛然，不成梦寐。顷之，闻脚步声甚厉，俄近寝门。徐骇，毛发猬竖，急引被覆首，而门已豁然顿开。徐展被角微伺之，见一物，兽首人身，长毛遍体；牙粲群峰，目炯双灯。趋近榻，嗅徐被。徐急中生智，骤起，翻被蒙怪头，按之狂喊。怪出不意，惊窜而去。徐亦惧甚，披衣急遁，则园门外锁，不可得出。跃逾短垣，则为主人马厩。见马夫，即就乞宿。

既旦，主人觅徐，得之厩中。徐怒曰："我不惯作驱怪术。君邀我，又秘不一言；我囊中蓄有如意钩，又不送达寝所，是欲死我也！"主人谢曰："拟即相告，虑君难之。亦不知囊有藏钩，幸宥十死！"徐怏怏辞归。自是怪绝。后，主人宴集园中，笑向客曰："我不忘徐生功也。"

【龙取水】

惊见龙尾搅江水　俄顷雨落渠道平

俗传，龙取江河之水为雨，此乃疑似之说耳。徐东痴南游，泊舟江岸，见一苍龙自云中垂下。以尾搅江水，波浪涌起，随龙身而上。遥望水光闪闪，阔于三匹练。移时，龙尾收去，水亦顿息。俄而，大雨倾注，渠道皆平。

【小猎犬】

小犬奔跃手臂上　搜杀虮虱宿砚匣

清朝大学士卫周祚，为诸生时，厌冗扰，斋居僧院。苦于室中臭虫蚊蚤甚多，竟夜不成寐。食后，偃憩在床。忽见一小武士，首插雉尾，身高二寸，骑马大于蚂蚱，臂上擎鹰如蝇，自外而入，盘旋室中。公方凝注，忽又一小人入，腰束小弓矢，牵猎犬如巨蚁。又俄倾，步者、骑者，纷纷来以数百，鹰犬亦数百。有蚊蝇飞起，纵鹰腾击，尽捕杀之。猎犬登床缘壁，搜噬虱蚤，凡缝隙所伏藏，嗅之无不出者。顷刻之间，决杀殆尽。公伪睡睨之，见一黄衣如王者，着平天冠，登别榻，系马苇席间。众骑皆下，奉献所获猎物，纷集盈侧，咋咋不知作何语。无何，王者登小辇，卫士簇拥，万蹄攒奔，纷如撒菽，烟飞雾腾，即刻散尽。

公历历在目，骇诧不知所由。起身周视，都无所见，惟壁砖上遗一小犬。公急捉之，且驯。置砚匣中，反复瞻玩。饲以饭粒，一嗅则去。跃登床榻，寻衣缝，啮杀虮虱。逾宿，公疑其已去。视之，则盘伏如故。公爱之，甚于拱璧。一日，昼卧，小犬潜伏身畔。公醒转侧，压于腰底，急起视之，已扁而死，如纸剪成者。然，自此壁虫绝矣。

【棋鬼】

玩物丧失书生志　二进地狱出无期

扬州督同将军梁公，辞官乡居，日携棋酒，游丘林间。会重阳登高，与客弈。忽有一人来，观棋不去。视之，面目寒酸，衣衫褴褛，然意态温雅，有文士风。公请其与客对垒，逊谢移时，始即局。局终而负，神情懊热。又弈又负，益愤惭。酌之以酒，不饮，惟拽客再弈。自晨至午，不遑溲溺。方以一子争路，两相喋聒。

少间，书生忽离席悚立，神色惨沮，向公叩头乞救。公骇疑，起扶之曰：“戏耳，何至如此？”书生曰：“乞嘱公家马夫，勿缚小生颈。”公以所言怪异，遂使人往视马夫马成，则马成僵卧已三日矣。即叱马成不得无礼。瞥然间，书生即地而灭。公叹诧良久，乃悟其鬼。马成者，素走无常，十数日一入幽冥，摄牒作鬼役。

越日，马成醒，公诘之。曰：“书生生前嗜棋成癖，家产荡尽。父忧之，闭置斋中。则逾垣出，又与弈者狎赌。父闻诟詈，终不可制止，忧恨而死。阎王以书生不德，罚入饿鬼狱，于今七年矣。近日，阎王放其出狱，使为东岳凤楼作碑记。不意途中又弈，殆误限期。阎王怒，使小人罗执之。前承主人命，故未严系之。”公问：“今日作何处置？”马成曰：“仍付地狱，永无投生之期矣。”公叹曰：“玩物丧志。癖之误人也，如是夫！”

画弟兄两家，善恶分明。尤其表现大商妇，火气大，面呈凶相，活灵活现。［贾衍彬］

【二商】

一母所生性情异　兄嫂寡情遭报应

莒县有商姓二兄弟，兄富而弟贫，比邻而居。康熙间，值荒年，弟朝夕不能自给。妻令往告兄，二商使其子往。少顷，子空手返，曰：“伯踌躇，目视伯母。伯母曰：‘兄弟分家，有饭各食，谁复能相顾也。’”夫妻无言。

里中有三四恶少，窥大商饶足，夜逾垣入。夫妻惊醒，呼救。邻人共嫉之，无有援者。不得已，疾呼二商。二商欲趋救，妻止之，大声隔墙曰：“兄弟分居，有祸各受，谁复能相顾也！”俄，盗破扉，执大商及妇，炮烙之，呼声极惨。二商不忍坐视，率子越垣，大声疾呼。二商父子故武勇，人所畏惧，盗恐惊致他援，乃遁去。大商虽被创，而金帛无所亡失，谓妻曰：“今所保全者，犹如弟赐，宜分给之。”妻不听。此时，二商家已绝粮，以为兄必有一报；久之，寂不闻。妇不能待，使子往借，得瓢粟而返。妇怒其少，欲返之，二商止之。逾两月，二商贫馁，愈不可支。无奈，将房屋卖于大商，徙居邻村。

乡中不逞之徒，闻二商迁去，又攻之。复执大商，搒楚并施，梏毒惨至，所有金资，抢掠一空。盗临去，开其仓，呼村中贫者，恣意取之，顷刻都尽。次日，二商闻之，急奔视，则兄已昏愦不能语，少顷遂死。二商告官，盗首逃窜，莫可缉获；盗粟者皆里中贫民，亦莫可如何。二商时避妻子，负斗米于嫂，使养五岁幼子。又数年，大商妇卖其田宅，得钱足以自给，二商乃不复资助。

后岁，又值大饥，饿死者众。二商自顾不暇。一夜，忽梦兄至，颜色惨戚曰：“余惑于妇言，遂失手足之义。弟不念前嫌，增我汗羞。故宅虽卖他人，今尚空闲，可租居之。屋后蓬棵下，藏有窖金，发之，可以小富。使吾儿相从，长舌妇，余甚恨之，勿顾也。”既醒，按兄所言，租其故宅。掘地，果得银五百两。叔侄开一店铺，侄慧叔诚，从此殷富。并按月廪给其嫂。嫂卒，乃将家资割半与侄。

画“交线之戏”生动传神，像模像样。画家作画进入化境，画画如同在画自己，焉能不生动。［贾衍彬］

【梅女】

怨妇还魂嫁恩主　恶吏鬼妻罚为娼

封云亭，太行人。偶至郡，昼卧寓中。时年少丧偶，孤寂之下，颇有所思。忽见墙上有女子影，依稀如画。起视之，则俨然少女，容蹙舌伸，绳绕秀颈。惊顾未已，冉冉而下。知为缢鬼，然以白昼胆壮，不大畏怯。问曰：“娘子如有奇冤，小生可以极力。”曰：“萍水之人，何敢以重务劳君子？但泉下槁骸，舌不得缩，绳不得除，求断屋梁而焚之，恩同山岳矣。”封生诺之，女遂灭。问之房主，曰：“此宅十年前为梅氏故宅，夜有贼入其室，为梅捉之送邑，交典史。典史受盗钱五百，诬梅女与盗私通，将拘女审验之，女闻而自缢。”

封生闻之，出资，助房主易屋梁焚之。既就，梅女夜至，喜气充盈，姿态嫣然。封深爱之，欲与为欢。女婉拒曰：“会合有期，今日尚未。长夜难遣，聊与君作交线之戏。”于是，二人促膝戟指作戏。为解封生寂寞，梅女携来鬼妓爱卿。爱卿眉目流转，隐含荡意。待梅女去，二人登榻，于飞甚乐。自此，二女频来，笑声彻夜。

原来，爱卿乃典史已故之妻。典史闻封生有鬼妓，心动，跨马造访。封生招爱卿至。典史见之，大怒，投以巨碗，爱卿溘然而灭。旋见鬼老鸨自暗中出，持杖击典史，骂曰：“汝本贪鄙贼，居官有何皂白？神怒人怨，死期已迫，汝泉下父母哀求冥司，准以汝妻为鬼娼，代汝偿孽债。汝今坏我钱树子，可不打杀也！”梅女亦出，张目吐舌，颜色变异，以长簪刺之。封生以身障之，女愤不已。封劝曰：“其虽有罪，倘死于此，则咎在小生。请少存投鼠之忌。”女乃释之。典史鼠窜而去，至署，脑痛不止，中夜遂毙。

梅女对封曰：“妾早已托生为延安展孝廉之女，因大仇未报，魂魄淹留阴司，今既惩仇主，夙债已偿。我魂附君肩囊中，同往展家求婚，事可谐。妾当以身报大德矣。”封从女言，至展孝廉家求婚。孝廉果有一女，貌极端好，但病痴，常以舌出唇外，类犬喘日，年十六，无问名者。父母忧之。封至求亲。展喜，遂招赘为婿。女痴绝，不知为礼。解衿露乳，对封憨笑。封启肩囊，近呼：“梅女，梅女！”女乃悟，急掩衿，喜共燕笑。自此举止端淑，无异常人。封生向岳翁细述前因。翁使儿子与封同学，供给丰备，后举孝廉。

图中七个不过寸长的人物，当自空中落下的瞬间，姿态各异，活灵活现。画家自己说，写意人物画是其看家本领。此套全图大量的色块和图中人物一样，见笔见墨。此图连黄色月光之用笔也毫不含糊，可见一斑。［盛　伟］

【郭秀才】

撮口能效众鸟叫　山鬼指路叠罗汉

广东士人郭某，暮归。入山迷路，窜榛莽中。约一更许，闻山头笑语，急趋之，有十余人坐地饮。见郭，哄然曰：“坐中正缺一客，大佳，大佳！”郭请指示迷途。一人笑曰：“君真酸腐，舍此明月不赏，何求道路？”即飞一觥来。郭闻之，芳香射鼻，一饮遂尽。又一人持壶倾注。郭本善饮，一举十觞。众人大赞曰：“豪哉！真吾友也！”郭放达喜谑，能学鸟语，无不酷肖。离坐起溲，窃作燕子鸣。众疑曰：“半夜何得此也？”又效杜鹃，众益疑。郭坐，但笑不言。方纷纭间，郭回首更为鹦鹉鸣曰：“郭秀才醉矣，送他归也！”众惊听，寂不复闻。少顷，又作之。众人始悟其为郭所为，大笑。一人起曰：“客有绝技，我等亦献叠肩之戏，若何？”于是哗然并起。一人挺身矗立，即有一人飞登肩上，亦矗立；继者，攀肩踏背，如缘梯状。十余人，顷刻尽登，望之可接霄汉。方惊顾间，挺然倒地，化为道路一线。郭骇立良久，循路而回，竟至家门。次日，腹大痛；尿绿色，似铜青，触物能染，亦无尿臊，三日乃已。往验故处，则肴骨狼藉，四围丛莽，并无道路。

【死僧】

藏金佛首防贼盗　作鬼大笑抱佛头

某道士云游，日暮，投止野寺。见僧房关闭，遂趺坐廊下。夜既静，见一僧来，浑身血污。目中若不见道士，直入殿，登佛座，抱佛头大笑不止，久之乃去。及明，视之，门关如故，不知何由进殿。怪之，遂入村，诉之所见。众入寺，开门验之，则僧被杀于地，室中零乱，知为盗劫，抱佛头之僧，实乃死僧之魂。疑鬼笑有因，共验佛首，见脑后有微痕，剜之，内藏三十余金。遂用以葬之。

世间骂人，常谓之“禽兽不如”。甘玉因出于一片仁心，救秦氏于危难之中。施之者也许无心，可受施者却有意。秦氏、阿英皆雀仙也，它们受人恩惠，便思舍身相报。相形之下，世间之人，多有不及一禽鸟者。更何况，恩将仇报者，也并不罕见。

人之别于禽兽者，“仁义”而已，仁者爱人，义者公正。甘玉，对弟对人，施之以仁义，故能受之以福报。读《聊斋》，懂做人，当世之急务也。

受万先生独将《阿英》中“玉怜恻不可复忍，乃急袖剑拔关出”一幕写之于图，倡“仁义”之旨，昭然也！［蒲　泽］

【阿英】

鹦鹉多情化靓女　缘分既尽遭狸猫

甘玉，庐陵人，父母早丧。遗弟珏，时五岁，从兄鞠养。玉性友爱，抚弟如子。

十几年后，玉读书匡山僧寺。夜初就枕，闻窗外有女子声。窥之，见三四女郎席地坐饮，皆殊色也。正谈笑间，忽一伟丈夫自外入，鹘睛荧荧，其貌狞丑。众女哄然鸟散。惟一女婀娜未去，被执，哀啼。丈夫吼怒，断其手指，就便嚼食。女踣地若死。甘玉怜恻，不可复忍，乃仗剑出，挥之中股，丈夫负痛而逃。甘玉扶女入室，裂帛代裹断指。女呻曰：“拯命之德，将何以报？”玉心动，隐隐拟为弟珏提亲，因告以意。女曰：“狼藉之人，不能操箕帚矣，当别为贤弟图之。”诘其姓氏，答曰“秦氏”。玉为之展衾休养，自乃别宿他所。晓而视之，则人去床空。归与弟珏言，悔恨若失。

弟珏一日野游，遇一女郎，自言阿英，姿致娟娟，含羞对珏曰：“君家尊父，曾与妾有婚姻之约，何今日欲背前盟，另订秦家？”珏归，述诸兄嫂。兄嫂有言属意秦氏在先，事遂罢。初，甘父在时，蓄一鹦鹉，甚慧。父戏言以其为珏作妇。后鹦鹉断锁亡去。珏始悟，旧约即此也。既知非人，而思之不置。两年后，玉为弟别娶姜氏女为妻，珏终不自得。玉出远门探亲，久不归。家中适遭贼寇为乱，村落半为丘墟。珏大惧，率家人避山谷中。忽闻女子小语，竟是阿英。珏喜极，捉臂不释。众盗适至，阿英不惧，乃引珏从盗群中出，如入无人之境，相将俱归。女撮土拦户，嘱安居勿出。贼果不敢侵。嫂爱之深，留阿英居其家，独住一室。阿英不甚归私室，亦不与珏单自面对。

兄玉探亲归，途亦遇寇，潜身丛棘中。一秦吉了鸟展翅覆之，得免于难。见该鸟缺一趾，细思之，此鸟当为所救之秦女也。后值玉外出不归，阿英每晚与嫂相聚。一夕，珏至，潜伏嫂所，待英来，暴起，要遮之。女曰：“妾与君缘分有限，强合之，恐为造物所忌。”珏不听，卒与狎。

居无何，有巨狸衔鹦鹉经寝门。嫂骇绝，疑是阿英。急救之。奄存余息。抚摩良久，始渐醒。自以喙理双翼，飞绕室中，呼曰：“嫂嫂，别矣！吾怨珏也！”振翼遂去，不复来。

【橘树】

橘树不言有枯荣　可知草木亦有情

陕西刘公，为兴化令，得盆橘。有女六七岁，见橘，不胜爱悦，置之闺闼，朝夕护之。刘任满，橘盈把矣，是年结实。将离任，以橘重赘，谋弃之。女抱树娇啼。家人慰之曰："暂去，且将再来。"女信之，涕始止。恐被人负之而去，立视家人移栽阶下，乃离去。

女归后嫁庄氏。庄登进士，亦官任兴化令，女大喜。窃意，十余年，橘不复存矣。及至，则橘已粗壮，果实累累以千计。问之旧役，皆云："刘公去后，橘茂而不实，此其初结也。"更奇之。庄任三年，硕果满树；至四年，憔悴少花。夫人曰："君任此不久矣。"至秋，果解任。

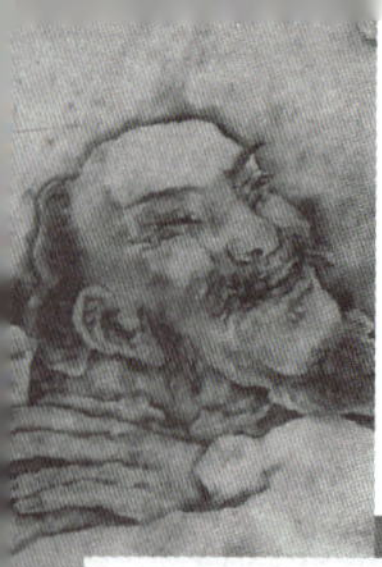

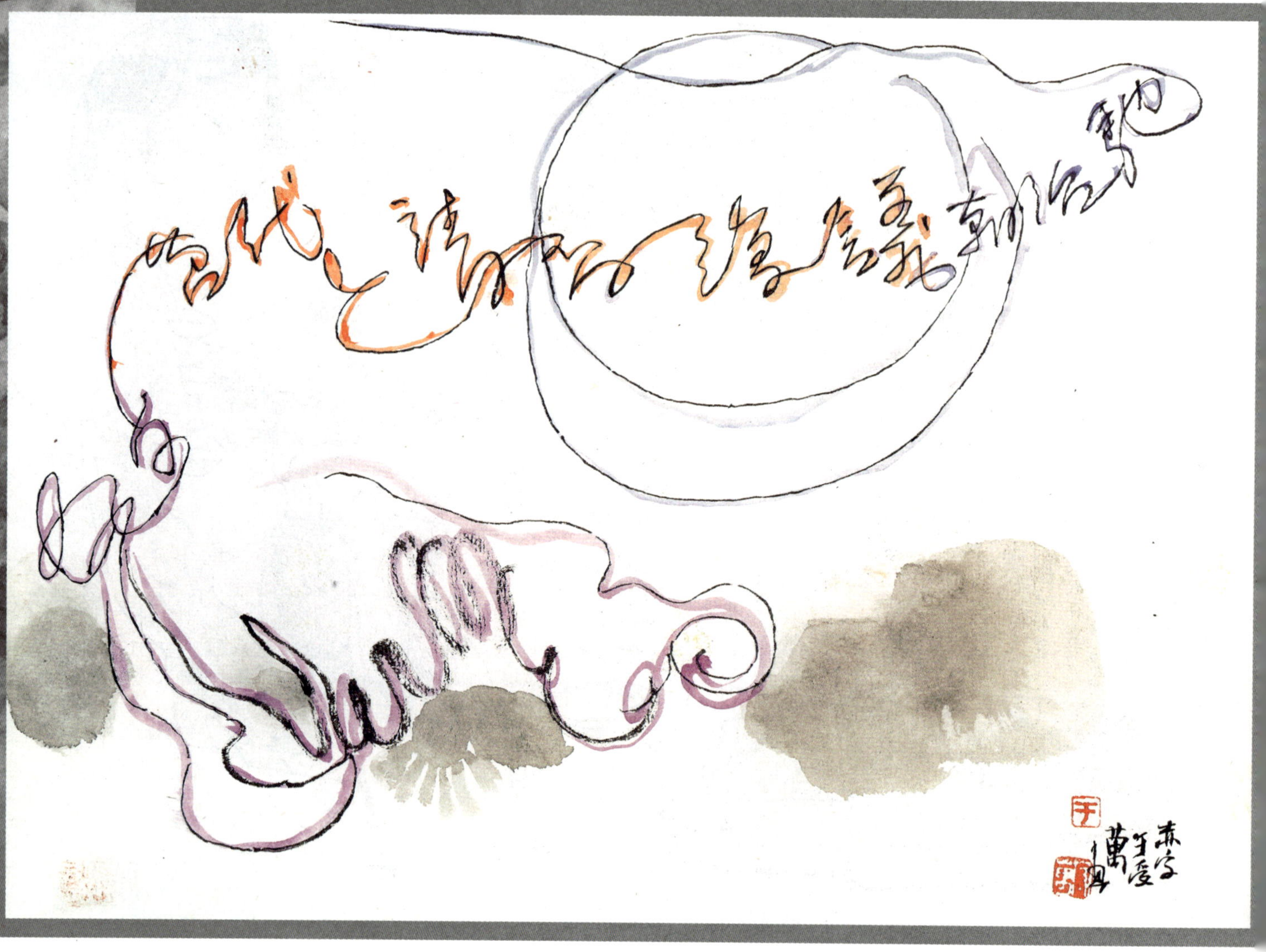

【赤字】

天现赤字究何意　造物玄奥难破解

顺治乙未冬夜，天上现赤字如火。其文云：“白苕代靖否复议朝治驰。”

【牛成章】

已死犹做阳间事　委衣于地化黑烟

牛成章，江西布商也，娶郑氏，生子女各一，三十三岁病死。子名忠，时方十二岁；女八九岁而已。母不能贞，鬻产入囊，改嫁而去。遗两孤，为伯母收养。数年后，伯母去世，家益衰微。忠渐长，思继父业，而苦无资本。妹适嫁富贾毛姓，哀婿借数十金付兄。忠携金随众商人去金陵。至则遇寇被盗，飘荡不能归。

忠滞留金陵，偶入典肆，见主肆者绝类其父。潜察其姓字皆符，骇异，莫解其故。决意上门求之为佣。立券已，主人视其籍贯、姓氏，似有所动。问所从来，忠泣诉父名。主人怅然若失，问曰："汝母无恙乎？"忠不敢谓父死，婉应曰："我父六年前经商不返，母改嫁而去。"继而详述巅末。主人惨然曰："我即汝父也。"于是握手悲哀。又导入，见其后母。继母三十余，无出，得忠喜。居之三月，牛乃以诸事委子，取装回江西。

父去后，忠以父死告继母。母大惊曰："汝父负贩于此，娶我已六年矣，何言死也？"相与疑怪，莫知其由。逾一昼夜，父返，携一妇人，首如蓬麻。忠视之，则生母也。父以口龁其项，母呼号曰："儿救吾！儿救吾！"忠大不忍，横身隔其间。父犹忿怒，旋即不见。众大惊，视父，颜色惨变，委衣于地，化为黑气，亦灭矣。

母子骇叹，举衣冠而葬之。后，忠继父业，富有万金。归家问之，则生母于是日死，一家皆见其父也。

通过线条疏密、曲直、长短的对比和诱导，自然而然地把画面的重心聚焦到两个人物身上。通过对人物表情、动态的刻画，突出了主人公特定年龄下的内心世界。将故事的主要道具小铲子放在显要的位置，画面中的方形毯状物，在青娥身下部分为褥，而上仰部分则具有墙砖之象，其中放射状缺口又寓有霍桓穿墙而入的洞缺之象，立意新颖奇特，可谓浪漫之至。［石　寒］

【青娥】

痴男凿壁入闺房　折竹为马续姻缘

霍桓，晋人。父官县尉，早卒。十一岁，聪慧绝人，以神童中秀才。母溺爱之，不令出户。年十三尚不辨叔伯甥舅。同里有武评事者，好道，入山不返。有女青娥，年十四，美异常伦。一日，霍生于门外瞥见之。虽少年无知，只觉可爱之极。告母致聘。母以门第悬殊，不可。生行思坐筹，无以为计。

会一道士在门，送霍生一小铲，才尺许，言可摧坚石。生试之，斫墙，应手如切豆腐。顿念穴墙则青娥可见，而不知其非法也。夜深，至武第，凡穴两重垣，始达中庭。见小厢灯下有青娥影。少顷，烛灭。遂凿墙而入。轻解双履，悄登青娥榻。恐其惊觉遭呵逐，遂潜伏绣衾之侧，略闻香息，心愿窃慰。半夜经营，疲殆颇甚，稍一合眸，不觉睡去。女醒，见卧侧有人，惊骇大呼。家人共爇火操杖至，则见一少年书生酣睡绣榻，细审之，识为霍生。生醒，言铲墙始末。讶为神受，又以声名门第，殊不辱玷。众劝夫人，不如纵之使去，托媒求焉。县令欧公知之，以为美事，遂促成姻缘。

青娥过门，善待婆母，夫妻恩爱。年余，生一子，名孟仙。青娥为人温良寡默，惟闭门寂坐，不甚留意家务。五年后，与生诀别，仰卧床榻而气绝矣。母子痛悼，购良材而葬之。

一日，霍生持铲行于山中，路迷。慌窘间，不意一脚踏空，堕落深洞。在洞中，行约三四里，忽睹廊舍，光明若昼，一丽人自房中出，视之，则青娥也。生愕然曰："卿死年余，此得无冥间耶？"女曰："非也，此乃仙府，曩时非死，所葬一竹杖耳。郎今来，仙缘有分也。"生约女同榻眠，女却之曰："此何处，可容狎亵？"生捉臂不舍。方争拒间，岳翁出见，叱曰："俗骨污吾洞府，宜即去！"遂将霍生逐出洞门。回首则峭壁巉岩，无少隙缝。生只影茕茕，无所归途。面壁叫号，迄无应者。愤极，腰中出铲，凿石攻进。女见之，怨曰："何处老道，授汝凶器，将人缠混欲死？"生得女，不复置辩，但忧路险难归。女遂折竹为马，二人叠骑之，俄顷至家。

十八年后，霍母卒，二人亦渺无踪影。孟仙长成，文名大噪。

【镜听】

丈夫得第来捷报　妻子甩杖凉凉去

益都郑氏兄弟，皆文学士。大郑早知名，父母过爱之。二郑落拓，不甚为父母所欢，恶及次妇，至不齿礼。冷暖相形，颇存芥蒂。次妇每谓二郑曰：“同为男子，何不能为妻争气？”遂不与同宿。于是，二郑感愤，勤心苦读。不久，亦遂知名。父母稍稍优顾之，然终次于兄。

次妇望夫成才心切。乡试之前，以镜听之法占卜，得占词云：“汝也凉凉去。”不解何意。发榜前，暑气犹盛；两妇于厨下炊饭，共厌酷热。忽有报骑登门，报大郑考中。母入厨唤大妇曰：“大男中式矣，汝可凉凉去。”大妇走后，次妇忿恻，泣且操杖做炊饼。俄，又有报，二郑亦捷。次妇闻之，掷饼杖而起，曰：“侬也凉凉去！”此乃中情所激，不觉出之于口。既而思之，始知镜听占卜之灵验也。

于老师画如书法，书法如画。［姜　蓓］

【牛瘟】

私心不传驱瘟术　仙方失灵祸自家

陈华封，蒙山人。以盛暑烦热，枕卧树下。忽一人奔波而来。颈着围领，疾趋树阴，掬石而坐，挥扇不停，汗流如注。陈坐起笑曰："若除围领，不扇可凉。"客曰："脱之易，再着难也。"就与倾谈，颇极蕴藉。既而曰："但得冰镇佳酿，暑可立消矣！"陈遂引至其家，出藏酒于石洞，其凉震齿。客大悦，一举十觥。

日暮，天忽雨；于是张灯于室，客乃解除领巾，相与高谈。陈见客脑后，时漏灯光，疑之。无何，客酩酊，眠榻上。陈窃窥之，见耳后有巨穴；数道厚膜，间隔如棂；棂外软革垂蔽，中似空空。骇极，潜抽髻簪，拨膜觇之，有一物如小牛，随手飞出，破窗而去。益骇，方欲转步，而客已醒。惊曰："子放牛瘟出，将为奈何？"陈拜诘其故。客曰："实告君，我六畜瘟神耳，适所纵者牛瘟，恐百里内牛将死绝矣。"陈以养牛为业，大恐，拜求解救之法。客告之，惟苦参散最效。宜广传此方，勿存私念也。言已，遂去。

无何，牛果病，瘟疫大作。陈欲专利，秘其方，不肯传，惟传其弟。弟试之神效。而陈自试之，则无效；有牛两百头，倒毙殆尽。心中懊恼，无所为力。始悟药之不灵，乃神惩其私也。

神情的表达惟妙惟肖。［李守金］

【金姑夫】

贞妇作鬼萌春情　庙台加塑金姑夫

绍兴有梅姑祠。其神为马姓女，族居东关，未嫁而夫死，遂矢志不嫁，三十而卒。族人为之建祠，谓之梅姑。有上虞金生者赴试经此，入庙徘徊，颇涉冥想。至夜，梦一青衣来，传梅姑命召之。从之去。入祠，梅姑立候檐下，笑曰："蒙君宠顾，实切依恋。不嫌陋拙，愿以身为姬侍。"金唯唯。是夜，居人梦梅姑曰："金生者，今为吾婿，宜塑其像。"众梦皆同。族长恐玷其贞，不从；未几，一家俱病，大惧，遂为塑其像于左。既成，金生告妻曰："梅姑迎我矣。"遂整衣冠而死。金妻痛恨，至祠指女像秽骂；又升座批颊数四，乃去。今马氏呼为金姑夫。

【梓潼令】

梦兆成真难琢磨　二度应验更稀奇

进士常大忠，太原人。候选在都，梦梓潼帝君，持名帖造访。翌日，得梓潼县令之职，奇之。后父母病故，卸职守孝。待三年期满，再至京候选，又梦如前。默思：岂复任梓潼令乎？已而，果然。

【胡四娘】

俗眼看人终贻笑　以德报怨古来稀

程孝思，剑南人，少慧能文。父母早丧，家赤贫，求为胡银台司笔札。胡有三子四女，前三女为李夫人生；惟少女四娘为妾所生。胡公试程文，大悦，遂为四娘招为赘婿。

初，有神巫遍相诸姊，皆无谀词；惟赞四娘曰：“此真贵人也！”及赘程，诸姊婢媪皆呼之“贵人”，以嘲笑之。四娘端庄寡言，若罔闻之。其婢桂儿，意颇不平，曰：“何知吾家郎君，不作贵官也！”二姊闻而嗤之曰：“程郎如作贵官，当挖我眼去！”桂儿怒曰：“至时，恐不舍得眸子也！”二姊之婢春香曰：“若二娘食言，我以两睛代之。”桂儿噪诉四娘，四娘不怒亦不言。

程昼夜攻苦。是年，入邑庠。明年，胡银台卒，程披麻戴孝，哀伤如子。而亲生三子，则为争遗产，停棺不理丧事。丧期一过，四娘备以金资，使程生进京赶考，竟被黜。愿乖气结，难于旋里，乃改名换姓，潜身于某大人之门。东海李兰台见其文，器重之，收诸幕中，资以膏火，继续攻读。再应顺天举，则连战皆捷，授为庶吉士。初，程落第后，有邮报者，举宅皆恶闻之；又听名字不符，叱去之。适三郎完婚，诸姊咸在，惟不请四娘。忽一人驰入，呈程孝思寄四娘信函，兄弟发函视之，知其已贵，相顾失色。始请四娘，争相把盏敬酌之。四娘不怨不嗔，端静如常。宴笑间，门外啼号甚急，俄见婢女春香奔入，面血沾染。共诘之，大泣曰：“桂儿逼索眼睛，非解脱，几抉去矣！”

程居官十余年，历秩清显，凡遇乡党厄急，尽皆极力。后，胡家连遭祸患。四娘不计前恶，一一予以解厄。又以李夫人无子，迎养若母焉。

【鬼津】

奈何生前模样丑　死后抱男强狎昵

李某昼卧，见一妇人自墙中出，蓬首如筐，发垂蔽面。至榻前，以手分发，露真面目，肥黑绝丑。某大惧，欲奔。妇猝然登床，力抱李首，便与接唇。以舌度津，冷如冰块，浸浸入喉。欲不咽而气不得喘，咽之黏稠塞喉。才一呼吸，而口中又满，气急复咽之。如此良久，气闭不可复忍。闻门外有人行声，妇始释手去。李某由此腹胀喘满，数十日不食。或教以参芦汤探吐之，吐出之物，如卵清，病乃愈。

【仙人岛（一）】

凌空翕飞游天界　众仙宴集奏妙音

王勉，灵山人，有才思，屡冠文场，心气颇高；善诮骂，书生多被其凌折。偶遇道士崔真人，视之曰：“子相极贵，然被轻薄之孽，折除几尽矣。若返身修道，尚可登仙籍矣。”王嗤曰：“世上岂有仙人！”道士曰：“我不足异，能从我去，真仙可立见之。”问：“在何处？”曰：“咫尺耳。”

道士携王勉骑一竹杖，嘱合眼，呵曰：“起。”顿觉杖粗如斗，凌空翕飞。王潜扪之，鳞甲齿齿焉，骇惧，不敢动。移时，又呵曰：“止。”即抽杖去，落巨宅中。重楼延阁，弘丽无比。道士命童子设宴招宾。少顷，诸客自空中来，所骑或龙或虎或鸾凤，各携乐器，有女子，有丈夫，有赤足者。其中一丽者跨彩凤，宫样装束，有侍儿代抱乐具，长五尺，非琴非瑟，不知其名。酒既行，珍肴杂陈，入口甘芳。王默然寂坐，惟目注丽者，心爱其人，欲闻其乐。酒阑，各陈乐曲。丝竹之声，响彻天宇。群声既歇，侍儿始启绣囊，横陈几上。女乃舒玉腕，如掐筝状而弹之，其声柔可荡魄，烈足开胸。一曲终了，铿尔一声，如击清磬。众赞曰：“云和夫人绝技哉！”众皆起别，鹤唳龙吟，一时并散。

王初睹丽人，心情已动，闻乐，涉想更甚。道士似已知之，曰：“子坠尘网，迷晦已深，若作天仙，须再经劫难矣。”遂指阶下长石，令闭目坐，坚嘱无视。乃以鞭驱石。石起，风声灌耳。忽念，下方不知有何景界，隐将两眸微开一线，则见大海茫茫，浑无际涯。大惧，即复合目，而身已随石俱堕。砰然一响，汩没若鸥，跌大海中。闻人鼓掌曰：“美哉跌乎！”危殆方急，一女子援手拽登舟上，且曰：“吉利，吉利，秀才‘中湿’矣！”视之，年可十六七，颜色艳丽。王出水寒栗。女子曰：“从我至家，当为处置。苟适意，勿相忘。”遂以桨划船，疾如风雨，俄已近岸，于舱中携所采莲，导生俱去。

《仙人岛》乃《聊斋》上乘之作也，读之令人绝倒。受万先生将《仙人岛》中“群仙聚会”“秀才中湿”“桓女黠谐”“勉生沮丧”以及“携芳陆归”“父老产败”的主要情节，浓缩于三幅画中，此选其一，真乃丹青高手也！观此图，不免心生艳美之情，不知岛中绿云，尚待字闺中否？［蒲　泽］

观此图，蒲老先生笔下人物跃然纸上，栩栩如生，令人难忘。［李学明］

【仙人岛（二）】

书生恃才诵诗作　艳女戏谑乱贬评

王勉随女行半里，进村，入一朱户。少间，一四十许丈夫出迎。桓姓，揖王，升阶而入，命侍者为王更衣。询问邦族，王曰：“某非诓语，才名略可听闻。自以为功名易于翻掌。”桓起敬曰：“此名仙人岛，远绝人寰。有幸得近名流。”说罢，殷勤置酒。又曰：“仆有二女，长者芳云，年十六矣，欲以奉侍高人，如何？”王意必采莲人，离席称谢。无何，美姝十余辈，拥芳云出。光艳明媚，宛若芙蓉朝日。采莲女亦在焉。酒数行，一垂髫女出，仅十岁余，姿态秀曼，笑依芳云肘下。桓曰：“此小女，名绿云。”因令绿云对客吟诗。诵《竹枝词》三章，娇婉可听。又请王生赐教。王即慨然朗诵近作一首，其声铿然，顾盼自雄。中有二句云：“一身剩有须眉在，小饮能令块垒消。”芳云低声曰：“上句乃孙行者离火云洞，下句为猪八戒过子母河也。”一座抚掌。又吟《水鸟》诗：“潴头鸣格磔……”忽忘下句，芳云向妹耳语，遂掩口而笑。绿云曰：“姐为之续下句云：‘狗腚响崩巴。’”合席粲然。王闻之，顿有惭色。桓顾芳云，怒之以目。王色稍定，又背诵自作八股文冠军之作，诵至佳处，兼述论家评语，有云：“字字痛切。”绿云告父曰：“姊云：宜删切字。”王微闻之，兴意索然。王初以才名自诩，目中无人，至此，神气沮丧，徒有汗愧。

酒散，诸婢导王入洞房。但见新房中无书不有，略致问难，芳云响答无穷。王至此，始觉望洋羞甚。芳云言语虽谑，而房帏之事，犹相昵好。

王安居无事，反复吟哦。芳云则劝曰：“从此不作诗，亦藏拙之一法也。”王大惭，遂绝笔。久之，与采莲女婢明珰渐狎。一日得隙，两相勾引，绸缪甚至。晚，觉小腹大痛，而前阴尽肿，大惧。芳云笑曰：“必明珰之恩报也！”王益恐，亟求施治。芳云乃探衣而咒《诗经》句曰：“黄鸟，黄鸟，无止于楚！”王不觉大笑，笑已而瘳。

【仙人岛（三）】

富贵纵可举手得　幻梦泡影不能留

逾数月，王勉以亲老子幼，求与芳云同归。芳云筹思再三，始许之。曰：“实与君言，我等皆为地仙，因有夙分，遂得陪从。待父天年，须复还也。”

临行，绿云赠以草编楼船。夫妻行至海岸，王虑无途。芳云取素练一匹，往南抛去，化为长堤，二人瞬息驰过。再遇阔水，则取绿云所赠草船抛之，立变巨舟，舟中陈设齐全，与岛中无稍差殊。

至家，则居宅已属他姓。母及妻皆已亡故，惟老父尚存。其子嗜赌，田产皆尽，祖孙暂栖居于西村。王初归时，尚有功名之念，及见此况，自念富贵纵可携取，与梦幻空花何异！妄念遂罢。至西村见父，衣服滓敝，衰老堪怜。问不肖子，则出赌未归。王载父还，不意家已焕然更新。芳云叩拜，进以锦裳，寝之香舍，奉享过于世家。

居三四年，翁卒。芳云为子择妇，妇束子甚严，赌亦稍减。芳云见儿媳，大能持家，赐三百金，为值田产之费。翌日，儿与媳同往省视，则舍宇全渺，不知父母所往。

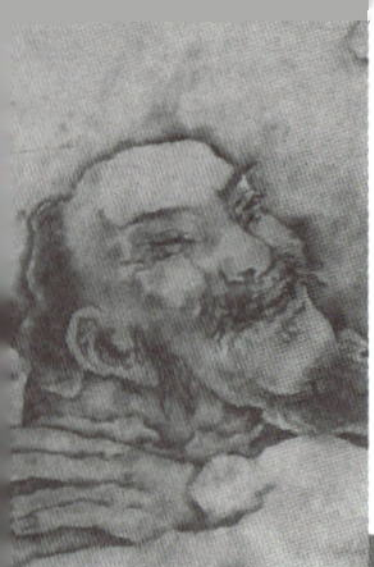

本套《聊斋》全图涉及大量鬼魂的描写。理一理其中的头绪，凡是好鬼仍表现为人形，凡是恶鬼则画成与墓中朽骨相似。此种表达方式，合乎了读者的爱憎定式。［盛　伟］

【阎罗薨】

失声一号满庭寂　万形俱灭死粮官

巡抚某公，先父为南方总督，谢世已久。一夜，公梦父至，颜色惨栗，告曰：“我生前因误调一旅，途逢海盗，全军尽覆。今被讼于阎罗，刑狱酷毒，实可畏凛。阎罗非他人，乃明日解粮官魏姓者是也。当代父哀之，勿忘！”醒而异之。既寐，又梦。

明日，果有魏经历，转运初至。巡抚某公即刻传入。而后起拜，拜已，长跪泪涟而告以故。魏云：“事虽有之，但阴曹之法严，非如阳世之懵懵，恐不能为力。”公哀之益切，魏不得已，诺之。公求一往窥听。魏嘱曰：“去即勿声。冥刑虽惨，与阳世不同，暂置若死，其实非死，无庸骇怪。”

至夜，公于睡梦中随魏至地府，潜伏廨侧。见阶下囚人，断头折臂者，纷杂无数。俄见魏冠带而出。升座。气象威猛。群鬼尽伏，齐鸣冤苦。魏唤鬼役，曰：“可将某官赴油鼎，略入一烹，于理亦当。”其意似借此以泄众忿。言一出，即有鬼役执公父至，以利叉刺入油鼎。公见之，中心惨怛，痛不可忍，不觉失声一号。号已，庭中寂然，万形俱灭。公叹诧而醒。及明，视魏，已死廨中。

【颠道人】

仆入树洞喘如驴　邑贵舆盖摆堂皇

颠道人，不知姓名，寓居蒙山寺。歌哭无常，人莫之测，或见其煮石为饭。会重阳，有邑贵载酒登山，舆盖而往。宴毕转回，过蒙山寺。至寺门，见颠道人赤足破衲，自张黄伞，喝道而出，意近嘲弄。邑贵怒，使仆辈逐骂之。道人笑而却走。逐急，弃伞盖。共抬而裂之，化为鹰隼，四散群飞。众始骇。伞柄化为巨蟒，赤鳞耀目。众哗然欲奔，有健仆止之曰："此不过障眼之幻术耳，何能害人？"遂仗剑直前，蟒张吻怒视，吞仆咽之。众骇，拥邑贵急奔，息于三里之外。既而，使数人逡巡回探，则人蟒俱无。方将返报，闻老槐树内，喘息如驴，骇甚。初不敢前；潜步移近之，见树朽中空。试一攀窥，则斗蟒者倒植其中，而孔大仅容两手，无术可以出之。急以刀劈树，待树开而人已死。逾时少苏，抬归。道人则不知所之也。

【禄数】

贤妇劝谏不改悔　横行无忌折寿数

某显贵者，多为不道。其夫人每以果报劝谏之，殊不听信。适有方士，能知人寿数。问之，熟视曰：“居士再食米二十石，面四十石，天禄乃尽。”归语夫人，计一人每年食面二石，尚有二十余年天寿，岂行善所能改也？遂横行如故。

逾年，忽患消渴症，食甚多而旋饥，一昼夜十余餐。未及周岁，死矣。

【珊瑚】

恶姑还须悍妇降　善恶果报自分明

安大成，重庆人。父孝廉，早卒。弟二成，幼。大成娶陈氏，小字珊瑚，性娴淑。而婆母沈氏悍谬不仁，蛮横无忌。珊瑚则从无怨色。大成至孝，曰："娶妻而不当母意，何以为妻。"遂休之。珊瑚泣曰："为女子作妇被弃，归家何以见双亲？不如死！"遂袖剪刀刺喉。急救之，得活。大成姨妈于媪知之，于心不忍，遂将珊瑚收留。

二成娶妻臧姑。其骄悍凶横，尤倍于母。母或怒以色，臧姑则怒以声。二成性懦，不敢左右袒。于是，母威顿减，莫敢触犯，反望脸色，笑而承迎之，犹不能得臧姑欢。臧姑役母若婢。安母突遭此遇，气结不扬。久之抑郁成疾，委顿在床。臧姑则不予理睬。于媪得知此情，前来看望。住在安家，悉心护理。连住十几日。其间，于家每日遣人送美食至。安母渐愈，慨叹于家媳妇之贤。于媪始言，所送饭食，皆珊瑚所为。珊瑚在于媪家，日夜纺纱，得钱以购佳饵，假于媪之手，以孝奉安母。安母听知，老泪横流，悔恨当初。经于媪周旋，婆媳终于和好。

母与大成谋，欲与二成分居，臧姑不乐。乃以良田悉归二成，臧姑乃喜。兄弟分院居。臧姑时对二成凌虐，一家尽掩其耳。臧姑虐夫及婢，婢不堪其虐，自经死。事发，婢家告官，臧姑遭严刑。戒十指，肉尽脱。官贪暴，索银。二成质田贷资，臧姑始得释归。

一夕，大成梦父言，家有藏金，埋于紫薇树下。臧姑得知，急急率人发掘，只见砖石，不见银两；而珊瑚继至，则土内悉为白银。大成不忍私有，召二成分之。二成携银至家，却皆化为瓦石。

二成夜梦父责之曰："汝不孝母，不敬兄，故不予银。"二成两子相继死，祸患不断。家道败落，至举步维艰。至此，臧姑始惧，前思后想，痛悔前衍。遂改头换面，敬母及嫂。不久，母病卒，臧姑曰："婆母早没，使我不得行孝，是天不许我自赎也！"育十胎，皆不存，遂以兄子为子。

大成二子皆举进士，人以为孝友之报也。

【龙飞相公】

恶行能改亦君子　奉佛积善死复生

安庆县戴生，少薄行，无检点。一夕醉归，途遇已故表兄季生。戴醉后昏眊，竟忘其死，言语久之，始恍然。问其阴间何作，答曰任转轮王殿下司录，人世祸福，均在掌册中。戴急问自己名下判词。季曰：“不敢相欺，尊名在黑暗狱中。”戴大惧，酒醒，苦求拯救。季曰：“君恶孽太繁，籍厚盈指，非大善不可复挽。”

先是，戴与邻妇私通，邻人思惩之。而戴自改行，永与妇绝；邻人惩之不得，以为恨。一日，相遇田间，旁有枯井，深数丈。邻人推堕之，落井下石。计必死。

洞中冥黑，与地狱无异。戴避井底侧洞中，思此时无善可行，惟长念佛号而已。诵念未止，即有群鬼跳跃而来，言曰：“此古煤井，煤主攻凿，震动古墓，墓中龙飞相公，决地海之水，淹灭四十三人。我等皆淹死之鬼也。君尚再履人世，祈捞残骨葬一义冢，功莫大焉。”众鬼引戴曲折阶进，正遇龙飞相公施食。问戴何来，戴伏地自陈，竟是龙飞相公后世子孙。曰：“汝既来此，当勿废读。”因饷以酒馔，置卷案头，迫使研读；又命题课文，如师教徒焉。不觉间，已历数年之久。

一日，叟曰：“汝孽报已满，合还人世。余坟邻煤洞，阴风刺骨，得志后，当迁我于东原。”戴敬诺。

后，乡人复修旧井，入洞见戴。抚之，未死，大骇。抬归，始言底里。当初推堕戴生之邻人闻之，大惧潜逃。宗人议予追究之，戴不许。且谓昔日之事，实我自取，此冥中之谴，于彼无干。

戴使人入洞收拾诸鬼残骨，葬丛冢中。又稽宗谱，果有祖氏戴潜者，字龙飞。既归，营造坟地于东原，迁龙飞相公遗骨厚葬之。春秋祭扫，岁岁不衰。戴生是科以优等入闱，中举人。

故事精妙，画法神奇。［姜　蓓］

【瑞云】

戟指一洗还美颜　晦光葆璞护丽人

瑞云，杭州名妓，色艺无双，其母蔡媪。年十四，将始出应客。瑞云曰：“奴作人之始，不可草草，价由母定，客则听奴自择之。”乃定价十五金。贽厚者，接以弈，酬以画；薄者，一茶而已。自此，瑞云名声大噪。富商贵介，接踵于门。

杭州才子贺生，家仅中资。仰慕瑞云，亦竭微贽，企望一睹芳泽而已。相见一谈，而款洽殊殷。坐语良久，瑞云眉目含情，并作诗赠生，曰：“何事求浆者，蓝桥叩晓关。有心寻玉杵，端只在人间。”生得诗狂喜。既归，吟玩诗意，魂牵梦绕。过一二日，情不自已，又修贽复往。瑞云接见良欢，悄然曰：“能图一宵之聚否？”生曰：“一丝之贽，已竭绵薄。若肌肤之亲，何敢作十五两银之梦想？”二人不欢而散。生归，心甚悒悒，热念都消，由是音息遂绝。

一日，有苏州秀才和生者，投贽会瑞云。坐语少时，便起，以一指按女额曰：“可惜，可惜！”遂去。瑞云送客返，众视额上，有指印黑如墨，濯之益真。过数日，墨痕扩散；年余，泛脸将半，花容为之毁。见者皆笑，车马之迹遂绝。媪见此，斥去其妆饰，使与婢辈同操劳务。瑞云荏弱，不任驱使，日益憔悴。

贺生闻，急访之，见蓬首厨下，丑状类鬼。女举目见生，面壁自隐。贺怜之，与媪言，愿赎作妇。媪许以半价，贺货田倾囊，买之以归。入门，女牵衣揽涕，不敢以伉俪自居。贺曰：“人生所重者知己；卿盛时犹能知我，我岂以衰故忘卿哉！”遂不复娶。闻者讪笑之，而生情益笃。

逾年，贺生至苏州，偶遇和生，问及杭州名妓瑞云。贺以实告。和生笑曰：“昔曾一睹芳仪，惜其以绝世之姿，流落下贱，故以小术晦其光而保其璞，留待怜才者之真赏耳。”贺拜曰：“瑞云之婿，即某也。”和喜曰：“天下惟真才人能多情，不以妍媸易念也。请从君归，还君一佳人。”遂同返杭。抵家，即令以铜盆贮水，戟指而书符，曰：“濯之当愈。然须亲出一谢医人也。”贺唤妻出。瑞云自涤之，随手光洁，艳丽一如当年。夫妇共德之，同出展谢，而客已渺。遍觅之不可得，意谓其仙乎？

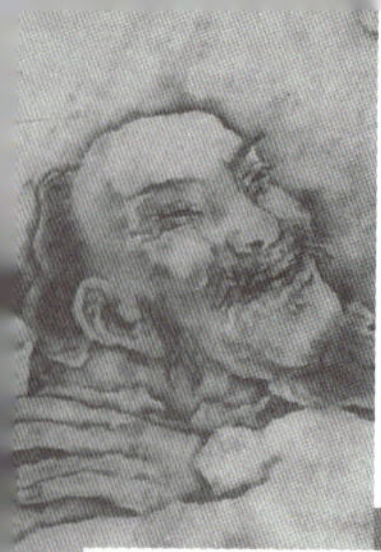

【鹿衔草】

遍交千百公鹿淫　情死自有神草医

关外山中多鹿。土人以鹿首为冠，戴伏草中，卷叶作声。鹿即群至。然公少而母多。一牡交群牝，千百必遍，精尽而死。众母鹿嗅之，知其死，分走谷中，衔异草置吻旁以熏之，顷刻复苏。土人急鸣金，群鹿惊走。因取其草，名鹿衔草，可起死回生。

卷五

【专家点评】

于受万先生创作的《聊斋志异全图》非常难能可贵，属于一个空前的杰构。因为以前我们只看到过一些《聊斋》的零星插图或者单本连环画，而把《聊斋志异》491篇故事画成五百多幅画，这是一个非常了不起的成就。

于受万特别强调鲁迅所讲的“花妖狐媚，多具人情，和易可亲”的特点，这抓住了《聊斋志异》的一个主旨。《聊斋》虽然是写狐写鬼，但其实是写人，而且写的是人情人性，于受万先生的画把这一点继承下来了。这个全绘本的《聊斋志异》，画的花妖狐媚都颇具人情，同时，又是非人的异类，发挥了一种艺术的想象力。他的作品就是把人与鬼的故事统一起来了，抓住了《聊斋志异》里的人本主义和人性主义的精髓。

在他的作品里表现了女性人体美，包括他的单幅创作里有一些裸女，还有配诗。在这个《聊斋志异》的创作当中，大量运用了裸女的形象，构成了这本书的一个特色。古代的《聊斋志异》的插图和木刻的版画我都看过，包括单行本的连环画，都没有明显表现女性裸体的。这是表现《聊斋》的一个缺憾，于受万先生的这种裸女特定的形象表现，在《聊斋志异》里非常自然。现在好多画家画一个裸女在花间或者是草地上躺着，特别不自然，很生硬，而放在《聊斋》的特定故事情节中，就非常自然，正好是表现人情人性的一个重要方面。《聊斋》之所以吸引人，很大程度是性爱的描写，这是人性的正常的欲求。但是，《聊斋》的性爱描写与《金瓶梅》不同，《金瓶梅》是开诚直述，而聊斋则用文言雅化了。画家也随之雅化，这种表现方式也应该受到肯定。

再一点，画家的想象力很奇特、很丰富，也很难得。因为中国的画家普遍想象力都比较贫乏，比较丰富的是张光宇的《西游漫记》，画面想象力非常丰富。于受万的画面运用了很多超时空的手法，有似于电影蒙太奇，放大一个人头，出来很多梦幻的东西。这应该得益于画家长期的人物画创作经验，得益于他是从中国美术学院出来的。不然，五百多幅画，幅幅都不雷同，是很难做到的。

王镛　中国艺术研究院研究员　《中华书画家》总编辑

《晚霞》·于受万工笔画

《聊斋乐土》 局部

【专家点评】

于受万先生曾经在我们中国美术学院深造，他能把《聊斋志异》这部文学名著做成全部的插图本，我觉得很不容易，是一项艺术工程。对于画家来讲，特别是对于受万先生来讲，他能够完成这么巨大的艺术工程，我看过后很感动。他画出了五百多幅升华故事主题的图画，这本身要求画家对《聊斋》故事的理解和人物形象的塑造，需要有很高的文化底蕴和艺术创造力，也需要足够的时间和聪明才智。

受万先生运用纯熟的线描勾勒技巧，这对于他来讲是没有任何问题的，他本身就有很好的艺术功底和笔墨造型能力，这些都不是问题。他的设色淡雅得体，见笔见墨，与线描互为映衬，相得益彰。这部书，也可以说这个伟大的艺术工程的完成，对中国文学名著的造型艺术开发，无疑是一个历史性突破。

对于很多人物画家来说，在面对传统文学名著的时候，我想，在之前还没有人做，所以我看过以后，深有感慨。人物形象生动传神，用笔用墨飘逸潇洒，从中可以看出他坚实的造型基础和良好的艺术修养。

我很佩服受万先生，真的是很不容易。祝愿他今后在艺术道路上，更创佳绩。

吴山明 中国美术学院教授 博士生导师 著名人物画家

于受万先生本身具有扎实的人物画基础，笔墨造型能力也很好。特别是他有好的文化修养，画家的文化修养是很重要的。艺术贵在创造，这套《聊斋志异全图》表现手法很独特，构思也新颖，国内的画家也有几位画过的，但我看受万先生的作品，感觉更好。

贾浩义 北京画院专业画家 著名人物画家

【潞令】

虐政害民必误国　酷吏到头遭天谴

东平县宋国英，为潞城令。贪暴不仁，催逼赋税，残酷无情，毙杖下者，狼藉于庭。余乡徐白山亲见其凶横，讽曰：“为民父母，威焰固至此乎？”宋洋洋作得意之词曰：“喏！不敢！官虽小，莅任百日，诛五十八人矣。”后半年，方临案视事，忽瞪目而起，手足乱挠，似与人撑拒之状，自言：“我罪当死！我罪当死！”扶入署中，逾时寻卒。呜呼！幸阴曹兼摄阳政，不然，如宋国英者，杀人愈多，则“卓异”声起矣，流毒安穷哉！

此图将故事一节一节横着排列，尤其将“丈夫再造丸”置于画面中央，此为该篇故事的核心道具。［张锦平］

【马介甫】

徒有丈夫再造散　懦夫到老不回头

杨万石，大名县秀才，性懦弱。妻尹氏，奇悍，稍不如意，辄以鞭挞之。杨父六十余而鳏，尹氏视为奴仆而虐使之。万石四十无子，纳一妾，旦夕不敢通一语。与弟万钟候试郡中，结识少年马介甫。与语，悦之，遂焚香结为昆季之盟。

妾怀孕，尹氏知之，褫衣惨掠，崩注堕胎。适值马介甫造门探访，万石于无人处，对马哀啼。马慰解之。是日，妇在闺房，闻撬门声，有巨人入，影蔽一室，狰狞如鬼，自称冥曹使者，以利刃划妇心数十，历数其恶行。妇惧，叩头乞命，但言知悔。由是妇威渐敛，数月不敢出一恶语。马介甫亦欣然离去。一夜，妇忆巨人状，瑟缩摇战。万石思媚妇意，微露乃马所施法术。妇大怒，苦致穷诘。万石惧，长跪床下，实告之。妇曰：“欲得我恕，须以刀画汝心头如干数，此恨始消。”乃出捉厨刀。万石大惧而逃，妇逐之。忽见翁来，倍益烈怒；即就翁身条条割裂，批颊而摘翁须。弟万钟忍无可忍，以石击昏尹氏，而后投井自尽。

一日，马介甫至，了知此情，取“丈夫再造散”，令万石吞之。少顷药力发，万石忿气填胸，直抵闺房，叫喊雷动；一足将尹氏踢出房门，复以重拳击之。悍妇被击，几无完肤。万石又取刀，割妇股肉如掌，掷地下。妇哀鸣乞恕，誓改前非。然，久觉黔驴无技，渐狎，渐嘲，渐骂。居无何，旧态全作矣。

翁不能堪，离家，遁至河南界，出家为道士。一年后，介甫再来，接走万钟遗子喜儿。从此，天灾人祸接连不断，家产渐尽。万石既穷，偕尹氏南渡。至河南界，资斧断绝。尹氏不肯从，聒夫再嫁。适有屠夫以三百钱货去。

后，万石落脱为丐。乞讨中，巧遇侄喜儿。此时，喜儿已贵。不久，杨父也巧相遇。杨家祖孙三代得以团聚。

尹氏归屠夫后，狂悖如故。屠夫性凶，视尹如猪羊。怒之时，以屠刀扎其股，穿以毛绠悬梁上。妇号声嘶，被邻人救下，解缚抽绠，呼痛之声震动四邻。自此，尹氏威风扫地，见屠来，毛骨森竖。屠极横暴，每醉归，则打骂无情。

屠夫死后，尹氏混迹群丐中。一日，途遇万石，膝行泪下，万石心动，欲谋珠还，侄固不肯。万石则暗于荒庙中与之幽会。侄以为耻，阴教群丐窘辱之，乃绝。

【魁星】

人之福报虽天定　不求进取亦枉然

郓城张济宇，卧而未寐，忽见光明满室。惊视之，一鬼执笔立，若魁星状，急起叩拜，光亦寻灭。由此自负，以为魁首之先兆也。后竟落拓无成，家亦败落，骨肉相继死，惟张生一人存焉。彼魁星者，何以不为福而为祸也？

【库将军】

忘恩负义真小人　阳世犹现冥司刑

库大有，汉中洋县人，武举人。隶属吴三桂部将祖述舜麾下。祖厚遇之，屡蒙拔擢，升为伪周总戎。后见大势已去，潜领兵偷袭祖述舜。祖格拒伤手，被缚，库即携祖投降总督蔡毓荣。

至都，梦至冥司，冥王怒其不义，命鬼以沸油浇其足。既醒，足痛不可忍。后肿溃，指尽坠。又益之疟，辄呼曰：“我诚负义！”遂死。

此篇故事以第一人称写就。蒲松龄在自序中有“遄飞逸兴”和“孤愤之书”的对立说法，后者讲的是写作时的生活窘境和苦闷的感怀，而前者则讲的是当写作《聊斋》故事时的愉悦心情。画家经历过创作的甘辛，对此当深有体会。该图将蒲松龄置于众女神和繁花之中，又以天花乱坠映衬了其“遄飞逸兴”。写作时的愉悦心情，正是此意。［盛　伟］

【绛妃】

讨风檄文托幻梦　蒲公妙手著文章

康熙癸亥岁，余坐馆于毕刺史之绰然堂。公家花木最盛，暇则从公游赏。一日，眺览既归，倦极卧床，梦二女郎，被服艳丽，近请曰：“受绛妃奉托，敢屈移玉。”恍惚从之去。入一殿阁，一妇人降阶迎，环珮锵然，状若贵嫔。呼左右以毡铺地，若将行礼。余惶悚无以为计，因曰：“草莽微贱，得辱宠召，已有余荣，何敢分庭抗礼，益臣之罪，折臣之福！”妃命设宴。对宴相向，酒阑始言：“妾，花神也。合家细弱，依栖于此，屡被风家婢子，横见摧残。今欲与之决战，烦君椽笔著一檄文耳。”诸丽者遂拭案拂坐，磨墨濡毫。又一垂髫者，折纸为范，置腕下。略写一两句，便有二三辈叠背相窥。余本迟钝，此时觉文思若涌。少间，稿脱。争持去，启示绛妃。妃展阅一过，赞语不绝，遂复送余归。

醒而忆之，大半遗忘，其中有云：“伤哉绿树犹存，簌簌者绕墙自落；久矣朱幡不竖，娟娟者陨涕谁怜？堕溷沾篱，毕芳魂于一日；朝荣夕悴，免荼毒以何年？怨罗裳之易开，骂空闻于子夜；讼狂伯之肆虐，章未报于天庭；诞告芳邻，学作蛾眉之阵；凡属同气，群兴草木之兵。莫言蒲柳无能，但须藩篱有志。且看莺俦燕侣，公履夺爱之仇；请与蝶友蜂媒，共发同心之誓。兰桡桂楫，可教战于昆明；桑盖柳旌，用观兵于上苑。东篱处士，亦出茅庐；大树将军，应怀义愤。杀其气焰，洗千年粉黛之冤；诛尔豪强，销万古风流之恨！”

【河间生（一）】

麦穰洞中现城郭　书生场圃寓狐仙

河间府某生，谷场中积麦穰如丘。家人日取为薪，久之成洞。有狐居其中，常与主人相见。一老翁也。一日，邀主人饮，请生入洞。生难之，强而后入。入则廊舍华好。即坐，茶酒香烈，但日色苍黄，不辨晨夕。筵罢既出，景物俱杳。

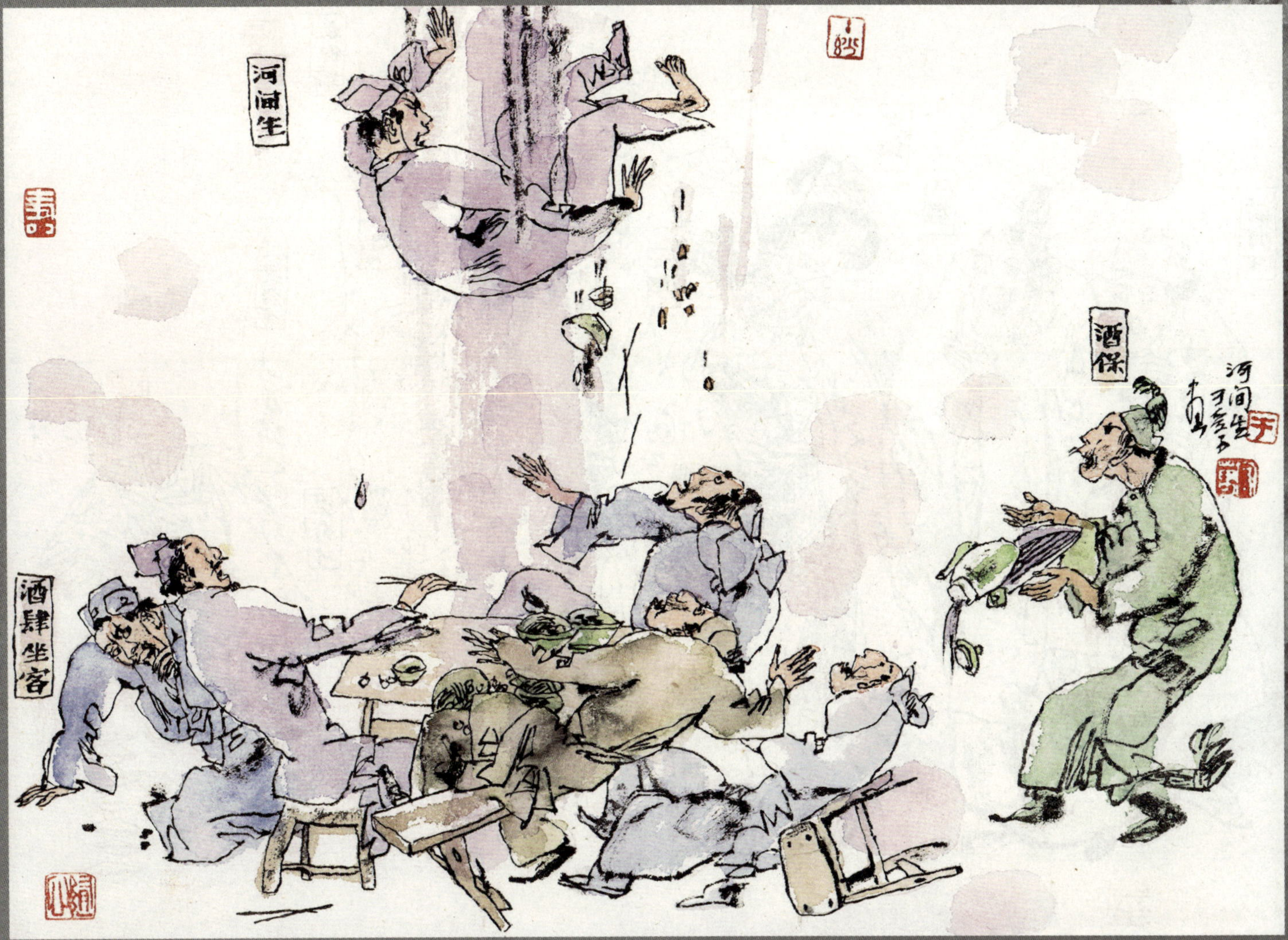

【河间生（二）】

梁上君子窃酒肴　善念一动跌铿然

狐翁夜往晨回，人莫能迹。问之，则言友朋招饮。生请与俱，翁不可；固请之，翁始诺。挽生臂，疾如乘风。约炊黍时，至一城市。入酒肆，见坐客良多，聚饮颇哗，乃引生登楼上。下视饮者，几案杯盘，清晰在目。翁自下楼，往取案上酒果，次第供生。楼下筵中人浑然不知。移时，生视一朱衣人前，列金橘。命翁取之。翁曰："此正人君子，不可近。"生默念："狐与我游，必我邪也。自今以往，宜改邪归正。"方注想间，觉身不自主，眩堕楼下。饮者大骇，相哗以妖。生仰视，竟非楼上，乃梁间也。以实情告众。众审其情确，赠路费而遣之。问其处，乃鱼台县，去河间千里也。

【云翠仙】

卖妻嗜赌豺狼性　崩崖残喘千人弃

梁有才，晋人，流寓济南，作小商贩；无妻子田产。四月，从村人登泰山，入岱庙跪拜。见客中有女郎，十七八岁，而美，悦之。诈为香客，近女郎跪，又伪为膝困无力状，以手捏女郎足。女回首似嗔，膝行而远之。梁亦膝行而近之。女郎遽起，出门去。梁亦起，尾随之。见女随行之母，趋前求婚。母欣然答应。当晚，即援女郎至其舅家，拜堂成亲。女名云翠仙，对梁曰：“我固知郎不义，迫母命，漫相随。自今以后，郎若作正人君子，当衣食无忧。”梁唯唯听受。明日早起，母送女至梁家。入视室中，一贫如洗。次日，即有男女数辈，各携服食器具，布满一室。更留一婢，为日常驱使。梁由此坐享温饱，每日引里中无赖，朋饮竞赌，渐盗女郎簪珥佐赌。女劝止不听，惟严守箱奁，如防贼盗。有赌徒戏谓梁曰：“汝之妇美如仙人，若货为媵，金可得百；若为妓，可得千。千金在室，何愁无赌资也？”梁以为然，归，则时时言贫不可度。女不顾，则频频击桌、抛箸、骂婢。一日，梁果与妓院签卖妻字据。女知之，曰：“今情意断矣，我将与尔暂归告母。”梁从之。出门，行将半夜，始抵母家。见楼舍华好，婢仆辈往来侍奉。女引梁登楼见母。历言梁之劣行，又于衣底出黄金二铤，曰：“幸不被小人赚脱，今仍还母。”母骇，问故。女曰：“其欲卖我为娼，故藏金无用矣。”又斥其豺狼贼子本性。言未已，众婢眦裂，斥梁之不仁，悉以锐簪、剪刀刺股剪踝。梁号乞命。女止之，率众下楼去。

梁坐听移时，语声俱寂，思欲潜遁。忽仰视，见星汉，东方已白，野色苍茫；并无屋宇。身坐峭壁上。俯瞰绝壑，深无底，骇绝。身稍移，塌然一声，随石崩坠，幸挂枯藤上。号怖声嘶，一身尽肿。眼耳鼻舌身力俱竭。日渐高，始有樵人见之，救下。辗转归家。家门洞敞，依然荒如败寺。梁求生无计，货屋而穴居，行乞于道，携刀自卫。后遇劝其卖妻之赌徒，愤而出刀杀之。被刑拘，死狱中。

【僧术】

鄙吝之徒非大器　天阶有路自己绝

黄生，世家子，富有才情，夙志高骞。村外寺庙有僧某，素与为友。后，僧出云游，十余年复归。见黄，叹曰：“谓君腾达已久，今见非也，请为君贿冥中主者，能备十千钱否？”答曰：“不能。”僧曰：“请勉办其半，余当代借之。三日为约。”三日后，黄竭力典质如数，僧果以五千付黄。黄院中有汲水井，言通河海。僧命黄将钱置井边，戒曰：“待我回寺，即推堕井中。候半炊时，将有一钱泛起，当拜之。”言讫乃去。黄不解何术，转念，效否未定，而十千可惜。乃匿其九，仅以一千投之。少间，井中有巨泡突起，铿然而破，即有一钱浮出，大如车轮。黄大骇，既拜，又取四千投焉。钱落下，击触有声，而为大钱所隔，不得沉。

日暮，僧至，责曰：“何不尽投？”黄云：“已尽投矣。”僧曰：“冥中使者只得一千，何乃妄言？”黄实告之。僧叹曰：“鄙吝者必非大器。此子之命，合以贡生终；不然，进士立得矣。”黄大悔，求再禳之。僧固辞而去。是岁，黄以副榜准为贡生，果如僧言。

欣赏受万先生佳作备感亲切，这种喜闻乐见的图文并茂书籍形式，今已不多见。受万先生早年即有连环画创作经历，今成此册驾轻就熟，加之水墨润色，则更见笔墨情趣，人物造型亦有奇趣，与《聊斋》之文相得益彰，实应学习欣赏加恭贺！　[于新生]

【柳生】

异人预言皆应验　月老赤绳系姻缘

周生，顺天府宦裔也，与柳生善。柳得异人真传，精于相术。尝谓周曰：“子功名无分；万钟之资，尚可人谋。然夫人命薄，恐不能佐君成业。”未几，妇果亡。因诣柳，请卜姻缘。柳曰：“我日为君物色佳偶，今始得之。”周喜，问之。答曰：“适才一人携囊出，遇之否？”曰：“遇之，褴褛如丐。”曰：“此乃君之岳翁，宜敬礼之。”周以其人鄙俗，颇不以为然。既归，托媒，诸方说亲，迄无一成。

一日，柳生命周宴请一客，乃一营卒，傅姓。饮间，傅担忧所乘马病，不可骑。患之。周则置若罔闻。既而傅去，柳曰：“千金难买此友，何漠然视之？”遂骑周马追傅，至则假借周命，将马赠之。傅深表谢意。周既知，稍有不快，亦无如何。

次年，周生去江西，中途为群盗所掳。盗诘之，知为贵胄。盗曰：“我有一女，欲奉箕帚，如何？”周暂应之，以作逃离之计。盗忧女儿累赘，故欲遣之。引周入内，妆女出见，年可十八九，丽如天人。当夕，合卺，深过所望。夜深问之，乃知其父即昔日所见之荷囊人也。过三四日，盗将送新婚二人出。忽官军掩至。盗全家就缚。有将官三员监斩，将贼首夫妇斩讫。周自分已无生理，忽内中一官审视曰：“此非周某也？”周视之，乃先前傅卒。傅在军中，因战功，授副将军矣。遂解其缚，释其妻，又饷以酒食，曰：“曩受赠马之惠，旦夕不忘。请以马二匹、金五十两，助君北归。”途中，女告周曰：“父生前有窖藏巨金，可寻而掘之。”两人至其处，庐舍已烬。周自灰火中，取佩刀掘之，果得金。将女翁媪之尸厚葬之。周归家，访柳，则不知所往矣。女治家有方，数年，伙商盈百，家产数十巨万矣。至此方知，柳生所卜皆应验矣。

【冤狱】

祸从口出成冤狱　同冤相怜结夫妻

朱生，阳谷人，少佻达，喜诙谑。因丧偶往求媒媪。遇媪邻妻，睨之美。戏谓媪曰：“适睹尊邻，风雅妙丽，若为我媒，该女可也。”媪亦戏曰：“请杀其夫，我为汝图之。”朱笑曰：“诺。”月余，邻女之夫出门讨债，被杀于野。告官。邑令逮其邻保，刑讯逼供，究无端绪。惟邻媪述与朱相谑之词。邑令以此疑朱。捕至，百口不承。又疑邻妇与之私通，搒掠之，妇不能堪，诬伏。又讯朱，朱不忍邻妇冤死，遂曰：“欲杀夫而娶其妇，皆我所为，妇不知也。”拟斩。

经年余，斩决有日矣。忽一人直上公堂，怒目大骂县令曰：“如此昏愦，何足临民！”衙役数十，将共执之。其人振臂一挥，众役颓然并仆。令惧，欲逃。其人大言曰：“我关帝前周仓也！昏官若动，即便诛却！”令战惧悚听。其人又曰：“杀人者，乃宫标也，与朱某何干？”言已，倒地，气若绝。少顷而醒。问之，真宫标也。搒之，尽服其罪。盖宫平素为非作歹，知某讨债，杀而取银。闻朱诬服，窃自幸。是日，进入公堂，所言，所为，皆不自知。令亦愕然。

案结后，邻母欲嫁其妇；妇感朱义，遂嫁之。

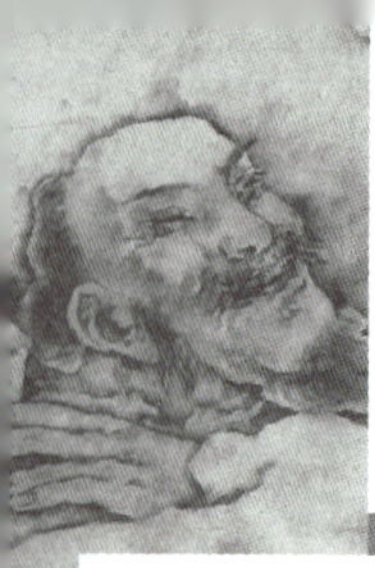

【鬼令】

酒狂无礼丢性命　作鬼不文饮大盅

教谕展先生，洒脱有名士风。然酒狂，不拘仪节。每醉归，则驰马孔庙殿阶。阶上多古柏，一日纵马入，触树头破自言：“子路怒我无礼，击头破矣！”中夜遂卒。

翌日，邑中某乙者，负贩乡间，夜宿古刹。更静人稀，忽见四五人携酒入庙，展亦在焉。酒数行，以字为令，一人曰：“田字不透风，十字在当中，十字推上去，古字赢一盅。”一人曰：“囷字不透风，木字在当中，木字推上去，杏字赢一盅。”一人曰：“回字不透风，口字在当中，口字推上去，吕字赢一盅。”至展，凝思而不得。众笑曰：“既不能令，须当受罚。”飞一觥来。展即云：“曰字不透风，一字在当中……”众又笑曰：“推作何物？”展饮尽曰：“一字推上去，一口一大盅。”相与大笑。未几，出门去。某不知展死，疑其罢官归也。及归问之，则展死已久，始悟所遇者鬼也。

【甄后】

前世有情后世续　铜雀故妓遭犬欺

洛城刘仲堪，少钝，而醉心于典籍。杜门攻苦，不与世通。一日，方读，忽闻异香满室；少间，珮声甚繁。惊顾之，有宫妆美人入。与之谈论古今，博洽非常。刘茫茫不知所对。美人笑曰：“我只赴瑶池一回宴耳，子乃历阅几世，聪明顿尽矣！”遂命侍者，以汤沃水晶膏进之。刘饮之，顿觉心神澄澈，世界通明。既而曛暮，从者尽去，二人熄烛登床，备尽欢好。

未曙，美人起。刘问其姓字，答曰：“妾甄氏，三国魏文帝皇后，君乃建安七子刘公干后身。时，汝以妾罹罪，心实不忍。今日之会，亦聊报情痴也。”旋见龙舆止于庭中，乃以玉脂盒赠刘，作别登车，云推而去。

刘自是文思大进。然追念甄后，凝思若痴。历数月，相思成病。时，家有老妪，自言能为之传书。刘大喜，乃折柬为函，付妪去。半夜而返。传甄后语：“郎君羸惫，非一函所能瘳。当送一佳妇慰之。”明日，果一老妪率女郎至，容色绝世，自言姓陈，名司香，愿求作妇。刘心知其异，阴问女：“系甄后何人？”答曰：“妾铜雀台故妓也。”刘疑为鬼。女曰：“非也。妾与夫人俱隶仙籍，偶以罪谪人间。夫人已复旧位；妾谪限未满，夫人请之天曹，暂使给役，故得服侍床箦耳。”

有牵黄犬过门外者，司香出窥，立未定，犬断索咬之。嚼断裙幅而吞之。刘以杖击犬而救之。女惊颜稍定，曰：“犬乃曹瞒所化，盖怒妾不守分香戒也。”居二年，见者皆惊其美艳，而疑其出处，以为妖。母诘刘，刘微道其异。母大惧，阴觅术士，作法于庭。司香惨然曰：“本期白头，今老母见疑，缘分绝矣。要我去，亦不难，但非禁咒可遣耳！”乃束薪爇火，抛阶下，瞬间烟蔽房屋，对面相失。忽有声震如雷，已而烟灭，见术士七窍流血死矣。入室，司香已渺。呼妪问之，妪亦不知去向。妪，狐也。

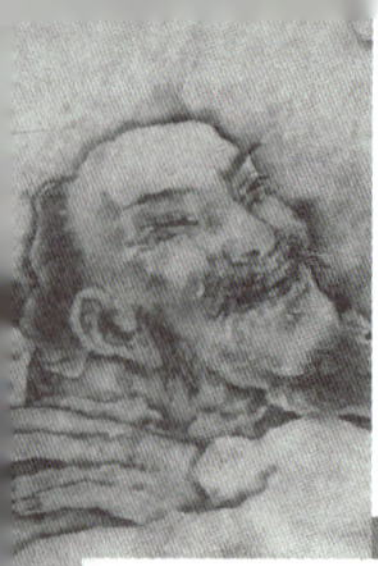

画面文字的使用颇为讲究，共分三段，其排列齐而不齐，错落有致。仔细看来，画家的书法亦出手不俗。［董善习］

【宦娘】

听琴情动两痴女　人也鬼也两知音

温如春，秦之世家也，少嗜琴。客晋，偶遇一道士，亦精于琴。拜之为师。夜以继日，精心刻画，遂称绝技。

一日暮归，遇暴雨，投止小村，入一门求宿。一女郎出，年十七八，貌类神仙。见客惊走。俄一老妪出，言女郎乃其侄女，名宦娘。时温未娶，宛然求为婚姻，妪颦蹙谢绝。遂住下。然室中少床榻，所藉铺草亦腐湿，不堪卧处。因危坐弹琴，以消永夜。雨歇而归。

邑有退休京官葛公，喜文士。温偶至其家，受命抚琴。葛有女，名良工，丽绝一世，善辞赋，有艳名。温见之心动。归与母言，媒通之，葛以门户不当，未许。然女自闻琴后，心窃倾慕。一日，于园中捡旧笺一折，上书《惜余春》词一首，心悦好之；怀归，抄写一纸，不意被风吹出闺门。葛公过而拾之，以为良工所作。恶其词荡，意为女大不可留，宜急嫁之。时，温如春家有菊，忽有一二株化为绿，葛公闻而讶之，遂至温家探视，又在温家畦畔得笺，亦写《惜余春》词，读之，即拾之良工闺门者也。猜为良工所赠，归告夫人。夫人恐久而其迹益彰，计不如以女嫁温。公然之。

良工既嫁温如春，各叙先前词笺之事，始知词笺乃缔好之由，而终不知其从何来。一夕，夫妻在室，琴不弹自鸣。音调楚楚有鬼声。良工家有古镜，可鉴鬼魅。取而照之，则昔日所遇之宦娘也。曰："妾太守之女，死百年矣。少喜琴筝，昔日得闻温君雅奏，倾心向往。又恨作鬼不能奉箕帚，亦不能拜师，阴以《惜余春》词为君撮合佳偶，酬师者不可谓不劳也。"夫妻咸拜谢之，殷切挽留。宦娘出一画卷，曰："此妾小像，如不忘媒妁，可悬之卧室，快意时焚香一炷，对鼓一曲，则妾身受之矣。"出门遂没。

【阿绣（一）】

买钗原为近佳丽　隔墙拭泪慰恋情

辽宁海州刘子固，十五岁时，至盖县看望舅父。见杂货铺中一女，名阿绣，姣丽无双，心爱好之。因频往购物，不较价。归之，则以所购香帕脂粉等物，密置一箧。无人时，自捡一过，触类凝思。次年，再往，则店铺已空。邻居言，阿绣随父回故里广宁。刘怏怏而归，苦思不置，遂减眠食。母忧思无计，使人涉远至广宁，欲媒合之，而传闻阿绣已许嫁他人。刘气丧心灰，捧箧啜泣不已。

适有媒来提亲，为黄氏女，声言美艳冠绝复州。刘恐不确，携仆亲至复州。入城，见北向一家，门半开，内一女郎，酷似阿绣。心大动，遂租居其东邻，以冀见女。一日，女果出。忽见刘，返身而去。旋又回头，以手指其后。刘喜极，会其意，信步诣舍后，见荒园寥廓，西有矮垣，顿悟；遂蹲伏露草中。久之，女自短墙露其首。细视，真阿绣也，喜极而泣。女隔墙探身，以巾拭其泪。深慰之。刘请逾垣，女曰："君先归，遣仆他宿，妾当自至。"刘如言，回坐伺之。少间，女悄然入。既就枕席，宛转万态；款洽之欢，不可言喻。至四更，过墙而去。刘自是不复措意黄氏女，旅居忘返，经月不归。一夜，仆起饲马，窥知其情。疑女为狐，诘刘。刘反复思之，亦大惧。仆与之谋："伺女再来，当操兵而击之。"至暮女至，曰："知君见疑，然妾亦无他，不过了夙分耳。"言未已，仆操刀破门入。女呵之曰："可弃兵！"仆即弃刀呆立。女曰："妾虽非阿绣，颇自谓不亚。我且去，待花烛后，再与新妇较优劣也。"转身遂杳。

此图是本套全图中唯一的特写作品，精彩。［刘佩永］

【阿绣（二）】

真假阿绣相比美　自愧不如赧然退

逾十余日，遭兵乱，主仆相失。刘为兵所掠，因其文弱，疏于防范。刘乘间盗马逃去。至海州界，见一女子，蓬鬓垢面，步履蹉跌，情不可堪。刘视之，则阿绣也，仍讶其为狐。细审之则真阿绣也！曰：“父携妾自广宁归，遇兵被俘。忽一女子，牵腕携逃，荒窜军中，似入无人之境，而无诘者。久之，离兵既远，乃释手曰：‘别矣！爱汝者将至，宜与同归。’”刘知其狐，感之。遂携阿绣上马，叠骑而归。母见阿绣，大喜，抚掌曰：“无怪痴儿魂梦不置也。”

婚后，刘出藏箧，封识俨然。有粉一函，化为赤土。始知为女当初相戏耳。方嬉笑间，一女掀帘入，刘视之，又一阿绣也，急呼母。母及家人悉集，无有能辨真假者。刘回眸亦迷，注目多时，始辨真伪，并揖而谢之。女索镜自照，赧然趋出，寻之已杳。夫妇感其义，设其灵位而祀之。一夕，刘醉归，狐女至。合扉相狎，曰：“郎视妾与狐姊谁胜？”刘曰：“卿过之。然皮相者不辨也。”言未已又有叩门者。启门则阿绣入，大愕，始悟适与语者，狐也。后，问：“何不另化一貌？”曰：“不能。阿绣，吾妹也，慧丽过于我。我效之久，虽貌似，而神终不及。”

自此三五日则一至，至则帮助家务，一切疑难，悉为决之。三年，不复来。

【杨疤眼】

狐之祸福有先兆　眼上瘢痕大如钱

一猎人，夜伏山中，见一小人，长二尺，踽踽行涧底。少间，又一人来，高亦如之。二人交问，前者曰：“我将往探杨疤眼，前见其气色晦暗，恐多罹不吉。”后人曰：“我亦为此而来，汝言不谬。”猎者知其非人，厉声大喝，二人并无有矣。夜获一狐，左目有瘢痕，大如铜钱。

【金和尚】

不经不佛另门户　从者云集死犹华

金和尚，诸城人。父无赖，以数百钱，将其卖至五莲山寺。少顽钝，不安于修行打坐，惟事牧猪、砍柴，若雇工。后本师死，稍有遗金，卷怀而去，作负贩。贱买贵卖，营谋最工。数年暴富，买田宅水坡。徒子徒孙繁多，绕里膏田千百亩。里中起宅数十处，内驻皆僧，亦有赤贫无业，携妻子，租屋佃田者。其僧舍，前有厅事，绘金碧，射人目；堂上几屏，晶光可鉴。其后为内寝，朱帘绣幕，兰麝喷人；壁上美人、山水诸名人字画，悬粘几无隙处。一声长呼，应声如雷。有客仓促至，十余筵咄嗟可办，但不敢公然蓄歌妓，而养狡童十数辈，皆慧黠，能媚人。金若一出，前后数十骑，簇拥而待。奴辈皆呼之以爷，又广结纳，即千里以外，呼吸可通。而其为人，鄙俗不文，顶趾无雅骨，生平不奉一经一咒。

后，金买异姓儿为子，延师教读。儿聪慧，入邑庠；旋援例作太学生；又赴北闱，领乡荐。由是金之名，以“太公”噪。无何，金薨，其养子披麻戴孝，北面称孤子；诸门人释杖满床榻；而哭灵者惟儿媳一人而已。士大夫妇咸华妆来，搴帏吊唁，冠盖舆马塞道。殡日，棚阁云连，幡幢翳日。纸马、纸人以千百计，皆如生；祭品象物，多难指名。冥宅壮丽如宫阙，楼阁房廊连亘数十亩。上自贵宦，下至贡监，皆俯首起拜如朝仪。当是时，倾国瞻仰，男女喘汗属于道，携妇襁儿，呼兄觅妹者声鼎沸。有孕妇痛急欲产，诸女伴张裙为幄，罗守之；但闻儿啼，不暇问雌雄，断幅绷怀中，或扶或拽以去。奇观哉！

葬后，金所遗资产，瓜分而二；子一、门人一。居第之南北西东，尽归诸僧，然皆以兄弟相呼，痛痒相关。

此篇文字，极难用绘画语言表达，却如此生动贴题。难在构思，而在画家本人似唾手可得。［巩武威］

【龙戏蛛】

双龙戏蛛震巨雷　廉令柩发万民哀

徐公为齐东县令。署中有楼，以藏肴饵。往往被物窃食，狼藉于地。家人屡受责骂，因伏伺之。见一蜘蛛，大如斗。骇走告公。公以为异，日遣婢辈投饵焉。蛛益驯，饥则出依人，饱而后去。积年余，公偶阅案牍，蛛忽来，伏案上。疑其饥，方呼家人取饵；旋见两蛇夹蛛卧，细如筷，蛛爪蜷腹缩，似极畏惧。转瞬间，蛇暴长，粗如卵。徐公大骇，欲走。巨雷大作，合家震毙。移时，公苏；夫人及婢仆击死者七人。公病月余，寻卒。

公廉正爱民，柩发之日，民敛钱以送，哭声满野。

【商妇】

妇人自缢贼悉见　上堂作证救比邻

天津商人某，将贩货于远方。往从富人借贷数百，为偷儿所窥。及夕，偷儿匿室中，以待其归。商人以当日吉，不待天黑，负资竟发。偷儿伏久，未见商人回，但闻商人妇转侧床上，似不成眠。既而，壁上一小门开，一室尽亮。门内有女子出，手引长带，近榻授妇。妇以手却之，女固予之；妇乃受带，起悬梁上，引颈自缢。女遂去，壁扉亦合。偷儿大惊，拔关遁去。既明，家人见妇死，告官。官拘邻家男，拷问之，诬以奸情，屈打成招，判死刑，不日就决。偷儿愤其冤，自首于堂，告以是夜所见。鞫之情真，邻人遂免于刑。问其里人，言宅中曾有少妇缢死，年齿容貌，与贼言悉符。俗传暴死者必求代替，果其然欤？

【阎罗宴】

阎王下属叨祭馔　谢宴回赠五两金

静海县邵生，家贫。值母寿诞，备牲酒祀于庭；拜已而起，则案上肴馔皆空。甚骇，以情告母。母疑其无钱置牲酒而诡言之，邵默然无以自白。

无何，考期临近，苦无资斧，借贷而往。途遇一人，伏候道左，邀请甚殷。从之去，见殿阁楼台，连亘街路。既入，一王者坐殿上。邵伏拜。王者和颜命坐，即赐宴饮，因曰："前过贵居，厮仆辈道路饥渴，有叨盛馔。"邵愕然不解。王者曰："我阎王也，不记尊堂寿辰之异乎？"筵终，出金一裹，曰："牲酒之扰，聊以相报。"邵生受之而出，则宫殿人物，一时都渺；惟有大树数株，萧然道侧。视所赠，则真金，称之得五两。考终，只耗其半，犹怀归以奉母。

【役鬼】

针灸良医能役鬼　术业专精直通神

山西杨医，善针灸，能役鬼。一出门，则牵骡操鞭者，皆鬼也。一日夜归，与友同行。途中见二人来，修伟异常。友人大骇。杨问曰："何人？"答云："长脚王、大头李，敬迎主人。"杨曰："为我前驱。"二人旋踵疾行，蹇缓则立候之，若奴隶然。

【细柳】

当严则严有家法　教子有方育人才

细柳娘，中都之士人女也。或以其嫖袅可爱，戏呼之“细柳”。少慧，解文字，喜读相人之书。后嫁与世家名士高生。高有前妻遗孤长福，细柳视之如己出，与亲子长怙一视同仁。女晨兴夜寐，经纪弥勤。生大喜，尝戏之曰：“细柳何细哉？眉细腰细凌波细，且喜心思更细。”女对曰：“高郎诚高矣！品高志高文字高，但愿寿数尤高。”孰料二十五岁赴友人饮，归途堕马而卒。高生卒后，细柳独自含辛茹苦，勤俭持家。

长福年十岁，父既殁，娇惰不肯读，逃学从牧儿遨，屡教不改。母无奈，使与童仆共操作。于是，衣以败絮，令其牧猪，归则自捧陶碗，与诸仆食粗粥。数日，苦之，泣跪庭下，愿仍读。母返身向壁，若不闻。不得已，执鞭啜泣而出。残秋向尽，身寒足冷，缩头如丐。里人多有非议，细柳漠然置之。福不堪其苦，向母投地大哭，曰：“愿受百杖，请复读。”细柳始许之。福受此挫折，遂勤身锐志，大异往昔。三年入泮，巡抚杨公器重之，助以灯火。

长怙愚钝，母令弃读而农，不安农苦。又使学负贩，竟持资淫赌，诡托被盗。母觉之，杖责濒死。兄福跪哀之，愿以身代，母怒始解。后，怙将从诸贾入洛。母出碎银三十两，又以黄金一铤付之，曰：“此金乃祖上所遗，不可用去，聊以压装，备急耳。”至洛，仍不务正业，宿娼家。十余夕，碎银渐尽，又取巨金。娼家验之，则假也。遂以伪金告官，梏掠几死。收狱中。大为吏虐，苟延余息。

假金者，母所故意也。二十天后，乃对福曰：“怙荡心不死，故授伪金以挫折之，今卜之，已在囚禁中矣。巡抚待汝厚。汝往求之，可脱其死难，而生愧悔之心也。”福入洛，按母嘱周旋。怙得以从狱中出。至此，痛自悔悟。再出营谋，半载而息倍。是年，长福秋捷；又三年，登第。长怙经商亦累资巨万。

于受万先生是一个构图创意的高手。此图主要人物置于画面中央，刀、刀鞘与人物的头、两臂构成完整的形象团块，使画面饱满而富有张力，形成正义与邪恶的强烈对比。［张锦平］

【罗祖】

妻归他人尘念尽　心无挂碍入空门

罗祖，即墨人，少贫。族中应出一丁戍北疆，即以罗往。罗居北疆数年，娶妻生子。驻防守备升任陕西参将，将携罗去。罗乃托妻子于其友李某，遂西去。自此，三年不得返。

参将欲致书北疆。罗请以顺路归省妻子。至家，妻子无恙，良慰。然见床下有男子鞋，心疑之。既而至李某申谢，李置酒殷勤。妻亦道李恩义，罗益生疑忌。明日，谓妻曰：“我往办公务，暮不能归，勿伺也。”跨马而去，而匿身近处。深夜却归，闻妻与李同床卧语。大怒，破扉入。二人惧，膝行乞死。罗抽刀出，已而复入鞘曰：“杀之，污吾刀也！妻子皆归你，我之籍名亦属你，马匹械器具在。我去矣！”遂逝。乡人将此事告官。官挞李，李以实告。查罗无下落，官疑其因奸杀人，益械李及妻，逾年，并桎梏以死。

后有樵夫入山，见一道人坐洞中。众以为异，奉粮供之。有识者，知为罗祖也。馈遗满洞，罗终不食。积数年，洞外蓬蒿成林。或潜窥之，则坐处不曾少移。又久之，见其出游山上，近之已渺。往瞰洞中，则衣上尘蒙如故，益奇之。更数日而往，则已坐化而僵矣。土人为建罗祖庙，香火甚盛。

【刘姓】

欺人太甚阎王怒　积有一善减冥罚

淄川刘某，凶恶而残暴。后离淄川，居沂水。至沂，习气不除，乡人皆畏恶之。刘有田数亩，与苗某连垄。苗勤，田畔多种桃。桃初结实，子往攀摘。刘怒殴之，指为己有。子啼而告之父。父方骇怪，刘已诟骂在门，且言将以告官。苗笑慰之，而怒不解。时有同乡李翠石在沂。刘持讼状入城，适相遇，问知情由。李笑曰：“汝之声望，众所共知。我素知苗甚平善，何敢欺你？将毋反言之也！”乃碎其状纸，拽入酒肆，将与调停。刘恨恨不已，复造讼状，藏怀中，期以必告。未几，李见苗，苗哀请李为之解免，曰：“我农人，畏见官长。但得罢讼，几株桃树，何敢执为己有。”李转告刘。刘仍指天画地，叱骂不休。苗惟诺诺，无少辩。

逾四五日，村人传刘某已死。李翠石为之惊叹。翌日，见扶杖而来者，俨然刘也。问之，不答，但挽至其家。乃言：“前日所传，非妄也。夜出门，为二吏捉至阴曹。见阎王，王怒曰：‘罪恶贯盈，不自悛悔，又以他人之物，占为己有。此等横暴，合置铛鼎！’正欲行刑，一人捧簿曰：‘此人有一善，合不死。’阎王阅簿，色稍霁，呵逐而还阳。时气绝已三日矣。”李闻而异之，因诘其善行颠末。

初，崇祯十三年，岁大凶，人相食。刘时在淄川为主捕隶。有外地逃荒者，欲卖妻以救父母。刘悯之，出钱三百，既救其父母，又保全其夫妇团圆。刘述此事，李大加奖叹。自此，刘前行顿改。七旬犹健。去年，李诣周村，遇刘又与人争，众围劝不能解。李笑呼曰：“汝又欲讼桃树耶？”刘茫然改容，呐呐敛手而退。

【邵九娘】

以仁对恶得善果　报应足数病乃痊

柴廷宾，太平府人。妻金氏，不育，又奇妒。柴百金买妾，金暴遇之，经岁，被折磨而死。柴忿出，独宿数月，不践闺闼。金氏巧言将柴招回，诡言为柴觅小妾，而阴嘱媒，迁延勿报，己则故督促之。如是年余，柴求子心切，不能待，遍嘱戚好为之购致，得林氏之养女。金佯作喜形于色，而以教授女红为名，初犹呵骂，继以鞭楚。鞋跟稍有折痕，则以铁杖击双腿，发少乱则批两颊。林不堪其虐，自经死。柴始悟其奸，因复反目，永绝琴瑟之好。阴修别业，思购丽人而别居之。

后，得聘邵九娘为妾。为防金氏再生事端，将其置于别业。九娘则不然，亲诣妻所，拜见金氏，又劝柴夫妻复合。对金执礼甚恭。金恶习难改，或鞭挞，或杖逐之。一日，竟烧赤铁烙女面，欲毁其容。又以针刺其胁二十余。九娘伤愈，揽镜喜曰："断我晦纹矣！"仍朝夕事金，一如往日。

金氏患腹肿，病危。九娘善医，为之下药，不久病愈。后，金患心口疼，面目皆青，但欲觅死。九娘急取银针数枚，按穴刺之，痛止；十余日，复发，又刺，应手奏效。金心常惴惴，恐病复萌。夜梦一神，近榻曰："汝罪过多端，寿数该尽。邵女何罪，而惨毒如此？仅降灾以示微谴。所欠一烙二十余针，今只偿零头，便望病根除也？"

醒后大惧，求九娘再针并烙。女笑，不可。金请益坚，起跪榻上，实以梦告。女乃针烙如数，果不复病。金自此忏悔，对婢仆辈亦无戾色。九娘生子柴俊，十五中进士，授翰林。

【铁布衫法】

百炼成钢硬气功　合掌斫之断牛颈

回族人沙某，练得铁布衫法。骈五指，力斫之，可断牛项；横搠之，可洞牛腹。曾在彭三公子家，悬木于空，遣两健仆极力撑去，猛反之。沙裸腹受木，砰然一响，木去远矣。又出其阳具置石上，以木槌力击之，无少损，但畏刀耳。

《巩仙》的处理手法运用了现代审美的一些手段，几块大小不一、形状各异的块面有机地结合在一起，充盈着整个画面。以电影蒙太奇的手法，或铺垫，或特写，疏密开合完美而统一。画家对巩仙长袖的处理贯穿整个画面，长袖的飘逸、迂回，表现了人物游走于虚实两个世界的洒脱和自如。［刘云涛］

【巩仙】

袖里乾坤称坦荡　离人思妇尽包容

巩道人，无名字，尝求见鲁王，门官不为通。有宦官出，见其鄙陋，逐之去。已而，复来，笑出黄金二铤，只求一观鲁王后园景色。宦官得金喜，引道人入。导历诸景，又从登楼上。宦官方凭窗，道人推之，但觉身坠楼下，有细葛绷腰，悬于空际。下视则高深眩目，细葛隐作断声。惧极，大号。鲁王来，大奇之。荒乱间，葛藤崩然自绝，离地乃不咫尺耳。相与失笑。

王命访道士所在。闻居于尚秀才家。鲁王宴请之，令作剧。道士愿献女乐，为大王寿。遂探袖中，出美人，命作“瑶池宴”之舞；又有西王母、董双成、许飞琼众仙姬次第出。末有织女献天衣一件，金彩绚烂，光映一室。王意歌者必仙姬，留其一二。待细视之，则皆自家乐妓耳。王深重道士，留居府内。道士曰：“野人之性，视宫殿如藩笼，不如尚秀才家得自由也。”每至中夜，必还尚秀才家。时而坚留，亦遂宿止。一日留宿，王使妓夜探之，则见其瞑坐榻上。妓女近前，摇之倒地，仍酣睡如雷。

初，尚秀才与乐妓惠哥善，矢志嫁娶。后为鲁王召去，遂绝情好。秀才每系念之，苦无由通。言于道士，道士笑曰：“世外人，不能为君牵线。”秀才哀之不已。道士展其袖曰：“必欲一见，请入袖中。”秀才伏身入，则袖内光明洞彻，几案床榻，无所不有。道士再入鲁王府，与王对弈。望惠哥至，佯以袍袖拂尘，惠哥已纳袖中。见秀才，两相惊喜，绸缪臻至。十月，道士自袖中取一男婴付秀才，又剪下溅血道袍一片，曰：“烧灰一钱，可治难产。”后，鲁王一爱妃难产，医穷于术。秀才以道士遗方治之，一剂而产。王大喜，赠之金帛，秀才悉辞不受，但求赐惠哥。王乃盛备舆马，以金帛为惠哥作嫁妆，送至秀才家。惠哥所生子，名秀生。秀者，袖也。

【跳神】

乡妪婆娑跳大神　众妇森踖问休咎

济南民俗：家有病者，闺中以神问卜。请巫婆击铁环单面鼓，婆娑作态，名曰“跳神”。此俗都中尤盛。良家少妇，时自为之。堂中设酒肉，烧巨烛。妇束短幅裙，屈一足，作“商羊舞”。两人捉臂，左右扶掖之。妇刺刺有词，似歌似祝；字多寡参差，无律带腔。数鼓乱敲如雷，蓬蓬聒人耳。既而垂头，目斜睨；立须人扶，不扶则仆。旋忽伸颈巨跃，离地尺有咫。室中诸女，凛然愕顾曰：“祖宗来吃食矣。”一嘘，吹灯灭。人立暗中，不敢交一语，语亦不得闻。鼓声乱也。

食顷，闻妇厉声呼公婆及夫嫂小字，始共燃烛，伛偻问休咎。视樽中案上已空。望颜色，察嗔喜，有问必答。中有腹诽者，神已知；指某姗笑我，大不敬，将剥汝裤。诽者自顾，莹然已裸。衣裤则挂于门外树上。

满州妇女，奉事尤虔。小有疑，必令决。时严妆，骑假虎假马，执长兵，舞榻上，名曰“跳虎神”。或自称关公、张飞、赵公明，不一号。赫气惨凛，尤能畏怖人。有丈夫穴窗来窥，则被长兵破窗刺帽，挑入去。一家妪媳姊若妹，森森踖踖，雁行立，无歧念，无懈骨。

《聊斋》锦上再添画，升华故事情趣雅。文言缩写豪壮举，时空自在绽奇葩。［巩武威］

【大力将军】

帮人慷慨随时忘　报恩丰隆更出奇

查伊璜，浙人。清明饮野寺中，见殿前有古钟，大于两石瓮，而上下土痕手迹如新。疑之，使数人力掀举之，无少动。益骇，乃坐饮，以伺其人。居无何，有乞儿入，携所乞食物，堆累钟下。乃以一手起钟，一手将食物置钟下筐内。往返数回，始尽。一座尽骇，问：“若大男儿，何行乞？”答曰：“饭量大，无佣者。”查以其健，劝其投军，乞人愀然虑无阶。查遂携归，饵之，计其食量，略倍五六人。为易衣履，又以五十金赠之投军。

后十余年，查之侄官于闽。有吴将军六奇者，忽来通谒。款谈间，知伊璜乃其叔。曰：“是我师也。十年之别，颇复忆念。”会伊璜至，因告之。伊璜茫不记忆，因将军问讯之殷，遂前往拜见。视之，殊昧生平，窃疑其误。而将军伛偻甚恭。一姬捧朝服入，为将军更衣。而后朝拜，如觐君父。查大愕，莫解所以。拜已，以便服侍坐。笑曰：“先生不忆举钟之乞人也？”查乃悟。既而华筵高列，家乐作于下。查不自安，欲辞去，将军不许，遂住下。一日，捧籍谓查曰：“不才得有今日，悉出先生之赐。一婢一物，不敢自私，敢以半数奉先生。”查愕然不受，将军不听。出藏银数万，亦两分之。按籍点照，古玩玉器，堂内外罗列几满。又亲视姬婢登舆，厩卒捉马骡，阗咽并发，乃送查归。

后查伊璜因修史一案，株连被收，卒得免，皆将军之力也。

【颜氏】

靓女扮男得进士　辞官家居守闺房

顺天府某生，家贫。值岁饥，从父至洛阳。性钝，年十七，尚不能成章。而丰仪秀美，能雅谑，善尺牍。无何，父母继殁，孑然一身，教授童蒙为生。时，村中颜氏有孤女，名士后裔，少慧。父在时，尝教之读，过目不忘。后父母双亡，邻妇将其与生撮合之。颜女以某生貌美而书札端好，许之。婚后，鱼水甚欢。及睹生文，笑曰："文与卿似为两人。如此，何日可成？"朝夕劝生研读，严如师友。年余，生为文颇通，而再试再黜。身名蹇落。家益贫，竟断炊烟，嗷嗷悲泣。女呵之曰："君非丈夫，负此冠耳！使我易髻而冠，得官爵如拾草芥耳。"生闻妻言，怒曰："闺中人，身不到科场，便以为功名富贵，似汝厨下汲水炊粥也！"女笑曰："君勿怒，待考期，妾请易装相代。倘落拓如君，当不敢复藐天下士矣。"女入房，男装而出，曰："视妾可作男儿否？"生视之，俨然一少年也。生喜，携妻回原籍顺天府，以兄弟相称。生叔兄尚在，见之甚喜，晨夕恤顾之。逢考期在即，两人并出。生又落第；女得科试第一，又以冠军应试，中顺天第四；明年成进士，授为桐城令。女在任上，政绩卓越，寻迁河南道掌印御史，富比王侯。十年后，托疾，赐归田里。宾客填门，皆谢而不纳。

无何，明亡，天下大乱。乃告嫂曰："我小郎妇也，以其不能自立，负气自为之。"于是，使丈夫承其衔，仍入闺阁而雌伏矣。生羞袭女衔，惟以诸生自安，终身未尝享用皇封之舆盖矣。

几个具有造型意义的故事情节，运用蒙太奇的手法，通过形状各异、有条不紊的块面表现出来。众女郎的不同情态、杜翁似醉似呆的眼神、索命鬼狰狞的面容以及大猪、小猪、撞墙猪的细微刻画，使得画面神采飞扬。

于老师绘画的表现力达到这个程度，足令读者欢欣。［吴东奋］

【杜翁】

梦中尾随鬼女去　入窦一窥化为猪

杜翁，沂水人。偶自集市中出，坐墙下，以候同侣。觉少倦，忽若梦，为一人持牒摄去。至一府署。有戴瓦垄冠者，自内出，则青州已故张某，其友也。见杜惊曰：“杜大哥何至此？”杜言：“不知何事，但有勾牒。”张疑其误，将为查验。乃嘱曰：“谨立此，勿他适。恐一迷失，将难救挽。”遂去。久之不出，惟持牒人来，自认勾摄之误，释之令归。

归途中遇六七女郎，容色娟好，悦而尾之。行数十步，闻张在后大呼曰：“杜大哥，汝将何往？”杜恋女不已，未以招呼为意。俄见诸女入一窦洞，心知为王氏酒家，不觉探身门内。略一窥瞻，即觉身在栏中，豁然自悟，已化为幼猪矣。而耳中犹闻张呼。大惧，急以头触墙。闻人言曰：“小猪癫痫矣。”还顾，已复为人。速出，则张候于途，责曰：“固嘱勿他往，何不听言？几至坏事！”遂把手送至市门乃去。杜忽醒，则身犹倚墙下。及至王氏酒家问之，果有小猪自触而死。

【小谢】

书生端念任鬼闹　借尸还魂两美妻

渭南县姜部郎，宅第多鬼魅，常惑人，因徙居别业。有陶望三者，夙倜傥，好狎妓，借住其间。并著《续无鬼论》，献部郎。一日将暮，生仰卧榻上，有二女悄然入；一约二十，一可十七八，并皆姝丽。逡巡立榻下，相视而笑。生寂然不动。长者跷一足踹生腹，少者掩口匿笑。生觉心摇意动，若不自持，遂肃然端念，卒不顾。女近，以左手轻拍面颊，作小响；少者益笑。生骤起叱之！二女骇奔而散。将夜半，烛而寝。才交睫，觉人以细物穿鼻，奇痒，大嚏。但闻暗处隐作笑声。生暴起呵之，飘窜而去。既寝，又至。终夜不堪其扰。翌日夜，二女又来，骚扰不止，甚而探手于怀，捋裤于地。陶生日：“房中纵送，我都不解，缠我无益。”二女微笑，转身向灶，为生执炊。俄顷粥熟，争以匙箸、陶碗置几上。啜已，复盛，争为奔走。生乐之，习以为常。日渐熟，审其姓名，长者乔姓，名秋容；少者阮姓，名小谢。由此，二女以师事生。小谢学书法，秋容习读书。小谢又引其弟三郎来，与秋容共读一经。不料，陶生因以诗词讥切时政，为仇人中伤入狱。淹禁狱中，处境惨苦，自忖已无生理。幸有秋容、小谢频至探望。

为救陶生，三郎入都城，待上官出，遮道鸣冤。被收部院勘问。因与陶生素非瓜葛，无端代控，将加严刑。三郎仆地而灭。上官见此，惧而异之，转悟陶生定有冤情。神鬼为鸣不平，遂释之。

陶生释归，二女至，相与悲喜交集。自此，虽因鬼气伤人，而不及乱，亦俯颈倾头，恋恋如同伉俪。

一日，有道士来访。知其情，书两道符，分与二女。嘱曰：“如门外有哭女者，吞符急出，先到者可活。”至日，果有发丧者过其门。二女争相奔出，小谢忘吞符；秋容吞符入棺，复活。棺内乃富室郝氏之女。女起，直奔生斋，偃卧于床。生就视之，面庞虽异，光艳不减秋容，喜惬过望。忽闻小谢呜呜哭于暗陬，心甚怜之，遂再求道士。道士入生室，掩扉坐，凡十余日，不饮不食，瞑若睡。一日晨，有少女入，明眸皓齿，光艳照人。旋即，小谢亦至。女遽起迎抱之，合为一体，仆地而僵。扶置床上，数日而苏。此后，陶应试得官，乃知小谢化身为同榜进士之妹。二女复活，矢志同侍陶生。陶生与两女家皆为翁婿，往来不绝矣。

【缢鬼】

爱美之心死不泯　悬梁之前细打扮

范生者，宿于逆旅。入夜，卧床，忽一婢来。携包袱与镜奁等物，一一列案头，乃去。俄一少妇自内出，开奁，对镜梳妆。已而鬓，已而簪，顾影徘徊甚久。前婢又端水至。少妇盥洗已，自解袱，出裙妆。炫然新制，着之。掩衿提领，结束周至。范不语，心中疑怪。妇出长带，垂诸梁而结焉。范讶之。妇从容跐双足，引颈受缢。方一着带，目即合，眉即竖，舌出二寸许，颜色惨淡如鬼。范生大骇奔出，呼告主人，验之已渺。主人曰：“曩时，儿媳自经此室，毋乃此乎？”

异哉，即死，犹精心打扮，此何说也？

采用主体人物重复出现的方法将事件一一铺叙，突破了时空局限。在画中画里描绘董妃美艳之姿，很有特色。吕祖带有太极图的特写使画面顿生吉祥之感。　［张广庆］

【吴门画工】

形象记忆绘皇妃　吕祖助人有奇招

吴门一画工，喜绘吕祖。每想象而神会之。希幸一遇。一日，有群丐饮郊郭间，内一人敞衣露肘，而神采轩豁。心疑吕祖，遂捉其臂曰：“君吕祖也。”丐大笑。画工伏拜不起。丐者曰：“我即吕祖，汝将奈何？”某伏地叩首，请求指教。丐者曰：“汝能相识，可谓有缘。夜间当相语也。”转盼遂杳，骇叹而归。

至夜，果梦吕祖来，曰：“汝骨气贪吝，不能为仙。我使见一人可也。”即向空一招，遂有一丽人蹑空而下。吕祖曰：“此乃董娘娘，将其相貌谨记之，勿忘却。”俄而，丽者去，吕祖亦去。醒而异之，即将梦中所见，肖其像而藏之，终不解其所谓。

后数年，偶游于都。会董妃薨，皇上念其贤，将为肖像。诸画工群集，口授心拟，终不能肖。某忽忆梦中事，以图呈进，宫中人俱谓神肖。上大悦，授以官，辞不受，而赐万金。由此名声大噪。贵戚家，均遗重币求写先人像。凡悬空摹写，无不曲肖。

【林氏】

兵匪当前存贞节　贤妻周旋儿女全

济南戚安期，素佻达，喜狎妓。妻婉戒之，不听。妻林氏，美而贤。会北兵入境，林氏被俘。暮宿途中，欲相犯，林伪许之。适兵刀系床头，急抽刀自刎。兵将其弃之于野。戚知之，痛悼而往。视之，有微息，负之归。抚之曰：“卿万一能活，定听尔劝谏，若相负，必遭凶折。”

半年，林氏平复如故，惟首为伤痕所牵，常苦于左顾。戚不以为丑，爱恋逾于平时，嫖妓之事，从此绝迹。林自觉形秽，将为置妾，戚执意不可。数年，林不育，因劝纳婢，亦不肯。林乃托疾，使戚独宿，夜遣婢海棠托己往就之。戚摸其项，无痕，知为婢，叱之去。一夕，林约戚至卧榻同眠，而阴以婢替之。事已，婢伪起溺，以林易之。一而再，再而三，戚不觉也。

凡数年，海棠生二男一女。林氏皆送娘家抚养，待海棠年长，戚时时促遣之。林则以外嫁之名，送海棠至娘家，抚养子女。又数年，子女俱长成。值戚生日，不禁慨叹：“岁月无情，转眼半世，而膝下尚无一儿半女。”林曰：“欲得男儿，俩亦不难，何况一也？”早起，命驾至娘家，严妆子女，载与俱归。入门，令雁行立，呼父叩祝千秋。戚骇怪不解。始为详述本末。戚感极涕泣。遂迎海棠归，偕老焉。

以整齐的方格为底，以长线的飘逸衬托狐女的美艳，凌乱的地面摆设烘托了紧张的气氛。狐女的嘲笑与岳氏夫妇惊愕的表情相对比，顿使画面增色。中锋顿笔画线，如锥入木，如犁耕地，笔笔有力，笔笔传神。【汪为胜】

【胡大姑（一）】

家中患狐恶作剧　劝男离婚自当妻

益都岳于九，家有狐祟，布帛器具，时被抛掷邻堵。蓄细纹葛布，将取作衣，其捆如故，解视，则外实而中虚，悉被剪去。诸如此类，不堪其苦。妻诟骂之，岳诫之勿使狐闻。狐在梁上曰：“我已闻之。”祟益甚。

一日，夫妻卧未起。狐摄衾服去，各裸蹲床上，望空哀祝之。忽见一女子自窗入，掷衣床头。岳着衣，揖之曰：“上仙有意垂顾，请做我女儿，何如？”狐曰：“我齿较汝长，何得妄自尊大？”又请为姊妹，乃许之。于是命家人皆呼以“胡大姑”。

狐扰如故，且专祟岳之儿媳。履袜簪珥，往往弃道上。每食，则于粥中埋死鼠、粪秽。子妇则掷碗骂骚狐。岳祝曰：“儿女辈皆呼汝大姑，何略无尊长体也？”狐曰：“教汝子休其妇，我为汝媳，便相安矣。”子妇骂曰：“淫狐不自羞，欲与人争汉子耶？”时妇坐衣箱上，忽见浓烟出尻下，熏热如蒸。启视，藏衣俱烬，仅剩一二件，皆婆母之服也。又逼岳子休其妇，子不应。过数日，再促之，仍不应。狐怒以石击之，额破血流，几毙。岳益患之，无计可施。

偌大的太极图表明李成爻的身份，傲然迈步的老鸡、裸态丰美的胡大姑所构成的两个大圆圈与酒瓶圆转相连，构成了一定的关系。画面以写意用笔的淡墨渲染衬托着线描的美感，将虚幻的结局以实像呈现给读者。真妙。［宋丰光］

【胡大姑（二）】

狐付刍偶鸡伏法　符咒三出收瓶中

西山李成爻，善符咒，岳于久聘之。李以泥金作符，又以镜遍照宅中。使童子随视，至一处，童曰：“墙边若有犬伏。”李即戟手书符其处。既而禹步庭中。咒移时，即见家中犬豕并来，俯首帖耳，若听教诲。李挥之去。又咒，群鸭又来，又挥之去。已而，鸡至。李指一鸡，大叱之。他鸡俱去，一鸡独伏，交翼长鸣，曰：“我不敢矣！”李曰：“此物乃汝家中所藏紫姑神偶。”家人忆三年前，曾作紫姑为戏，怪即自尔日始矣。遍搜之，得草扎人形小偶于厩梁上。李取投火中，又取一瓶，三咒三叱，而收之，鸡起径去。闻瓶中语：“岳于九狠哉，数年后，当复来。”岳乞付之汤火。李不可，携瓶而去。

或见李壁间挂数十瓶，内皆狐也。言其依次放纵之，出为祟，以此获聘金，营利云。

画面信息含量之宽泛，艺术含量之丰富，构思层次之分明，只有《聊斋》，只有于受万画的《聊斋》才做得到。［王双贵］

【细侯】

痴情男女情似海　富贾诡谋化为空

昌化县满生，教私塾于余杭。偶涉街市，忽有荔壳落肩头。仰视，一少姬凭楼上，妖姿曼妙。不觉注目发狂，姬俯哂而入。询之，知为娼楼贾氏女细侯也。其声价颇高，自顾不能适愿。归斋冥想，终宵不枕。

越日，心志益迷。借贷若干，携至娼家，见女。款洽臻至。枕上口占一绝云：“膏腻铜盘夜未央，床头小语麝兰香。新鬟明日重妆凤，无复行云梦楚王。”两情相悦，遂定终身。为给细侯赎身，满生赴湖南求助故友。不意，至湖南则友已免官，囊中空虚，不能为力。生落魄难返，就当地教书度日，三年莫能归。后，偶笞弟子，弟子自溺死，因之获罪入狱。

细侯自别满生，杜门不交一客。有富贾，见其美，务在必得。细侯不可。贾探知细侯蚕满生事使人至湖南，侦生耗，以金赂吏，使久锢之。归告女云：“生已死狱中。”细侯不信。贾又假作满生绝命书寄细侯。细侯得书，朝夕哀哭。媪再三促嫁。细侯不得已，遂嫁贾。年余，生一子。

无何，满生得门人之力，昭雪出狱，始知贾之诡计也。门人又助资斧，得归余杭。细侯知之，大悲，方悟前此多端，悉为贾之诡谋。乘贾他出，杀抱中儿，走归满生。贾归，怒讼于官。官感满生与细侯情深可悯，原其情，竟置不问。

画家抓住了整篇中最主要的一个细节，以狂放、劲利的笔法，全方位、立体地、有似电影手法中慢动作似的展现了屠夫与狼搏斗的场景。画家好像具有演员的心理功夫，直观而清晰，将文字内容予以形象化的升华。［尹 干］

【狼】

二狼变诈有心计　屠人殊之见急智

一屠人晚归，途遇两狼，尾随不舍。屠惧，投以担中剩骨。一狼得骨止，一狼又随。复投之，后狼止，而前狼又至。骨已尽，而两狼并驱如故。屠大窘，恐前后受敌。顾野有麦场，积麦草如丘。屠乃奔依其下，弛担持刀。狼不敢前，眈眈相向。

少时，一狼径去，一狼坐于前。目似瞑，意悠然暇甚。屠暴起，以刀劈狼首，未待狼嚎，又数刀毙之。方欲行，转视麦草丘后，一狼正尔掏洞，意将过洞以攻其后也。身已半入，只露尻尾。屠自后断其股，亦毙之。方悟前狼假寐，以诱敌也。狼亦黠矣，而顷刻两毙。禽兽之变诈，应逊屠夫之机智耳。

【美人首】

讫无苦主来报案　隔墙砍下美人头

诸商人寓居京舍。舍与邻屋相连，中隔板壁。板有松节脱，穴如盏大。忽一女子隔墙探首入，挽凤髻，绝美；旋伸一臂，洁白如玉。众骇其妖，欲捉之，已缩去。少顷，又至，但隔墙不见其身。急奔其前，则又缩回。一商操刀伏壁下，待首再出，暴斫之。应手而落，血溅尘埃。众惊告主人。主人惧，将其首报送官府。官逮诸商鞫之。以事涉荒唐，淹系半年，迄无端绪，亦无苦主。乃释诸商，葬女首。

【刘亮采】

狐仙托生朋友家　身短心灵性任侠

历城刘亮采，狐之后身也。初，太翁居南山，有叟登门造访，自言胡姓。叟思维敏捷，词旨便利。悦之，治酒欢饮，醺醺而去。

越日，复来。问其居址，答曰：“我乃山中老狐，只在此山中，与汝有夙缘。固不能为公福，亦不敢为公祸。”即叙年齿，胡叟为兄，往来如昆季。叟能预知祸福，有小休咎，亦以告。

刘无子嗣。犯愁。一日，叟曰：“公勿忧，我当为君后。”刘讶其言怪，叟曰：“仆之算数已尽，投生有期矣。与其投生他处，何如投生故人家？”刘曰：“仙寿万年，何亦有算数？”叟摇首曰：“非汝所知。”遂去。夜，果梦叟来，曰：“我今至矣。”既醒，夫人生男，即刘亮采。

亮采长大，身材短小，言辞敏谐，绝类胡。少有才名，壬辰岁中进士。其为人侠义，急人之急，故秦、楚、燕、赵之客，来往不绝。货酒卖饼者，聚其门前，俨然成市焉。

【蕙芳】

老实朴讷马二混　仙人从之董蕙芳

马二混，居青州东门内，卖面为业。家贫无妇，与母共作苦。一日，母独居，忽有美人来，年十六七，光华照人，笑曰：“我以贤郎诚笃，愿委身母家。”母不知底里，意必侯门府中逃亡者，力拒之。女乃去。

数日后，西巷吕媪来，曰：“邻女董蕙芳，孤而无依，自愿为二混妇，何不纳？”马母疑虑始消。日将暮，女飘然至。入室参母，起拜尽礼。又引二婢秋月、秋松伏地叩母。既而马归，母迎告之。马喜。入室，见翠栋雕梁，侔于宫殿，惊极，不敢入。女下床笑迎。睹之若仙，益骇，连连倒退。女挽之，坐与语。二混喜出非分，形神若不相属。入夜而寝，欢愉非常。天明出门，回视，则茅庐依旧。母子共奇之。母入西巷吕媪家，谢其媒合之德。吕妈大骇，竟不知说媒之事。即同母来视新妇。蕙芳笑而迎之，极谢媒合之义。吕见其惠丽，愕视良久，即亦不辨，唯唯而已。女赠白木如意一具，吕受之以归，审视则化为白金。

由此，二混家境顿富，不再卖面。四五年后，蕙芳曰：“我谪降人间十余年，因与有夙缘，遂暂留住，从今别矣。”二混苦留之，蕙芳曰：“请别择良偶，以接家绪，我岁月当一至焉。”忽不见。二混乃娶秦氏。后三年，七夕，蕙芳至，曰：“我方送织女渡河，乘间一相望耳。”两相依依，语无休止。临别，女曰：“尔寿八旬，至期，我来收尔骨。”言已遂逝。今马六十余矣，其人但朴讷，无他长。

此图于受万先生利用透视来营造画面的奇异效果，主体人物山神仿佛在凹凸镜中观看，主体人物的高大诡异由次要人物的渺小杂乱衬托而出。〔张锦平〕

【山神】

山中野鬼摆酒馔　牛溲马勃伴蜥蜴

益都李会斗，偶山行，值数人藉地饮。见李至，欢然并起，拽入坐，争相敬酒。视其盘馔，珍馐杂陈，但酒味薄涩。忽遥有一人来，脸狭长，可二三尺许，戴高冠。众惊曰：“山神至矣！”即纷纷四散。李亦伏匿深坎中。既而起视，则肴酒一无所有，惟有破陶器贮牛溲马勃，瓦片上盛蜥蜴数枚而已。

于老师这套《聊斋》全图，常用的手法是以祥云分割画面空间，将人物置于虚幻的意境之中，令读者产生扑朔迷离的无穷遐想。这正匹配了此部经典名著的主旨。 ［宋丰光］

【萧七】

曛暮酒渴遇狐女　一扪之缘勿苛求

临淄人徐继长，居城东之磨房庄。业儒未成，去而为吏。薄暮醉归，过于氏祖茔。见楼阁繁丽，一叟当户坐。徐酒渴求饮。入门。饮已。叟曰："曛暮难行，姑留宿，早旦而发，何如？"徐亦疲殆，遂止宿焉。叟具酒待客。饮间，谓徐曰："老夫一言，勿嫌唐突。君乃名门望族，我有幼女萧七，欲侍箕帚，幸垂援拾。"遂唤女郎出，炫妆射日，姿容绝俗。于是，交坐宴会。宴间，徐神魂眩乱，但欲速寝。宴罢，夫妇入帏登榻，款昵备至。女曰："此处不可为家，审知先生家姊甚平善，或不拗阻。扫除一舍，行将自至耳。"徐应之。既而加臂于身，奄忽就寝。及醒，则抱中已空。天色大明，松阴翳晓，身卧黍草中。骇叹而归。告妻，妻以为妄，戏为收拾房间，设榻其中，笑曰："新娘子今夜至矣！"日既暮，妻戏拽徐启门，则见女已华妆坐榻上，夫妻大愕。女掩口局局而笑，参拜恭谨。妻乃为之合欢。女早起操作，不待驱使。

一日，女言姊姨辈欲上门一望。晨起，果有人荷酒肉来。妻为之烹饪。日落，六七女郎至，围坐并饮，喧笑盈室。徐妻伏窗一窥，惟见夫与女相向而坐，他客皆不可睹。至北斗挂屋角，欢然始去。妻曰："客临吾家，自备饮馔，亦大笑话，隔日当另邀致。"逾数日，使女复召客至。座间一女，年十八九，新寡，女呼为六姊。情态妖艳，善笑能口，与徐渐洽。无何，称醉亡去。徐持烛觅之，则酣寝帏中。近接其吻，似不觉；又以手探裤，私处坟起，徐心旌方摇。席中纷唤徐郎，乃急理其衣，窃其绫巾而出。宴散，徐展玩六姊绫巾，念念不释。女笑曰："前世，你二人有一扪之缘，过此，即非所望。"

后，女携徐回娘家，唤六姊至。日："吻已接矣，作态何为？"强使一处。徐拥之入室，解带缓襦，正欲求欢，忽闻喊声动地，火光映天。六姊大惊，推徐起曰："祸事忽临，我去矣！"徐怅然呆坐，屋宇人物并失。猎者十余人，驾鹰操刀而至，曰："适逐一狐，见之否？"答曰："未见。"细认其处，乃于家祖坟。怏怏而归。后，晨占雀喜，夕卜灯花，而再无消息。

画面刻画生动，人物道具层出不穷，中间托出男女二主人公，并且随手携取太极分割。受万兄匠心独具。 〔周永生〕

【乱离】

待婚男女遭兵乱　枕上巧合未婚妻

学师刘芳辉，京都人。有妹许配戴生。正待出嫁，突遇清兵入境，一家离散。女被武官牛录俘去。从之数日，殊不稍狎。夜则卧之别榻，饮食供奉甚殷。几天后，又掠一少年来，仪采都雅。牛录谓之曰：“我无子，欲认你作儿，以延宗绪，肯否？”少年唯唯。又指女曰：“如肯，即以此女为汝妇。”少年喜，愿从所命。牛录乃使之二人同榻，浃洽甚乐。及枕上各道姓氏，则少年即未婚夫戴生也。

【豢蛇】

山中蛇本恶劣虫　和尚驯之不伤人

泗水县山中，旧有禅院，四无村落，人迹罕至。有和尚栖居其中。传言庙里多大蛇。以故游人绝迹。

一少年入山捕鹰，夜无归宿，趋投之。和尚命坐，具饘粥。食未已，一巨蛇入，粗十余围。昂首向客，怒目如电，少年大惧。和尚以掌击其额，呵曰：“去！”蛇乃俯首入东室。蜿蜒移时，其躯始尽；盘旋其中，一室尽满。和尚曰：“此平时所豢养，有我在，不妨。”甫坐，又一蛇入，约五六围，见人遂止，吐舌如前状。和尚又斥之，亦入室去。室无卧处，而半绕梁间。壁上土，摇落有声。少年益惧，终夜未眠。早起欲归，和尚送之。出屋门，见墙上阶下，大小不等，行卧不一，皆蛇也。见生人，俱现吞吃之状。少年紧依和尚胁下而行，使送出谷口，乃归。

【雷公】

神怕污秽嗥如牛　大雨洗涤霹雳飞

亳州民王从简，其母坐室中。值小雨冥晦，见雷公持锤，振动翅膀而入。大骇，急以罐中尿泼之。雷公沾秽，若中刀斧，返身疾逃；极力展腾，不得去；颠倒庭际，嗥声如牛。天上乌云渐低，低与檐齐。闻云中萧萧如马鸣，与雷公嗥声相呼应。少时，雨暴注，身上恶秽冲洗以尽，乃作霹雳而去。

【菱角】

上学路上拜菩萨　战乱离散得团圆

楚人胡大成，其母好佛。大成读私塾，道经观音祠。母嘱，过之必入叩拜。一日至祠，有少女挽儿游戏其中，发垂掩颈，而风致娟然。大成年十四，心好之，问其姓氏。女笑曰：“我乃祠西焦画工之女菱角也。”问：“有婿家否？”女酡然曰：“无也。”成曰：“我为你婿，好否？”女惭曰：“我不能自主。”而眉目澄澄，上下睨成，意似欣然。成乃出。女追而遥告曰：“崔尔诚乃吾父好友，请其为媒，无不成。”成诺之。归告母。遂请崔为媒。崔极言大成清族美才，焦画工始许之。

大成有伯父，任教官于湖北，年老无子。妻卒，大成母遣成奔丧。待数月，伯又病卒。适遭战乱，音信隔绝。成流窜民间，租屋而居，孤苦无依。一日，有媪，年四十许，萦回村中，自言：“离乱罔归，将卖自身。”或问其价，曰：“不屑为人奴，亦不愿为人妇，只愿作人母。不较价。”闻者皆笑。成见媪面目间颇类其母，触于怀而大悲，遂邀归，执子礼焉。媪喜，便为炊饭织履，操劳若母。

一日，媪欲为大成聘女娶亲。成不忘菱角，曰：“结发之盟不可背。”媪曰：“大乱之时，人事翻覆，何可株待？”日既夕，戒成曰：“独坐勿寐，我往视新妇来也未？”三更既尽，忽闻门外喧哗。出视之。见一女子，蓬首啜泣。问之，乃言曰：“我受聘于胡大成，不意大成去往湖北，音信皆无。父母强我归你。身可至，志不可夺也。”成闻而哭诉原委。女收涕惊喜，就灯顾视，果然。始知事皆媪之所为。几日后，有童子于离乱中，以金毛犼送大成母至，一家得以团聚。母子抱哭，一门欢慰。方悟媪即观音大士现身。由此持观音经咒益虔。遂流寓湖北，治田庐焉。

【饿鬼】

两世为人皆贪鄙　晚年定然无善终

马永，齐人，年三十余，贫而无赖。乡人厌弃之，戏称之“饿鬼”。

同乡有朱叟者，值马永饭肆赖账，为市人所苦。怜之，代给其值。引之归，赠以数百钱，作负贩本钱。马去，仍不谋正业，赠金坐食立尽。以此，无脸见朱，逃至临邑。暮宿学宫，冬夜凛寒，摘孔圣冠上冕旒，烧之取暖。学官知之，怒欲加刑。马乞免，愿为其生财。学官喜，纵之去。马探知某生殷富，登门勒索，故挑其怒，乃以刀自残，而诬告之。学官勒取重赂，始免申黜。诸生知其情，共愤，讼于县。县尹拘扑马永，笞四十，梏其颈，三日毙焉。

是夜，朱叟梦马永冠带而入，曰：“负公大德，今来相报。”既醒，妾生一子。朱知为马转世，名以马儿。马儿少不慧，幸喜其善读，二十余，得入邑庠。后赶考住旅店，见墙壁糊有古旧文章，视之，有《犬之性》之文，读而记之。入场，适为此题，录之，得优等。至六十余，补临邑训导之职。马儿在任上，复蹈故辙，以权谋私，敲诈学子。暮年，臃肿聋聩，须发皆白，每向人讨乌须药。有某生锉茜根与之，须发赤红，如庙中赤发鬼。自此忿气郁结，数月而死。

【考弊司（一）】

鬼王枉法秀才苦　割指抽筋阎王怒

闻人生，河南人。抱病卧床，见一秀才入，跪谒床下，谦抑尽礼。已而请生出门少步，刺刺且行。生问何事，云：“吾辈悉属考弊司管辖，司主虚肚鬼王。初见之，按例应割髀肉，痛极难忍，请君一缓颊耳。”生问：“何罪以至此？”曰：“不必有罪，求贿而已。然而我贫。”生曰：“我素不识鬼王，何能效力？”秀才曰：“君前世为鬼王之祖辈，宜可听从。”

二人来至考弊司，堂前分立两碣，一云：“孝弟忠信”，一云“礼义廉耻”。鬼王升堂，形貌丑陋。十余人列侍，皆狞恶若山精。鬼王见生，降阶揖之，问：“何事见临？”生以秀才之意，具言之。鬼王变色曰：“此有成例，即父命亦不敢违！”气象森凛，生不敢再入一词，骤起告别。生不归，潜至堂下，以观其异。见一狞鬼持刀向秀才，裸其股，割片肉如掌。秀才大号。生少年负义，愤不自持，大呼曰：“惨毒如此，成何世界！”鬼王惊起，暂命止割。生忿然出门，遍告市人，将控告于上帝。有人示之以途。趋至阎王殿，伏阶号屈。阎王召诉已，立命捉来鬼王。审其情确，大怒。将其割指抽筋，罚令生生世世不得发迹。生稽首而出。秀才从其后，感荷殷殷。

【考弊司（二）】

秀才阴曹恋妓女　妓女立地化鬼牛

秀才与闻人生出离阎王殿，相挽过市，见一户，垂珠帘，帘内一女子，露半面，容妆绝美。生问：“谁家？”秀才曰：“此妓院也。”既过，生低徊不能舍，遂与秀才告别。生望秀才去远，急入妓院。女子接见，喜形于色。入室促坐，互道姓名。女曰：“妾柳氏，小字秋华。”一妪出，为设肴酒。酒阑登床，欢爱殊浓，切切订婚嫁之约。妪突入，索要嫖资。生腰囊空虚，惶愧失色，乞请回家取银。妪变色曰：“曾闻妓女讨债也？”生解衣为质。妪抖衣笑曰：“此尚不足偿酒钱耳！”呶呶不满志，牵女俱入。生惭，犹望女出告别，再订前约。久候无音，潜入窥之，见妪与女，自肩以上化为牛鬼，目睒睒相对立。大惧，趋出；欲归，则百道歧出，莫知所从。徘徊街肆之间，历两昏晓，凄意寒酸，响肠鸣饿，进退不能自决。忽秀才过，望见之，惊曰：“何尚未归，狼狈若此？”生腼颜莫对。秀才曰：“得毋为花夜叉所迷也？”遂盛气而往，索回衣服，来付生曰：“淫婢无礼，已叱骂之矣。”送生至家，乃别而去。生暴绝三日而苏，历历为家人言之。

【大人】

大人畏惧更大人　更大人畏小女子

长山县李质君，诣青州，途中遇六七人，两颊皆有瘢痕，大如钱。问之得知：旧岁去云南，日暮迷路，入大山中，危岩绝壑，不得出。谷中大树一章，枝条长数尺，绵绵下垂，荫覆广亩，因共傍树栖止。夜深，虎豹嗥动，不敢寐。忽一大人来，高丈余。以手攫马而食，又折树上长条，捉人首，穿两腮，如贯鱼状。提行数步，似恐坠落，乃屈条之两端，压以巨石而去。众见其走远，出佩刀自断贯条，负痛疾走。见大人又导一更大之人来。诸客惧，伏丛莽中。二人至树下，往来巡视。似有所求而不得。已乃闻声啁啾，似鸥鸣。其意甚怒。盖怒大人之诳己也。见失我等，因以掌批其颊。大人伛偻顺受，不敢少争。俄而俱去。

诸客始仓皇出。逃窜良久，遥见岭上有灯火，急趋之。见有男子居石室中，客入环拜，告之所遇。男子曰：“此物殊可恨，我亦不能箝制，待舍妹回来谋之。”无何，一女子挑两虎自外入。知其情后，曰：“久闻其作孽，不图凶顽如此！当即除之。”于室中取铜锤，重三四百斤，出门去。男子煮虎肉饷客。肉未熟，女子已返，曰：“二物见我而逃，追之数十里，断其一指而回。”以指掷地，大于胫骨。众骇极，问其姓氏，不答。少间，肉熟，客创痛不能食。女子以药屑遍涂之，痛顿止。天明，女子送客出山。

从波斯与向晟两情美满、庄公子指使恶奴对向晟痛下毒手、向杲为兄报仇化身为虎，以及猛虎扑杀恶霸庄公子，一段一段复杂多样的情节，被画家严格按照艺术美的规律，一一砌列在一个画面中而丝毫不乱。更可贵者，将猛虎报仇一节予以强化，给了读者一个痛快淋漓的交代。［盛　伟］

【向杲】

冤气冲天路不平　一身化虎龁仇家

太原人向杲，与兄向晟手足之情最敦。晟狎一妓，名波斯，有割臂之盟。以鸨母出价高，所约不遂。有庄公子者，亦好波斯，欲赎为妾。晟知之，竭资聘波斯以归。庄怒，途中偶逢，大加诟詈。晟不服，遂嗾家奴，毒打向晟致死。

杲闻兄死，不胜哀愤，赴郡告状。庄广行贿赂，理不得伸。杲隐忿中结，莫可控诉，惟思要路刺杀之。日怀利刃，伏于山径丛莽。庄知其谋，出则戒备甚严。又重金聘汾州勇士焦桐者，为之护卫。杲无计可施，然犹日日伺之。一日，方伏，雨暴作，上下沾濡，寒战颇苦。既而烈风四起，冰雹继至。身忽痛痒不能复觉。岭上有山神祠，强起奔赴。

既入庙，所识道士出迎。见杲衣服濡湿，乃以黄色布袍授之。杲易衣，忍冻蹲若犬。忽觉燥热异常；自视之，则毛革顿生，身化为虎，而道士已失所在。心中惊骇。转念：既为虎，得仇人而食其肉，亦良得。奔腾返岭下，见己尸卧丛莽中，始悟前身已死。犹恐葬于乌鸢，时时逻守之。

越日，庄始经此。虎暴出，于马上扑庄落，龁其首咽之。焦桐返马而射，中虎腹，蹶然遂毙。杲恍若梦醒，恹恹以归。家人见之，喜相慰问。杲但卧，蹇涩不能语。少间，闻庄死讯，争即床头庆告之。杲乃自言：“虎即我也。”遂述其异，由此传播。庄子闻而讼杲，官以事诞无据，置不理焉。

【周三】

恶狐作祟难制服　以狐治狐才平安

泰安张太华，富吏也。家中患狐，不可堪。驱遣无效，告之州尹。尹亦无能为力。

时州署东邻一民家，亦患狐，人共见之，乃一白发叟。狐叟与村人相往来，如世人礼，人称胡二爷。尹使吏前往问之。曰："我固知之，但不能为君效力。我友周三，借居岳庙，可为降伏，当代求之。"吏喜，申谢。

明日，吏设宴于岳庙之东。胡果领周三至。周虬髯铁面，颇雄健。饮数巡，周向吏曰："事已尽悉，但此辈同伙颇多，不可善谕，难免用武。请即借居你家，微劳所不敢辞。"吏转念，去一狐，得一狐，是以暴易暴也。游移不敢即应。周似知吏疑，曰："我非他比，且与君有喜缘，请勿疑。"吏遂诺之。

次日，吏与家人闭门坐室中。俄闻庭中有攻击刺斗之声，逾时始定。开门出视，血点点盈阶上，地上有碗大狐头数枚。周拱手笑曰："蒙重托，妖类已荡灭矣。"自是馆于其家，相见如主客焉。

中国画线的妙用趣味无穷。 【扬子江】

【鸽异】

明珠投暗烹佳鸽 无端杀生鬼伤心

邹平县张幼量，癖好鸽，按经而求，务尽其种。冷则疗以甘草，热则投以盐颗，如养婴儿。齐鲁养鸽家，以公子为最。

一夜，坐斋中，忽一白衣少年，叩扉入，遍观张所养鸽，笑曰：“人言果不虚，公子可谓养鸽之能事者也。仆亦蓄有一两头，愿观之否？”张喜，从少年去。月色冥漠，野旷萧条。数武后，见一道院。昧无灯火。少年握手入。立庭中，口作鸽鸣，旋有两白鸽出，飞与檐齐，且鸣且斗，每一扑，必作斤斗。少年一挥手，连翼而去。又唤两鸽出，大者如鹜，小者如拳。集阶上作鹤舞。宛转鸣跳，两两相合。张嘉叹不已。望洋自愧，遂揖少年，乞求分爱。少年不允。固求之，才将二白鸽赠之。回视少年，化为白鸽，大如鸡，冲霄而去。院宇亦渺，仅一小墓，树二柏焉。公子抱鸽归。使飞舞，虽非其优，人世亦绝少矣。于是，爱惜臻至。积二年，育雌雄各三。虽戚友求之，不得也。

有父故友某公，为贵官，一日见公子，问：“畜鸽几许？”公子疑其亦爱好之。念其长者之求，不可拂，且不敢以常鸽应付，遂选所育二白鸽，笼送之。他日，见某公，问曰：“前鸽佳否？”答曰：“味亦肥美，食之并无他异。”公子大惊，叹恨不已。

至夜，梦白衣少年至，责之曰：“我以君能爱之，遂托以子孙，何以明珠暗投，致残汤锅！今率儿辈去矣。”言已，化为鸽，所养白鸽皆从之，飞鸣而去。天明视之，果俱亡矣。心甚恨之，遂以所畜，分赠亲友，数日而尽。

【聂政】

黎民无端遭欺凌　鬼神遇之不留情

怀庆府潞王，有昏德。窥有好女，则夺之。

有王生之妻慧美，为潞王所睹，遂派恶仆直入其家。王妻号泣不从，强拽而出。王生亡去，隐身战国侠客聂政之墓侧，意在与妻遥相诀别。王妻经此，望见夫，大哭投地。王恻动心怀，不觉失声。恶仆知是王生，执之，将加搒掠。忽一丈夫从墓中出。手握白刃，气象威猛，厉声曰：“我聂政也，良家女岂可强占！念汝辈身不由己，姑且宥恕。寄语无道王：若不改行，不日将决其首！”众大骇，弃车而逃。丈夫亦入墓中而没。夫妻叩墓归，犹惧潞王复临。过十余日，竟无消息，心始安。潞王自此淫威亦少杀云。

【冷生】

家有狐仙添文采　挥毫大笑成文章

平城冷生，少最钝，年二十余，未能通一经。后有狐来，与之燕处。每闻其终夜语，即兄弟诘之，亦不肯泄。如是多日，忽得狂瘛症。每为文时，得题，则闭门枯坐。少时哗然大笑；手不停笔，即刻成文。文思精妙。是年中秀才，翌年即为廪生。每逢考试便大笑，响彻堂壁。由此“笑生”之名大噪。后值某学使规矩严肃，终日危坐堂上。忽闻冷生笑声，怒执之，将以加责。幸有执事官代白其癫，学使怒稍息，释之，而黜其名。

自此，冷生佯狂诗酒，无意功名。著有《颠草》四卷，超拔可诵。

【狐惩淫】

妻子裸奔因媚药　狐仙惩淫有奇招

某生购新宅，常患狐。服饰器物，多被损毁，且时将尘土，置汤饼中。

一日，有友过访。值生出，至暮未归。妻备馔供客，已而自食余馔。生素不羁，好蓄媚药，不知何时，狐以药置粥中。妇食之，顿觉欲焰上炽，不可暂忍；强自按抑，燥渴愈急。筹思家中男人未归，惟有客在，遂往叩门，并出淫渴之声。客谢曰："我与尔夫，道义之交，不敢为此兽行。"妇尚流连，客叱骂曰："某兄文章品行，被汝丧尽矣！"隔窗唾之。妇大惭，乃退。自念：我何为如此？忽忆碗中香异，疑是媚药。检包中药，果狼藉满案。急饮冷水解之，顷刻清醒。愧耻无以自容，乃解带自经。幸被家婢觉而救之，才免一死。客亦连夜离去。

生翌日方归，见妻卧，问之，不语，但含清涕。婢以状告。大惊，苦诘之。妻遣婢去，始以实告。生叹道："此我之淫报也，岂能怪卿？幸遇良友，不然，何以为人！"从此痛改前衍，狐亦遂绝。

【江城】

恶妇张狂前世债　改邪归正佛法功

临江书生高蕃，少慧。仪容秀美。富室争女之。生选择良苛，久无中意者。

一日，生于隘巷中，见一女郎，艳美绝俗。细视之，乃蒙师樊翁之女江城也。顿大惊喜，相视呆立，各无所言。移时始别，两情恋恋。归见母，请与论婚。婚成。夫妻相得甚欢。而女易怒，反脸若不相识。词舌嘲啁，常聒于耳。生以爱故，悉含忍之。若稍反其恶声，女益怒，挞逐出户，阖其扉。生瑟缩门外，不敢入，抱膝宿檐下。公婆稍责，女秽言恶语，不可言状。公婆忿怒，逼令离婚。

江城被逐，归娘家年余。生出遇岳；岳邀至其家，谢罪不遑。妆女出见，夫妻相看，不觉恻楚。岳沽酒款婿，酬劝甚殷。日暮留宿，使夫妇并寝。自此，三五日即至岳家，与江城聚首。生父仲鸿知之，无可奈何。后，听凭岳家将江城送回，令其别院居之。月余，颇相安，公婆窃慰。未几，女渐肆。生脸上时有抓痕。一日，生不堪挞楚，奔避父所。女竟横杖而入，捉而笞之。

生之友王子雅至高家，留饮。席间，以闺阁玩笑相谑，颇涉狎亵，女伏听尽悉，暗以巴豆投汤中而进之。未几，上吐下泻，奄存气息。又使婢问之："再敢胡说否？"又一日，生与婢语；女疑有私情。以酒坛囊婢首而挞之，已而缚生及婢，以绣剪剪二人腹肉，而以带缚之。月余，剪处竟合为一矣。女每以白足踏饼尘土中，叱生食之，如是种种。公婆心疼，而不能禁。

忽有老僧于门外，宣讲佛果。观者如堵。女奔出。僧向女宣曰："莫要嗔，莫要嗔，前世也非假，今世也非真。鼠子缩头去，勿使猫儿寻。"宣罢，含一口水，喷女面。粉黛淫淫，下沾衿袖。众大骇，意女必暴怒。而女殊不语，拭面自归。

原来江城前身乃静业和尚所养长生鼠；高生前身为士人，偶游寺，误毙此鼠，故作今世恶报。女入室痴坐，嗒然若丧，经日不食。谓生曰："僧必是菩萨化身，清水一洒，若更肺腑。曩夕所为，恍如隔世。"以手抚扪生体，每至刀杖痕，嘤嘤啜泣，则以爪甲自掐。恨不即死。又向公婆伏地哀泣，但求免死。自此承颜顺志，腆如新妇。或戏述往事，则红涨于颊。且勤俭善积。三年，积蓄万贯。生亦乡试告捷。

蒲留仙雅化了在男女情性上的描写，于先生同样随之雅化，点到为止，给予了读者更大的想象空间。〔于林业〕

【孙生】

新婚之夜妻无情　撮合有术赖老尼

孙生者，娶大家女辛氏。初入洞房，着短裤，多其带，纠缠甚密，拒与丈夫同衾共枕。床头常设锥簪以自卫。孙屡屡被刺，因就别榻眠。月余，不敢问鼎。

一夕，生按同窗某提示，以迷药入酒，乘其醉眠，启衾，层层断其缚结。妻虽觉之，不能动，亦不能言，任其轻薄而去。既醒，恶之，投缳自缢。生大惊，解救之，逾时，始苏。自此，生殊厌恨之，夫妻避道而行，相逢则俯其首。积四五年，不交一语。

一日，有老尼至，知其情，曰：“此易事耳。”遂令生母，购《春宫图》。剪下图中一人，又针三枚、艾一撮，以素纸包裹，暗中装入辛氏枕中。当夜，即听辛氏昵声唤生，生竟不理睬。孙母再找老尼，尼曰：“今妇意已转，所未转者男耳。请如法炮制，必验。”母从之，索儿枕，如法置之。入夜，果闻两人尔呼我应。两榻归一，唧唧作笑语。由此，琴瑟和好，生一男两女。十余年，更无口角之事。

【八大王】

鳖王报恩赠异宝　冯生揽镜得公主

临洮冯生，盖权贵子孙，而家势败落。有钓鳖者，欠生债，无力偿还，得鳖则献之。一日，献巨鳖，额有白点。生以其状异，而放生。后，至恒河岸边，见一醉汉，自称洮水八大王。见生，踉跄下拜，口称恩主，邀冯生至其家。设筵丰盛，促坐欢饮。筵间，八大王曰：“老夫为南都县令时，因贪酒误事，自触帝怒，谪归岛屿。今老将入土，潦倒不能横飞，故态复作，我自不解耳。”又捉生臂曰：“为谢放生之恩，以所蓄一物，聊报恩主厚德。此物不可久佩，如愿后，当见还也。”遂口吐小人，仅寸许。以爪掐生臂，将小人按捺其中。生臂即漫漫坟起，现一核块。事毕，送生出村。回首，村舍全渺，惟一巨鳖，蠢蠢入水而没。

自此，生目力异明，凡有珠宝之处，皆能洞察。有卖故宅者，生视其中藏金无数，遂以重金购之。由此大富。后，又得一镜，照之佳人，则影留其中。若更一美人，则前影消矣。时肃王府三公主绝美，生雅慕其名。伺其出游，照之而归。置于案头，喜而藏之，随时观赏。年余，为妻所泄。肃王闻，大怒，追镜去，拟斩。生则求以稀世之宝抵命。三公主曰：“彼已窥我，十死亦不足解此玷，不如嫁之。”王勉从之。生遂成肃王贵婿。

生一夕独寝，梦八大王来，曰：“所赠之物，当见还也。佩之若久，耗人精血，损人寿命。”乃以口咬生臂。生痛极而醒，视之，则臂上核块已消。遂如常人。

【戏缢】

高粱秸上戏自缢　乡里无赖死轻荡

淄川某人，轻佻无赖。偶游村外，见少妇乘马来，谓同游者曰：“我能令其一笑！”众不信，约赌作筵。某疾奔去，出马前，连声哗曰：“我要死！”因于墙头抽一高粱秸，横尺许，解带挂其上，引颈作缢状。妇果过而一笑，众亦粲然。妇去既远。某犹不动，众益笑之。近视，则舌出目瞑，而气已绝矣。

高粱秸自经，不亦奇哉！是可以为轻薄者戒。

人物造型吸收了陈老莲造型的某些优点，注重外形的完整性，尤其突出外形的弧线状，使之蕴含着无限的张力。

画面在写实中包含着诡异与虚灵，《聊斋》味道甚浓。［梁文博］

【画马】

子昂神笔成马妖　书生处事有根底

崔生，山东临清人，家贫如洗，院墙破败。每晨起，则见一马卧墙边露草间，黑质白纹；惟尾毛不整，似火所燎。逐之去，夜又复至，不知其从何来。

生欲去山西访友，苦无代步，遂捉马乘之。既就途，马疾驰。瞬息百里，不吃不喝。仅半天，已达山西。骑入市中，观者无不称叹。晋王闻，以重金购之。生恐为失者所寻，不敢售。居半年，无寻马者，遂以八百金货于晋邸。乃自买健骡以归。

几年后，晋王以急务，遣校尉骑该马赴临清。至则脱缰而逸。追至崔生东邻而渺。问宅主，实莫之睹。及入其堂，见壁间挂赵孟頫画马图。内一马毛色浑似，尾处为香烛所烧，始悟马乃画妖也。校尉难复王命，因讼于官。时，崔得马资，居积盈万，自愿以其原价代东邻，付校尉。邻人甚德之，而不知崔生即当年之售主也。

【局诈】

点金有术雅道士　买官置宅骗古琴

嘉祥县李生，善琴。偶得一古琴，拭之有华光，按弦而操，清烈异常。喜极，如获拱璧，虽密友不以视也。邑丞程氏新莅任，登门造访。程为人风雅绝俗，议论潇洒，李悦之。由是，月夕花晨，未尝不相共也。

年余，方知邑丞亦爱琴道。李请一试，丞曰：“愿献薄技，勿笑小巫也。”遂鼓《御风曲》，其声泠泠，有绝世出尘之意。生更倾倒，遂师事之。久尔尽传其技。自此二人以琴交，情分益笃。

一夕，生微醉，邑丞为之弹《湘妃》曲。幽扬哀怨，如泣如诉。生极赞之。丞曰：“所恨无良琴，若良琴，音调益胜。”生欣然曰：“仆蓄一琴，颇异凡品。今遇知音，何敢终密？”遂出古琴。丞以袍拂尘，凭几再鼓，刚柔应节，工妙入神。生赞叹不已。丞曰：“区区拙技，负此良琴。若得夫人一奏，当有一两声可听者。”

翌日，李生再抱古琴至邑丞家。丞即治具欢饮。少间将琴入，俄见帘内隐隐有丽人，又少时，弦声细作，但觉荡心媚骨，令人魂魄飞越。曲尽，出视之，乃绝代之姝也。生形神益惑，倾饮过醉。临别，邑丞请暂留古琴，曰：“醉后，防有蹉跌，请明日再来，当令夫人尽其所长。”生乃归。

翌日，李生再来，则廨舍一空。邑丞已于五更携眷去。自此，古琴和邑丞杳无下落。李丧琴，寝食俱废。反复查访，知邑丞乃一道士，相传有点金之术。三年前，以资捐嘉祥县丞。方知道士置宅纳官，皆为骗古琴也。道士之癖，更甚于李生也。天下之骗机多端，若道士，犹骗中之风雅者也。

这套《聊斋》全图洋洋洒洒五百多幅，构图变化是摆在画家面前的大问题。但是，画家表现的却是随手成趣。此图巧用蝴蝶之形，既合乎了文意又能画出新奇。［许洪国］

【放蝶】

风流县令遭诟骂　大堂千百蝴蝶飞

长山县进士王㞮生，为令时，每听讼，按罪轻重，罚令纳蝴蝶自赎。堂上千百齐放，如风飘碎锦，王乃拍案大笑。

一夜，梦一女子，衣裳华好，从容而入，曰：“遭君虐政，姊妹多所夭亡，当使君受风流之小谴耳。”言已化蝶而去。明日，方独酌署中，忽报御史驾到。惶遽而出，闺中戏以素花簪冠上，忘除之。御史见之，以为不恭，大加诟骂而返。由是，罚蝶之令遂止。

【男生子】

福建总兵蓄娈童　夜梦两男剖胁生

福建总兵杨辅，蓄有娈童，竟然十月怀胎。梦神人剖其两胁出之。及醒，两男婴夹左右啼。起视胁下，剖痕俨然。儿名“天舍”“地舍”云。

【钟生】

道人丹药延母寿　老僧拐杖代砍头

辽东名士钟庆馀，赴济南乡试。至趵突泉，遇一白发道人，曰：“子福命至薄，然今科中举可望，但荣归后，恐失母爱矣。”钟生至孝，闻之泣下，欲不试而归。道士乃以一丸授之，曰：“可速遣人将去，服之可延寿七日。”

钟生考毕，星驰而归，见母病在床，下丹药，渐就痊可。母曰：“适梦至阴司，见王者颜色和霁。谓念汝子纯孝，赐寿一纪。”未几，闻捷，辞母如济。拜谢道士。道士曰：“君前世为和尚，因失手杀生，应遭横折。今孝德感神，有解星入命，固当无恙。”时，钟生妻亡，问道人继室所在。曰：“妻在中州，今已十四岁矣。”临别嘱曰：尚遇危难，奔东南吉。

钟舅为官江西，遵母命前往省亲。途经中州，休息游走间，不慎将某亲王之子，碰落山下，惹下人命大祸。钟生大恐，急按道士言，奔东南。窜入山中，至一翁家避祸。翁姊夫为南山僧人，姊去世，遗有孤女，为翁鞠养。女颇慧丽。翁视生文雅可依，遂将甥女嫁之。

婚后，问之得知：此女正是道士所言中州女子。女父乃山中高僧，翁令钟生夫妻进山求助。入山，曲折入禅堂，见老僧趺坐，目若瞑。女急跪拜，生亦从诸其后。僧开目一瞻，即复合去。曰：“妮子大累人！”即不复言。二人拜起，狼狈而行。既归，得知命案已结，罪犯被诛。夫妻不胜庆幸，却不知何故。未几，老僧使人送来半截拐杖，云：“代死者，即此君也。”嘱礼葬之。细视杖上尚有血迹。夫妻不敢久居，连夜归辽阳。

静与动是处理画面常用的手法，此图处理得非常巧妙，将前面的两个男女头像处理得很大且静，中景处理得小而动，如是，生动传神就出来了。

特写中鬼妻的愤懑和聂氏的愧意表现得恰到好处，二女打斗，丈夫不知所措，也十分生动。整幅画面又似画家信手拈来，胸有成竹而自由放逸。实为难能可贵之境界。［宋丰光］

【鬼妻】

鬼妻再来续恩爱　人鬼厮打难裁判

泰安聂鹏云，与妻鱼水甚谐。妻染疾卒，聂坐卧悲思，忽忽若失。一夕独坐，亡妻忽推门入，笑曰："妾已鬼矣，感君悼念，哀求阴司主者，聊与幽会。"携就床寝，一切无异生前。自此，星离月会，积有年余。聂亦不复言娶。族人惧其无后，断绝香火，劝其再娶。聂从之，聘于梁家。然恐鬼妻不悦，秘之。未几，吉期逼近。鬼妻已知之，责曰："我以君义，故冒幽冥之谴而来，君何如此负心？"忿然而去。

新婚之夜，夫妻俱寝。鬼妻忽至，就床上挞新妇，大骂："何得占我床寝！"新妇起，与之挡拒。聂惕然赤蹲，并无敢左右袒。直至鸡鸣，鬼乃去。

日夕，复来，新妇惧避之。鬼妻亦不与聂寝，但以指爪掐肤肉。已乃对烛怒目相视，默然不作语。聂忧之。近村有驱鬼者，削桃木为钉，钉墓四角，其怪始绝。

【黄将军】

强冠当前无刀戟　举骡一投贼披靡

靖南伯黄得功，微时与举人杨文聪、周祚新赴都。途遇响寇。两举人长跪，献资。黄怒甚，手无寸铁，即以两手握所骑骡足，举而投之。贼不及防，马倒人翻。黄拳击之，断其臂，夺钱而归。举人服其勇，资劝从军。后屡建奇功，遂为将军，封伯爵。

【三朝元老】

明朝宰相世论非　王八无耻骂语工

某中堂者，为先朝宰相，曾投降流寇，世论非之。老归林下，建一族人祠堂。祠堂落成，数人卧宿其中。天明，见堂上挂一匾、两联，联云：“一二三四五六七，孝悌忠信礼义廉。”匾书“三朝元老”。不知何人所悬，怪之，不解其义。或测之云：首句隐王八，次句隐无耻也。

选出故事中三个时空中的情节，有机组成一个画面，把文学、叙事，纳入绘画表现，不失于艺术之美。〔扬子江〕

【医术】

蒙古大夫张旗鼓　瞎猫碰上死老鼠

张氏者，沂水贫民。偶遇一道士，通相术。相之曰：“子当以医业富。”张将信将疑。

既归，贫无业，乃拾海上方，即于廛市中设地摊，摆鱼牙、蜂房之类，谋升斗于口舌之间。时青州太守患咳嗽，急切难愈，下牒征医。沂水山僻少医工，而县令惧无塞责，责令里甲自报。于是共举张氏。县令立召之。张方痰喘，不能自疗。闻命大惧。力辞不得，强令送之。赴青州路上，口渴难忍，求水无处，见一妇洗野菜于路旁。菜多水少，盆中浓浊如涎。张渴极难堪，乞而饮之。少间，渴解，嗽亦顿止。阴念：此良方也。至青州府署，诸医工已先施治，未愈。张伪作药目，遣人于野，挖诸藜藿，置于密所，如法淘汰，以汁进太守。一服即愈。太守大悦，赐资甚厚，旌以金匾。由此名声大噪，门常如市，出手无不悉效。有伤寒病者求医，张适醉，误以疟剂予之。醒而知悔，不敢告人。三日后，患者痊愈，盛仪登门而谢之。此类甚多。张由此声价愈重，聘者非重资安舆不至焉。

【藏虱】

虱虽小虫冤气在　纸裹三年咬死人

乡人某，偶坐树下，扪得一虱，以片纸裹之，塞树洞中而去。后二三年，复经其处。忽忆之，视洞中纸裹宛然。取而验之。虱薄如麸，置掌心审顾之。少顷，觉掌中奇痒，而虱腹渐盈矣。弃之而归。痒处核起，肿数日，死焉。

【梦狼】

恶吏断头安错位　颠倒顾后不顾前

白翁，直隶人。其长子白甲，居官江南。路遥，二年无耗。适有亲戚丁某造谒，翁款之。丁素走无常，自言能通阴阳两界。翁不深信，但微哂之。

别后数日，翁方卧，见丁又至，邀其同游。移时，丁指一门曰："此间君家甥也。"时翁有甥任山西某县令。翁入，果见甥着官服坐堂上，仪仗成行。因无人通禀，丁拽之出。曰："公子署衙，去此不远，亦愿见之否？"翁诺。少时，共至一衙署。入门，见堂上、堂下，坐者、卧者皆狼也。地上白骨如山，益惧。丁以身护翁乃进。公子白甲自堂内出，见父大喜。少坐，唤侍者治肴馔。忽一巨狼，衔死人入。翁惊起问曰："此何为者？"甲曰："聊充庖厨。"翁急止之，辞欲出，而群狼阻道。正进退无主，忽见诸狼纷然嗥避，或窜案下，或伏几底，错愕不解其故。俄有两金甲猛士，怒目入，出黑索，索白甲。甲仆地化为虎。一人出利剑，欲枭其首。另一人曰："且勿，且勿，此明年事。不如先敲其齿去。"乃出巨锤敲甲齿，齿零落堕地。虎大吼，声震山岳。翁大惧，惊醒，乃知是梦。心异之，使次子去江南探望兄甲，函诫哀切。次子既至，见兄门齿尽脱。骇而问之，言醉中坠马所折。问其时，则恰为父梦之日也。出父书，甲读之变色。移时曰："此幻梦巧符耳，何足怪。"居数日，见兄蠹役满堂，纳贿关说者日夜不绝，流涕谏止之。兄不听，曰："弟不知仕途之关窍。升黜之权，在上台不在百姓。上喜，便是好官；爱百姓，何术能令上台喜也？"弟归，告父。翁大哭，无可如何，惟捐家资以济贫，日祷于神。但求逆子之报，不累家人。

次年，白甲被荐赴吏部为官。贺者盈门；惟翁欷歔，不见一客。未几，闻甲归途遇寇，身首两分，主仆殒命。甲魂伏道旁，忽见一宰官过，问："杀者何人？"侍从曰："某县白知县也。"官曰："此白某翁之子，不宜使老人见此凶惨，宜续其头。"一人续之，曰："邪人不应安正。"遂将其头反安之。移时，复苏。妻子收之而去。甲虽复生，而两目惟能自顾其背，为人所不齿。而翁甥则颇有政声，次年升为御史，悉符所梦。

【夜明】

泛于南海舟中卧　忽有双灯照夜明

有客商，泛于南海。三更时，舟中大亮似晓。起视，见一巨物，半身出水上，俨然山岳；目如两日初升，光四射，大地皆明。骇问舟人，并无知者。共伏瞻之。移时，渐缩入水，乃复晦。

后至闽中，俱言某夜明而复暗，相传为异。计其时，则舟中见怪之夜也。

【化男】

陨石击颅女化男　二老得子喜谢天

苏州木渎镇，有民女夜坐庭中，忽有陨星中颅，仆地而死。其父母老而无子，只此女，哀呼急救。移时，始苏，笑曰：“我今为男子矣！”验之，果然。

【禽侠】

大蛇凶残吞鹳雏　老鹳报仇引仙禽

天津某寺，二鹳鸟筑巢于殿脊鸱尾。殿中天花板，藏大蛇粗如盆，每至鹳雏团翼，即出吞食之。大鹳悲鸣数日乃去。如是三年，众料其必不复至。而次年，筑巢如故。约雏长成，即飞去，三日始还。入巢哑哑，哺雏如初。蛇又蜿蜒而上。将近巢，两鹳惊，飞鸣哀急，直上青霄。俄闻风声蓬蓬，一瞬间，天地昏黑。僧众骇异，共视，乃一大鸟，翼蔽天日，从空疾下，骤如风雨。以爪击蛇，蛇立堕，连摧殿角数尺许，振翼而去。鹳从其后，若将送之。巢既倾，两雏俱堕，一生一死。僧取生者，置钟楼上。少顷鹳返，仍就哺之，翼丰而去。

此图以书生烧书、瞽僧闻味为题展开构思。点、线、面是构成画面的三要素，其中各要素的比配要根据作者的造景需求去配制。此图以点为主调，反而使人物更为突出，极具想象力。［张锦平］

【司文郎】

火烧文章闻优劣　科场不公近荒唐

平阳府王平子，进京乡试，赁居报国寺。寺中有余杭生先在，王以比邻居，欲结识之。生傲然无礼。王怒其狂悖，交往遂绝。一日，有登州宋生，游寺中，言语谐妙，心爱敬之。遂呈习作请教。宋浏览迅捷，逾刻已尽百首，并一一评点，王受益匪浅，大悦，师事之。相得甚欢。余杭生亦以文示之，宋颇不以为然。余杭生心气颇高，不言而去。

试毕，王以试卷之文示宋，宋颇赞许。两人偶涉殿阁，见一瞽僧坐廊下，设药卖医。宋讶曰："此奇人也，最能知文，不可不请教。"余杭生亦至。各归寓取文，请教。僧笑曰："无目何以论文？"王请以耳代目。僧曰："谁耐听？不如焚之，我以鼻视之可也。"王从之。先焚王文，僧连连称好，曰："可中得。"焚余杭生文时，僧曰："勿再焚，再焚，则作呕矣。"数日榜放，余杭生却高中，而王落榜。僧叹曰："老僧虽盲于目，不盲于鼻，考官并鼻盲矣！"余杭生自鸣得意，僧曰："你寻诸考官之文，各焚一篇，我便知谁为尔师也。"余杭生赌气寻考官之文来，焚之。焚至第六篇，僧向壁大呕，放屁如雷。众皆粲然。余杭生羞忿而去。

宋慰王曰："吾辈读书人，不当怨天尤人，但当克己。不尤人则德弘，能克己则学进。我乃阴间游魂。生时稍有才名，死于战乱。时下，正待孔圣核查录用。瞽僧亦鬼，本为前朝名家，因生前弃字纸过多，罚作瞽。"

未几，宋被阴曹录为梓潼司文郎。王归，每日苦读。一夕，梦宋至，曰："君向以小忿，误杀一婢，被削功名。功德虽足，可惜命薄，不足以有大仕进。"是年，王乡试告捷；明年，又中进士；遂不复仕。

【负尸】

杖头忽挂无头尸　村中亦现宛转头

有樵夫赴市卖柴，荷杖而归。忽觉杖头如有重负。回顾，见一无头人悬挂杖上，大惊，脱杖乱击之，遂不复见。骇奔，至一村。时已昏暮，见数人持灯照地，似有所寻。问之，告曰：盖众聚坐，空中忽坠一人头，须发蓬然，宛转地上，倏忽已渺。樵夫亦言所遇，身首相合，正是一人，而究不解其何来。

后有人荷篮而行，或见其中有人头，讶而诘之，惊倾地上，宛转而没。

于先生的这幅画颇有新意，人物刻画惟妙惟肖，整体用色用笔潇洒自如，画面清净而单纯，视觉感染力很强，特别是两位女子的粉色服饰增加了画面的美感度。落款用印恰当得体，增加了文化气息和厚重感。〔孙佰钧〕

【恒娘】

狐仙恒娘传媚术　朱氏如法得恒情

京都人洪大业，妻朱氏，姿致颇佳，两相爱悦。后纳婢宝带为妾。姿色远不如朱，而洪深爱之。朱不平，遂至反目。自此，益加嬖爱宝带，疏朱。

后迁居，与狄姓布商为邻。狄妻恒娘，与朱氏过从甚密，情谊日深。朱见狄亦有小妾，甚美貌，而恒娘受狄钟爱，妾则虚位而已。朱怪而诘其术，恒娘曰：“汝自疏，而非丈夫疏汝。朝夕絮聒之，是将麻雀逐入丛林。汝归，放纵之。丈夫自来，勿纳也。一月后，当再谋之。”

朱从其谋，益饰妾宝带，使从夫寝。又使妾与夫共饮食。大业时有周旋，朱则力拒之。如是月余。恒娘又提议，勿施脂粉，勿着华服，垢面敝履，杂仆人操作。朱从之，敝履粗衣，专心纺织，外无他问。大业怜之，使宝带分其劳，朱不受。如是者一月，恒娘喜曰：“孺子可教也！”上巳节，恒娘命朱尽去敝衣，装饰一新，又为其描眉化妆，出门踏春。夫见之，上下凝睇，欢笑异常。日未昏，朱即入房阖扉眠。未几，夫来叩门，朱置之不理。次夕依然。第三日，暮，夫先入朱室，坐守之。朱至，灭烛登床，绸缪甚欢，犹如新婚。

恒娘又授之以“秋波送娇”“瓠犀微露”等数十种媚夫之术，丈夫被朱迷得寸步不离，神魂颠倒，渐而疏远宝带。朱氏与恒娘遂为闺中密友。积数年，恒娘忽谓朱曰：“我两人情同姊妹，自当不昧生平。妾乃狐也。明日将去，不复还矣。”朱把手唏嘘。早旦，往视，恒娘已杳。

本套插图，将大量鬼魅表现得千姿百态而不失为形式美。 【许慧玲】

【三生】

冤冤相报何时了　后退半步海天空

湖南某，能记前生三世。一世为令尹，任乡试官，负责阅卷。有名士兴于唐，自以文章超群，而被黜，愤懑而卒，至阴司执卷讼之。此讼一投，其同病而死者，以千万计，推兴为首，聚而成群。某被摄去对质。阎王判其失职，而处笞刑。兴仍不满志，戛然大号。众鬼万声鸣和，逼阎王掘其双睛，以为不识文之报。阎王不肯，众呼益厉。阎王无奈，遂令将其剖胸挖心。众始大快。

某受刑后，托生为陕西平民某，二十岁被掳为寇。后为官兵俘获。审判官正是兴于唐。被俘者尽释，惟某被斩首。某不服，至阴司投状。阎王以兴草菅人命，罚为畜。而某因生前曾挞父母，亦罚为畜。某恐兴后世再报，请为大畜。阎罗遂将某判为大犬，兴为小犬。一日两犬街头相遇，互咬之。小犬乃金毛犬，反咬大犬喉下。二犬摆扑厮斗。市人解之不得，俄顷俱毙。并至阴司，互有争论。阎王曰：“冤冤相报何时了。今为和解之。”乃判兴来世做某女婿。

某再生于庆云县，二十八岁中举。生一女，娴静娟好。兴托生后，成长为李秀才，岁试第一，被某招为婿。完婚后，相得甚欢。然婿恃才侮翁，却屡考不中。翁为百计营谋，始得连捷。从此，翁婿和好，如父子焉。

《聊斋》专设多维时空的表现手法，体现了于先生高超的艺术造诣。 ［刘佩永］

【申氏】

先父指路权做盗　杀妖得赏成富家

泾河之侧，有士人申某，家贫，竟日恒不举火。夫妻相对，无以为计。妻曰：“无已，子其盗乎！”申曰：“我乃士人，做盗贼，不如死！”妻忿曰：“汝不能盗，我无宁娼乎？”见妻含愤而眠，申念：为男子不能谋两餐，至于妻欲为娼，固不如一死！潜起，投绳庭树，欲自缢。忽见亡父来，惊曰：“痴儿，何至于此！”断其绳，嘱曰：“盗可以为，须择禾黍深处伏之。此行可富，无庸再矣。”

申急寻坚木，持之出。日暮抵邻村，隐高墙下禾黍中。无何，一伟丈夫来，越垣而入。申默忆垣内乃富户亢氏第，此必梁上君子。待其出，乘其无备，而颠之，踣然倾跌，则一巨龟，喙张如盆。大惊，又连击之，遂毙。

先是，亢翁有女，绝惠美。一夜，有伟男入室，狎逼为欢。欲号，则舌已入口，昏迷不知人，听其所为而去。羞以告人，惟多集婢媪，严扃门户而已。夜既寝，更不知扉何以自开，入室则群众皆迷，婢媪遍淫之。众骇，告翁。翁百法驱之无效，乃告示乡人：有能驱妖者，谢银三百。申得龟，遂叩门求赏。翁喜，筵之上座，赠以银。

申负银而归，置榻上，妻惊骇欲绝。申具以实告，妻乃喜。自此，辛勤营谋，遂成富家。

用笔洗练精准，人物神态生动，美不胜收。［刘佩永］

【阿纤】

鼠性聚财仓常满　阿纤贤慧且兴家

高密人奚山，贸贩为业，常客于蒙沂之间。一日，途中遇雨，及至宿所，夜已深，遍叩无应，徘徊屋檐下。忽有二扉豁开。一翁请其入，自称古士虚。其家有老妪弱女。女名阿纤，年十六七，窈窕秀丽，风致嫣然。奚遂为弟三郎求婚，翁应之。既别，月余乃返。去村一里许，遇阿纤母女，言翁因墙塌而死。妪命阿纤随奚山回高密。至家，即为其与弟完婚。

阿纤寡言少怒，或与语，但有微笑。昼夜绩织，无停晷。三四年后，奚家益富。三郎亦入县学。后，奚山再至古家，听旧邻说，古宅已废弃多年，无人居住。墙塌，曾压死一只硕大老鼠。奚山遂疑阿纤非人。找来善捕之猫，以观其异。女见猫，虽不惧，然蹙眉不快。一夕，谓母患有小恙，辞三郎归省以侍之。年余，无音耗。又数年仍不至，奚家日渐贫落。由是，一家咸忆阿纤。

后得知，阿纤母女迁胶州。母死，女独处，形单影孤。三郎遂星夜驰去，将其接回。阿纤回，出私金，建仓廪。年余，则仓中储满，亦不知粮自何来。又数年，家中大富。

时奚山与三郎分居，家道贫苦。女接婆母自养之，并以金粟周兄。后亦无甚怪异。

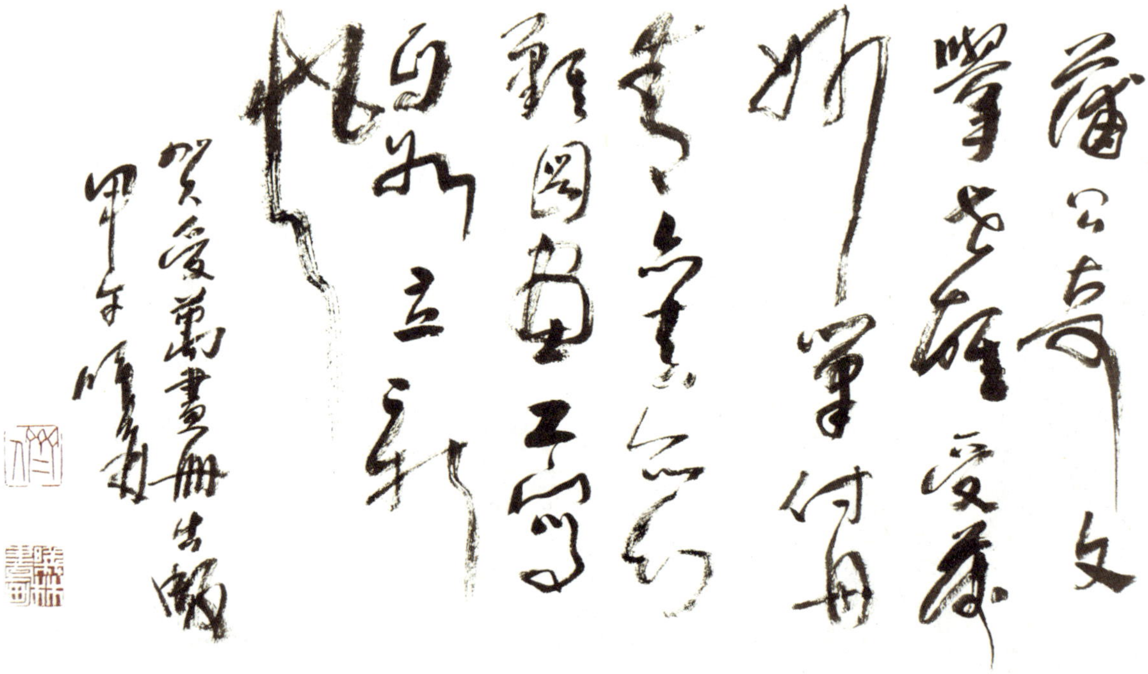

刘曦林题词：

蒲公奇文举世雄
受万妙笔付丹青
亦真亦幻难图画
工写自如立新风
贺受万画册出版
甲午曦林

刘曦林 中国美术家协会理论委员会副主任 著名美术理论家

卷六

【专家点评】

这幅画感觉特别好。于先生的造型能力很强，《西湖主》不但造型到位，在色彩处理和把握上也做得非常美妙自然。

何家英 中国美术家协会副主席 中国艺术研究院工笔画院院长
著名人物画家

于先生具有全方位的能力，人物、山水、花鸟。人物不用说了，动物也非常精准，画得很到位，特别有力量，三者兼而擅很难，又有汉唐艺术的影响，结构造型都非常到位，值得称赞。特别是今天，画家分工很细，各画一种，所以很多画家整体表现力不够。于先生人、山、花，不仅兼而且擅，擅是很难的，非常难得。

高天民 中国国家画院美术研究院常务副院长

于受万先生在绘画艺术中找到了中西文化的交融点。这是很难做到的，是画家们苦苦追求几十年所难以做到的，受万兄在这方面做出了很大的贡献。西湖的色彩变化非常微妙，色调的控制和形象塑造能力极为讲究。先生又把中国传统的线条糅在里面，而且做到了和谐统一、完美之至，可谓前无古人。

谭国信 青岛大学美术学院教授 中国美术家协会会员 著名油画家

《西湖主》・于受万工笔画

《聊斋乐土》　局部

【专家点评】

幼时听大人讲《聊斋》鬼故事，晚上不敢听又不敢回家。我们心里有鬼的概念，大多与《聊斋》有关。以往很多人画《聊斋》，《聊斋》形象已有心理定式，要超越这个定式难度很大。现在要我看于受万先生的《聊斋》画展，有担心，也好奇，看于先生怎样画。看完这个展览，感叹于先生确实是大导演，更多地把我们带进《聊斋》的场景里面去了。这部作品是插图、连环画，又与它们不一样，属于主题创作，将单篇文章的几个场景中，不同时空片段综合在一个画面之中，是非常独特的系列作品。

我们心里一直希望，对于中国传统文学作品的美术创作，应该还会有人关注。今天终于看到于先生的《聊斋》全图，因此而言，于先生的创作很有意义。画画得有个性，有《聊斋》味儿，把古怪、浪漫、梦幻画出来了，能在一幅画中将多个情节囊括进去，这需要把握一个主体，同时加进去一些附带的东西，这才是真正意义上的文人画，非常难得。《凤仙》篇中两个美女用一块布提着一个裸女，画面处理得非常有想象力，浪漫，信息量大，将主体和细节结合在一起，有亦真亦幻的感觉。画面不但注重了宏观叙述，还加进了一些特写，吸收了电影和网络艺术的技法。

画面表现手法丰富、中国画味浓。作品张弛开合，疏密有致，中国画用笔用线的把握全部体现出来。看作品非常亲切，看了还想再过去看，再看依然很亲切。

这套画超越了以前对狐鬼的理解，把人性加进去了，有很多社会情理加在里面，看了这些画有不一样的收获。

于受万先生是一位具有综合能力的画家，功夫全面。希望于先生继续走下去，会有更多的成就。

王平　中国国家画院研究员　艺术信息研究中心主任　《美术报》原主编

画二班，虽为人形，颇有虎意。 ［李玉志］

【二班】

针灸有术医赘瘤　老虎恩义杀群狼

云南人殷元礼，善针灸。遇寇乱，窜入深山。日既暮，村舍尚远。惧遭虎狼。遥见前途两人，疾趋之。既至，殷乃自陈族贯。两人拱敬曰：“是良医殷先生也，仰山斗久矣！”两人自言班姓，一为班爪，一为班牙，皆威猛。二班曰：“石室幸可栖宿，敢屈玉趾，且有所求。”殷喜从之。俄至一石室。内一老妪僵卧呻吟，口角有两赘瘤，皆大如碗。殷取艾绒，为之灸。天明视之，则瘤破为创。又敷以药，曰：“愈矣。”拱手遂别。二班以烧鹿一肘赠之。

后三年，殷以故入山，遭遇狼群。前后受敌，被狼扑倒于地；数狼争啮。衣尽碎。自忖必死。忽两虎骤至，诸狼四散。虎怒大吼，狼惧而伏。虎悉扑杀之，竟去。殷狼狈而行，惧无投止。正危难中，见一媪来。睹其状，即石室灸瘤之病妪也，便求寄宿。媪引入一院落，罗浆具酒，酬劝谆切。妪谈饮俱豪，不类巾帼。问及二班，妪曰：“命两儿迎先生，尚未回，必迷途矣。”殷感其义，纵饮，不觉沉醉，酣眠座间。既醒，已曙，四顾并无庐舍，孤坐岩上。闻岩下喘息如牛，近视，则老虎方睡未醒。口角有二疤痕，皆大如拳。骇极，惟恐其觉，潜踪而遁。始悟二班即两虎也。

这篇图文发人深思。此图将狼的诡诈和车夫的无奈表现得十分贴切，似乎可以看到两者各自的心理状态。画面线的组合，疏可走马，密不透风，构图大开大合，极见功力。　［孙佰钧］

简单的故事，丰富的画面。一车、一人、一狼、一条小路、一棵古树、一线远山、几块石头，通过人物无可奈何的形态表情，对应狼的凶狠狡诈之状。观此图内涵丰满、发人深思，升华地表达了该篇主题。奇思妙构正与经典《聊斋》相匹配。　［袁敏］

【车夫】

豺狼之性黠而狠　乘虚啮臂一片肉

有车夫载重登坡。方极力时，一狼来，啮其臀。欲释手，则货敝压身，遂忍痛推上。既上，则狼已龁片肉而去。乘其不能为力之际，窃尝一脔，亦黠而可笑也。

【苗生】

自吹自擂虎亦恼　因妒害人反自害

龚生，岷州人。赴试西安，憩于旅舍，沽酒自酌。一伟丈夫入，坐与语。自言苗姓，言语粗豪，饮酒海量。生辞不饮，苗捉臂劝釂，臂痛欲折。生不得已，为尽数觞。苗以巨碗自吸。釂罢，生即整装先行。约数里，马病卧于途，愁坐路侧。行李重累，无所为计。苗至，以肩扛马，疾行二十余里，始至逆旅。龚惊之为神，沽酒备餐。苗曰：“仆善饭，非君所能饱，饮之可也。”饮尽一坛，乃起告别。

考试完毕，龚与三四文友，共登华山，藉地作筵。方共宴笑，苗忽至。左携巨尊，右提豚肘，掷地曰：“闻诸君登临，敬附骥尾。”众起为礼，豪饮甚欢。众生以联句作酒令，首座靳生曰：“绝巘凭临眼界空。”苗信口续曰：“唾壶击缺剑光红。”下座沉吟难续，苗不耐久等，遂引壶自倾。众生依次续之，渐入鄙劣。苗不耐烦，遂效作龙吟，山谷响应，又俯仰作狮子舞，以乱之。众乃罢吟，飞斛再酌。众生渐酣，又互诵闱中作。叠相赞赏。苗不欲听，牵生豁拳。而诸生仍诵赞不已。苗厉声曰：“此等劣文，只宜向床头对婆子读耳，广众中刺刺者，可厌也！”众有惭色，更恶其粗莽，遂故意高吟。苗怒甚，伏地大吼，立化为虎，扑杀诸客，咆哮而去。所存者惟龚与靳二人。

靳生考中举人。后三年，再过华阴，路遇嵇生。嵇为前被虎咬死者。靳以见鬼大惧，欲遁。嵇捉缰使马不得行。下马问之，方知嵇乃为虎作伥；必再杀一文士，方可相代。

靳回至旅舍，适有表亲蒋生至，靳为之述其异。邑有尤生，考居蒋生之上，蒋窃怀嫉忌，阴欲陷害之。遂折简邀尤，与共登临，而自着粗衣而往，意在一雪忌恨。会郡守亦登岭上，与蒋为世交。蒋为见郡守，不敢以粗衣往，遂与尤生易文士冠服。时，虎骤至，未杀尤生，衔蒋而去。欲害人，反自害。

【乩仙】

城南猪血红泥地　邑中羊脂白玉天

章丘米步云，善乩卜之术。每同人雅集，则以乩卜召仙相与唱合。一日，友人见天上微云，得句曰：“羊脂白玉天。”请乩仙对之。乩批曰：“问城南老董。”众人疑其不能对。后有人因故到城南。至一处，土地红色，有如朱砂，异之。见一叟牧猪其侧，因问之。叟曰：“此处俗呼‘猪血红泥地’也。”与“羊脂白玉天”恰成绝对。问其姓氏，答曰：“我老董也。”友人方忆乩词之灵。

属对不奇，而奇在先知必遇城南老董，神矣！

【毛大福（一）】

狼性虽狠知图报　山路遇险护疡医

太行人毛大福，外科郎中也。一日，行医归，道遇一狼，吐裹物，退蹲道左。毛拾视，则布裹金饰数件。方怪异间，狼跃近前，略拽袍服。毛察其意不恶，遂从之去。未几，至一穴。见一狼病卧，顶生巨疮，已溃腐生蛆。毛悟其意，为之拨剔净尽，敷之以药，乃去。狼遥送之。行三四里，又遇数狼，咆哮相侵，惧甚。前狼急入其群，若相告语，众狼悉散去。毛乃归。

造型生动传神，用笔松灵俊秀。传统功夫的现代插图运用，有待我等年轻人认真研究学习。　[刘云涛]

【毛大福（二）】

狼叼敝履送物证　无头冤案自得申

先是，有银商宁泰，被盗杀于途，莫可追诘。毛大福至市上，变卖前狼所赠金饰，被宁家指认为被盗赃物，遂执赴公堂。毛诉金饰乃狼所赠。官不信，械之。毛冤极不能自申，惟求宽释，请问诸狼。官使遣两役，押毛入山，直抵狼穴。半路，遇二狼，其一疮痕犹在。毛识之，揖狼曰：“前蒙馈赠，今竟以此蒙冤。君不为我昭雪，回将搒掠死矣。”狼见毛为隶所缚，怒奔隶。隶拔刀相向，狼以嘴触地，大嗥。旋即，百狼群集。隶大窘。狼近前啮毛缚索。隶悟其意，解毛缚，狼乃俱去。隶归衙，述其状，官异之。几日后，官出行，一狼叼敝履，置道间。官过之。狼又衔履奔前置之。官命收履，狼乃去。官归，查履主人。人传某村有砍柴者，被二狼追逐，衔其履而去。拘来认之，果其履也。遂疑杀人者即樵夫也。鞫之，果然。

【蝎客】

蝎客入瓮化血水　万物有灵忌杀生

南商贩蝎者，岁至临朐，收购甚多。土人持木钳入山，探穴发石搜捉之。有蝎客复至，寄宿旅店。忽觉心动，毛发森悚，急告店主曰：“伤生既多，触怒虿鬼，将杀我也！”急求拯救。店家室中有巨瓮，乃使蹲伏，以另瓮覆之。无何，一人奔入，黄发狞丑，问曰：“蝎客何在？”答以他出。其人入室四顾，鼻作嗅声者三，遂出门去。店主呼曰：“所幸无恙矣。”往启瓮，则蝎客已化血水矣。

【雹神】

韩信智囊李左车　封为雹神显余威

太史唐梦赍，赴日照安氏葬礼。途经雹神李左车祠，暂入游眺。祠前有池，池水清澈，有朱鱼数尾，游泳其中。太史将以石子戏击之。道士急止之。问其故，言池鳞皆龙族，触之必致风雹。太史不以为意，掷之。既而，登车东去。有黑云如盖，随之以行。既而，簌簌雹落。又行里余，始霁。太史之弟凉武在后，相去一矢，竟不知有雹也。太史笑曰：“此岂李左车君作怪也！”并未深异。

安氏村外有关帝祠。适有人至祠，拔架上大刀挥舞，曰：“我李左车也。明日将陪淄川唐太史去安家送葬，敬告主人。”安氏家人闻之，大惧，急备祭品，至祠乞祷。恳求雹神，不可屈驾。唐太史怪其敬信之深，主人曰：“雹神最灵，应验无虚语。若不虔祷以阻其行，则明日风雹立至矣。”

画出了人猪变幻过程的一个时段，生动的鞭笞而又有幽默感。［巩武威］

老母猪与恶妻同体，形体的连接和色调的转换是那么自然合度，观之让人既可恨又可怜，很感人。生动的形态，自由的线条，巧妙的构思，是对文章的升华。［盛　伟］

【杜小雷】

为妇不孝诚可恨　化为母猪警世人

杜小雷，益都西山人也。母盲。杜事之孝，家虽贫，无日不甘脂奉之。

一日，将外出，买肉付妻，令做馄饨。妻最忤逆，切肉时，杂以蜣螂其中。母觉臭恶不可食，藏以待子。杜归，问：“馄饨美乎？”母摇首，出所藏示子。杜见蜣螂，怒甚。入室，欲挞妻，又恐母闻。上榻筹思。妻问之，亦不语。妻自馁，彷徨榻下。久之，喘息有声。杜骂曰：“还不睡，待敲扑耶？”寂然无应。起而烛之，妻不知何在，但见卧一母猪。细视，则两足犹人形，始知为妻所化。县令闻之，絷去，使游四门，以戒来者。

【李八缸】

无度挥霍千金尽　窖藏留待窘极时

太学生李月生，乃升宇翁之次子也。翁最富，以缸贮金，里人称之“李八缸”。

晚年，翁病卧，呼子分金，兄八之，弟二之。月生有怨言，问之，翁曰：“我非偏心，藏有窖金，须待无多人时，再给你，勿急也。”过数日，翁仅存一息。月生虑一旦不虞，觑无人，即近床头秘讯之。翁曰：“人生苦乐，皆有定数。汝方享妻贤之福，故不宜再助多金，以增汝过。”月生固哀之。翁怒曰：“汝尚有二十余年磨难未历，即与千金，亦立尽矣。非至山穷水尽时，勿望给予也！”月生亦即不敢再言。不久，翁去世。月生好客善饮，挥霍无度，不会理家。逾数年，家渐败落。窘急时，赖兄小有周济，不至大困。无何，兄亦病卒，由此，绝粮断炊。又数年，妻与长子相继去世。月生孤独悲苦，再娶徐氏。徐性刚烈，日凌藉之，至不敢与亲朋通吊庆。

忽一夜，梦父曰：“今汝所遭，可谓山穷水尽矣。尝许汝窖金，今日可矣。”于是告之藏金之地。醒而异之，至其处，果然掘得巨金。始悟当初所言“无多人”，乃家人死亡将半也。

【青城妇】

妇与蛇交生怪女　阴舌杀男近荒唐

费县高梦说，为成都太守时，有一奇案。先是，有西商客居成都，娶青城山寡妇。夫妻一聚，而商暴卒。同伴疑而告官。官疑妇有私，苦讯之，横加酷掠，迄无词。因少实证，押狱中，积有时日。

后，高太守听一老医曰：“绕青城山数村落，妇女多为蛇交，生女尖喙，阴户中有物似蛇舌。至纵淫时，则舌出，一入男子阴管，阳脱立死。”

高闻之骇，尚未深信。找来巫媪，纳淫药于妇阴中，使妇意荡，蛇舌果出。牒报郡，上官如法验之，乃释妇罪。

【老龙船户】

城隍隐语破大案　谣颂成集赞巡抚

朱公徽荫，巡抚粤东时，往来商旅，多告无头冤案。往往千里寻人，死不见尸；甚至数客同游，全绝音信。积案累累，莫可究结。

公莅任，稽旧案，卷中称死者不下百余。公骇异恻怛，筹思废寝。遍访僚属，迄少方略。于是，虔诚熏沐，致檄于城隍之神。当晚斋寝，恍惚中见一官僚，来近榻前，乃城隍也。告之曰：“鬓边垂雪，天际生云，水中漂木，壁上安门。”言已而退。既醒，隐迷不解。辗转终宵，忽悟曰：“垂雪者，老也；生云者，龙也；水中漂木，船也；壁上安门，户也；合之乃‘老龙船户’也！”

原来，粤东有两河，皆源自老龙津，以达南海。岭外客商也多自老龙津来。于是，公遣武弁，密授机谋，捉老龙津驾舟者。次第擒获五十余名，皆不械而服。此等盗贼皆以舟渡为名，赚客登舟，或投蒙药，或烧闷香，致客沉迷不醒，而后剖腹纳石，沉之水底。冤惨极矣！自昭雪后，遐迩欢腾，谣颂朱公之功德，成集焉。

于先生是我的球友，他打起球来，攻守跳跃，体魄健旺。精力充沛，这也应该是他画有成就的原因之一。［马冀文］

【古瓶】

古瓶知天显神气　贪财破颅丢性命

淄川县城北村中，井涸，村人甲、乙下井淘之。掘尺余，得骷髅。误破之，口含黄金，喜纳囊中。复掘，又得骷髅六七枚。悉破之，皆无金。其旁有瓷瓶二、铜器一。器大合抱，重数十斤。侧有双环，斑驳陆离，不知何用。瓶亦古，非近款。既出井，甲、乙皆死。移时，乙醒，曰：“我乃汉人，遭王莽之乱，合家投井。有少金，纳入口中，实非含敛之物也。奈何遍碎头颅？情殊可恨。”众人焚香共祷之，许为殡葬。乙乃愈，而甲则未能复生。颜神镇孙生闻其异，购铜器而去。孝廉袁某得一瓶，可验阴晴：见有一点润处，初如米粒，渐阔渐满，未几，雨至，润退则云开天霁。另一瓶入张秀才家，可显朔望：初一，瓶上则泛起黑点如豆，与日俱长；至十五，则以次而退。浸花其中，落花结果，与在树者无异也。

此图虽然只画了故事中一个时空片段，但已经明晰地表达了主题。画家用生动、自由的线条缠绕着整个画面，把虚实两种人物和情节联系在一起。人物造型极具特色，把虐吏的嘴脸情态刻画得入木三分，妙也。画面效果工写自如，来去自由，似乎随手可以成趣。［孙佰钧］

【鸮鸟】

鸮鸟一笑冲天去　赃官赃吏该剥皮

长山县令杨某，性奇贪。康熙乙亥间，朝廷对西塞用兵，购民间骡马运粮。杨某借此搜刮，地方骡马一空。周村为商贾所集。赶集者，车马辐辏。杨率健丁，悉篡夺之。不下数百余头。四方商贾，无处控告。时，益都董县令，莱芜范县令，新城孙县令，会集旅舍。有山西二商，迎门喊冤，诉其健骡四头，俱被抢掠，道远失业，不能归，哀求为之说情。三公怜其情，许之。遂命驾诣杨。杨置酒相款。众言来意，杨不听。三公言之益切。杨举杯劝饮以乱之，曰：“某有一令，对不上者罚。”遂唱曰：“天上有月轮，地下有昆仑，有一古人刘伯伦。左问手执何物，答云：‘手执酒杯。’右问口道何词，答云：‘道是酒杯之外不须提。’”范令云：“天上有广寒宫，地下有乾清宫，有一古人姜太公。手执钓鱼竿，道是‘愿者上钩’。”孙令云：“天上有天河，地下有黄河，有一古人是萧何。手执一本大清律，道是‘赃官赃吏’。”杨有惭色，沉吟久之，曰：“某又有之。天上有灵山，地下有泰山，有一古人是寒山。手执一帚，道是‘各人自扫门前雪’。”众相视觍然。

忽一少年入，笑曰：“天上有玉帝，地下有皇帝，有一古人洪武朱皇帝。手拿三尺剑，道是‘贪官剥皮’。”众大笑。杨怒，骂曰：“何处狂生，胆敢如此！”命隶捉之。少年跃登几上，化作猫头鹰，且飞且笑而去。

这件作品描绘了现实与阴间的混合场景。西方画家达利也常有梦幻般的超现实作品。于先生这幅作品的场景与达利的作品类似，但于先生此图更具中国式的浪漫特色。［周永生］

【元少先生】

韩生命里得状元　阴曹阎王早安排

礼部尚书韩元少，为秀才时，有青衣吏突至，言，主人欲请作塾师。因聘礼优厚，遂而许之。至日，韩被接至一殿阁前。既就馆，酒菜纷罗。劝其自进，并无主人。筵罢，有公子出拜，十五六岁，姿表秀异。拜后便回。至授课，始出见师。公子甚慧，闻之则通。韩以不知其家世，颇怀疑闷。馆有二童侍奉。韩诘之：“主人何在？”答以事忙。或求导窥之，童不应。屡求之，勉强答应。乃导至一殿阁，拾级而上，突闻审讯拷打之声。自门隙目注之，见一王者坐殿上。阶下剑树刀山，皆阎王殿景象。大骇，转身欲去，内已知之。殿上暂停审案，疾呼二童进殿，责道：“何敢引人私窥？”即以巨鞭重笞。又召韩先生入，曰：“所以不见者，以阴阳异路。今已知之，势难再聚。”因赠酬金使行，曰：“君日后可中状元，但眼下磨难尚未尽耳。”传青衣人牵马送之。先生疑身已死。青衣人曰：“非也，先生所食所用，皆来自阳间，非冥中物也。”既归，坎坷数年，果中状元。

【薛慰娘】

乱葬岗里薛慰娘　起死回生报鬼恩

丰玉桂，聊城儒生也，贫无生业。万历间，遇灾荒，孑然南逃。年余将归，至沂而病。力疾行数里，至城南乱葬冈，益惫，傍冢而卧。忽如梦，至一村，有叟邀之入门。屋两楹，亦殊草草。室内一女子，年十六七，仪容慧雅。叟使烹柏枝汤，以陶器供客。自言李洪都，平阳人，流寓此间已三十二年。请丰记住此间门户，如见其子孙探访，烦指示之。又曰："老夫不忘恩义，有义女薛慰娘，颇不丑，可配君子。待三儿来时，即为主婚。"丰醒，仍身卧冢边，方知是梦。日将午，渐起，入村。村人见之皆惊，谓其已死道旁经日矣。顿悟叟即坟中人也。

居无何，果有官人至，自言平阳进士李叔向，前来访查先父墓址。四处打听均无知者。丰乃引至乱葬岗，以所卧处示之。冢开，则见女尸，服妆黯败，而粉黛如生。叔向知其误，骇极。而女已起坐，四顾曰："三哥来耶？"丰视之，则慰娘也。叔向问所从来，慰娘言曰：本为薛家独生女，一日，与女仆乘舟自舅家归，被操舟者劫掠。女仆被推坠江中。慰娘被卖于某仕宦做妾，不堪大婆虐待，自缢死，埋于乱葬岗，为群鬼凌辱。李翁坟在近旁，时呵护之，遂拜翁为父。叔向急发旁冢，果其父尸，装荷入材，清醮七日。又遵父嘱，为慰娘、丰生完婚。辇柩并发，归平阳。

初时，劫慰娘操舟者冯某，劫得钱，贸而致富，赌博而败。被害女仆之子，亦好赌，贫无立锥。一日，两人巧逢，共一赌局。因争注，互殴，杀冯。此子逃亡，适被薛慰娘收留。知其情，佣为丰家使役，并为之娶妇成家焉。

【周生】

行文狎谑惹神怒　害人害己误家人

周生者，乃淄川某县令幕僚。令因公外出。夫人徐氏，欲祭拜泰山碧霞元君，拟遣仆代之，使周生为撰祝文。周作骈词，历叙夫人平生，颇涉狎谑。文中有云：“栽般阳满县之花，偏怜断袖；置夹谷弥山之草，惟爱余桃。”“断袖”“余桃”皆指男宠。此诉夫人所愤也，类此甚多。稿成，示同僚凌生。凌以为亵，戒勿用。周不听，付仆而去。不久，周生卒于署，代为祭拜之仆亦死。徐夫人难产而卒。人犹未知其异也。周生之子，来迎父棺木。夜与凌生同宿，梦父诫之曰：“文字不可不慎也，我不听凌君言，遂以亵词致干神怒，遽夭天年，又连累徐夫人，且殃及焚文之仆，恐冥罚犹不免矣！”醒而告凌，凌梦亦同。因述其文，周子方知之，为之惕然。

于先生线的表现力，无穷无尽。［张 宜］

【田子成】

父魂化作卢十兄　喻示尸骨好还乡

江宁人田子成，过洞庭，舟覆而没。妻杜氏闻之，仰药而死。子良耜，时在抱中，受庶母抚育，得以长成。后考中进士，至湖北为官。年余，奉命营务湖南。至洞庭，悼父，痛哭而返。自告才力不及，请降为县丞，隶属汉阳府。又欲辞职，上司不允。上任后，放浪江湖间，不以官职自守。

一夕，泊舟江岸。闻洞箫声，乘月走去，见旷野中茅屋数椽，灯火荧荧；近窗窥之，有三人对酌。上座一秀才，下座一叟。侧座为吹箫者，年最少。秀才面壁沉思，叟曰："卢十兄必有佳作，请长吟，共赏之。"秀才乃吟曰："满江风月冷凄凄，瘦草零花化作泥。千里云山飞不到，梦魂夜夜竹桥西。"叟遂以"兰陵美酒"歌相合。吹箫少年出门观月，见良耜，邀之入宴。宴间，且饮且吟，相谈甚洽。月已西斜，良耜起身告辞。秀才挽留之，曰："仆有老友田子成，没于洞庭，与君同族否？"良耜曰："是先父也，何以相识？"答曰："少时相善。其没日，吾见之，因收其尸，葬江边耳。"良耜出涕下拜，求指墓所。卢说："此去不远，坟上有十株芦苇者便是。"良耜拱别，至舟，一夜无眠。拂晓复往，则舍宇全无，益骇。遵所示处寻墓，果得之。丛芦生其上，数之，正为十株。遂发冢负骨，弃官归里。归告祖母，质其状貌皆确。恍然悟，卢十兄之称，皆其寓言，乃父之鬼也。

【土化兔】

陈年土块化为兔　物理奇诡不可解

靖逆侯张勇，镇守兰州时，出猎，获兔甚多。中有半身或两腿尚为土质者。故一时秦中争传土能化兔。此亦物理不可解者。

将多维时空集于一幅，贴切体现了《聊斋》本趣。［高森济］

【王桂庵】

情意深时有神助　梦与实相一脉通

王桂庵，大名府世家子。适南游，泊舟江岸。邻舟有船家女，绣履其中，风姿韵绝。王窥之既久，女若不觉。王朗吟“洛阳女儿对门居”，故使女闻。女举首略一斜瞬，俯首绣如故。王神志益驰，以一金锭遥投女襟上，女拾而弃之；又以金钏掷其足下，女仍操业不顾。无何，船主归，王恐其见钏研诘，心急甚；女则从容以双足覆蔽之。船主解揽径去。王心情丧惘，痴坐凝思。时方丧偶，悔不即媒定之。问邻舟，皆不知其何姓。沿江细访，皆无音耗。不得已，返舟而归，寝食皆萦念之。

一夜，梦至江村。过数门，见一家柴扉南向，内有修竹，意是亭园。探身窥之，而屋内亦觉，一女子出。视之，粉黛微呈，则舟中人也。喜出望外，曰：“亦有相逢之期乎！”方将狎就，女父突至，倏然惊觉，始知是梦。后年余，再适镇江访友。信马由缰而去，误入小村，道途景象，亭园门户，仿佛梦中所历。梦既验，不复疑虑，直趋南舍，舟中人果在其中。相见，备述相思之苦，且言梦征。女亦出所藏金钏。得知其名芸娘，父字江篱。桂庵至友家，告知其事。经友媒合，择日完婚。婚后，夫妻乘船北归。夜宿舟中，桂庵戏言家中已有妻室。芸娘闻之色变，静默移时，遽起奔出。王追之，则已投江中矣。桂庵痛不欲生，沿江而下，以重价觅其尸骨，亦无见者。不得已，年余始归。归途遇雨，休装民舍，王坐待治饪，忽有丽者自屏后抱儿出，则芸娘也。

先是芸娘投水，随波而下，被船翁救起，翁媪认作义女。逾十月，生一子，取名寄生。桂庵则以前言之戏，矢日自白。芸娘反怒为悲，相向涕零。又拜过救命翁媪，遂为岳婿。

【寄生（附）】

姻缘梦成诚诡异　三人相思成一家

王桂庵之子寄生，字王孙，郡中名士，姿致秀美。八九岁能文，十四岁入府学。寄生表妹闺秀，慧艳绝伦。寄生心爱之，思慕良切。积久，寝食俱废。桂庵托人提亲，因近亲被拒，病益剧。

郡中大户张家，有女五可。一日上墓，途遇寄生，心生爱慕，回家告母。母托媒问之，而寄生则非闺秀不娶。

一日，寄生正昏睡，忽一婢入，曰：“丽人至矣！”喜极，跃然而起。则丽人已在庭中。细认之，却非闺秀，而娟丽赛仙女。问之，答曰：“妾，五可也。君独钟闺秀，使人不平。”寄生曰：“生平未见颜色，故目中只有闺秀。今知罪矣。”方握手殷殷，母来探视，遽然而觉，则一梦也。寄生暗想，五可果如所梦，何必强求闺秀。告母，遣媒求婚。

孰料，此时五可已许配别家。寄生失意，悔恨欲死，鸡骨支床，病情益甚。幸有媒人于媪从中周旋，结束前约，与五可婚事始成。寄生满心欢喜，病亦顿愈，闺秀之想遂绝。

而闺秀，却因与寄生婚事未成，昼夜思之，恍惚若病。得知寄生将与五可成亲，伤心至极，亦卧病不起，命悬一线。父母无奈，答应以侧室嫁与寄生，而王家未知其情。至寄生与五可成亲日，表亲强将闺秀送归王家。两新娘进门，王家一时慌乱，莫知所为。寄生周旋其间，母乃百计调停于中，方安。五可见闺秀风致宜人，甘心居次。从此，二女言语投契，衣履易着，相爱如姊妹。

桂庵与寄生父子因缘，皆以梦成，亦奇情也。

【乌使】

生时定然有阴德　卒后群鸦缓送行

苑城人史乌程，一日家居，忽有鸟集屋上。香色类鸦。史见之，告家人曰：“夫人遣鸟使召我矣，急备后事，某日当卒。”至日果卒。殡日，鸦复至，随棺木，缓缓飞行，由苑城送至新城。至殡宫，始不复见。

此图两个大圆与几个头型的圆以及弧线的圆统领了画面的主要构成，画面中的狐仙图中图用方形，形成对比，使画面形式既统一又有变化。

用写实的人物造型铺陈出如此诡谲而生动的《聊斋》篇章，令人叹服。［宋丰光］

【褚遂良】

褚翁后身贫如洗　狐报旧恩引为仙

长山县民赵某，税屋大姓之家。贫难自给，又患痞病，奄奄危殆。一日，力疾就凉，移眠树下。既醒，见绝代丽人坐其旁，问之，曰：“我来为汝做妇。”遂以手按赵腹，力摩之。觉其掌热如火。移时，腹中痞块，隐隐作解拆声。急起入厕，解衣大下，胶液流离，结块尽出，顿觉通体快爽。女曰：“我狐仙也。君前身乃唐朝褚遂良，曾有恩于妾家，每铭心欲一报之。日相寻觅，今始得见，夙愿可酬矣。”赵自惭形秽，女但言请行。赵乃导之家中。土炕无席，灶冷无烟。女但言无虑。言讫，一回首，见榻上毡席被褥已设，又转瞬，见满室银箔裱贴如镜，几案清洁，肴酒并陈。遂相欢饮。日暮，同寝，欢如夫妇。大姓家主闻其异，请一见之。女即出见无难色。由此四方传播，造门见者甚夥。女无所拒绝。或设宴招之，女必与夫俱。

一日，座中一孝廉，阴萌淫念。女已知之，正色诮之。即以手推其首，首过窗棂之外，而身犹在室。出入转侧，皆所不能。众人哀免，方拽出之。一年后，造访者益繁。女颇厌之。值端午，饮酒高会，忽一白兔跃入。女起曰：“春药翁见召矣。”命赵取梯，依大树上。女先登，赵亦随之。女回首曰：“亲宾有愿从者，当即移步。”众相视不敢登。惟主人一童，踊跃从其后。梯尽云接，不可见矣。共视其梯，则多年破扉，去其白板耳。众入其室，灰墙败灶依然，他无一物。

【果报】

邪荡无良背天理　果报不爽死也惨

安丘谋生，通卜筮之术，而其为人邪荡不检，每有钻穴逾隙之行，则先卜之。一日忽病，药之不愈，曰：“吾实有所见。冥中怒我狎亵天数，将重谴矣，药何能为！”亡何，目暴瞽，而手无故自折。

某甲者，其伯无嗣。甲贪其财，自愿过继为子。伯既死，田产皆归其所有。遂背前盟，不再供奉香火。又有一叔，家亦富有，但无子，甲又依之作父。叔卒，又背之。并二家之产，称富一乡。一日，忽暴病若狂，自言：“汝欲享富而生也！”遂以利刃自割肉，片片掷地。又曰：“汝绝人后尚欲有后也？”剖腹流肠，遂毙。未几，其子亦死，产业尽归他人。果报如此，可畏也夫！

【刘全】

善行八十身强健　牛医勺粥奠旋风

邹平县牛医侯某，荷饭饷耕者。至野，有旋风在前，遂舀粥祝奠之。洒数勺，旋风始去。一日，去城隍庙，闲步廊下，见内塑刘全献瓜像，被鸟粪糊蔽眼睛。侯曰："刘大哥何能受此玷污！"遂以手为之除去。后数年，病卧，被二鬼摄去。至衙前，逼索财贿甚苦。正无所为计，一绿衣人忽自内出，严厉呵止。遂与俱入，跪阶下。见有一马作人言，讼侯，言被侯药死。侯辩曰："马患瘟病，服药不愈而死。"两相争持。官命籍查，呵马曰："此汝天年适尽，何得妄告？"叱之而去。又谓侯曰："汝存心方便，可以不死。"仍命二鬼送回。绿衣人出，曰："三年前，仆自泰山来，焦渴欲死，蒙君以勺浆见饮，至今不忘。"堂上官吏，亦出门相送，曰："吾即刘全，曩被雀粪污眼，闷不可耐。君手为涤除之，感激不尽。"侯始悟，乃归。待醒，方知死已两日矣。从此益修善行。后年至八旬，尚强健。一日，于途中见刘全骑马来，曰："君寿数已尽，勾役将至。可归治后事。三日后，我陪君行。"遂去。侯归，告妻子，别戚友，棺衾俱备。四日暮，对众曰："刘大哥来矣。"入棺，遂殁。

【韩方】

殃人瘟疫鬼作祟　东岳大帝悉镇之

明末，济南府以北数州县，瘟疫流行。齐东有农民韩方，性至孝。父母皆病，因携祭品，哭祷于孤石大夫之庙。归途涕零，遇一人，衣冠整洁，问：“何悲也？”韩俱以告。其人曰：“孤石之神，不管此事，祷之无益。吾有小术，可以一试。”问其姓名居址，不答。韩殷殷请临其家，摇头曰：“无须。宜归取黄纸置床上，厉声言：‘我明日赴都，告诸岳帝。’病当已。”又曰：“实相告，我乃南县土地，感君孝，方授此术。目前，东岳大帝正举枉死之鬼，其有功于民，或正直不作邪祟者，录为城隍、土地神。今日，殃人瘟疫之鬼，皆北兵所杀者，急欲赴都自荐，故沿途索贿，以谋口粮。言告岳帝，则彼必惧，病当即愈。”韩悚然起敬，伏地叩谢。既起，其人已渺。惊叹而归。遵其教而呵之，父母皆愈。以此传诸邻村，无不验者。

【姬生】

人情感化皆不灵　反被狐精拉作贼

南阳鄂氏，患狐，金钱杂物，辄被窃去。迕之，祟益甚。鄂有外甥姬生，名士，素不羁，焚香代为祷免，皆不应。又祝其离开外祖，而临自家，亦不应。生曰："狐能变幻，必有人心。我定将其引入正果。"三数日辄一往祝之。虽不见效，然生所至狐遂不扰。故鄂常留生宿。一夜，生独坐斋中，门自开。桌上有钱二百，天明失之。遂备下数百钱，又被取走二百。自此数夜不再失。一夕，欲饮，备熟鸡欲待客，而失之。至夕，生又备酒奉狐。而狐患从此绝迹。

一日，姬生晚归，见案上酒一壶，熟鸡盈盘，钱四百，以赤绳贯之，即前日所失物也，知为狐之所报。酒，香浓色碧，饮之甚醇。然，才饮半酣，心中贪念顿生，蓦然欲作贼。便启户出。思村中一富室，遂越其墙。墙虽高，一跃而过，如有翅翎。入其室，窃取貂裘、金鼎而出。归置床头。妻怪而诘之，方悟饮狐酒而中贪毒也。急取丹砂研细入酒，让生喝下。少顷，生忽失声曰："我奈何做贼！"急乘夜将赃物抛回富户家。

生岁试得冠军，又举行优。及发榜，官署梁上忽现一帖，云："姬生做贼，偷某家裘鼎，何为行优？"生知必狐之作怪，遂缅述无讳。考官验之无误，遂赏礼有加。

生每自念：无取罪于狐，所以陷己做贼，亦小人不想独为小人耳。

于先生为这部《聊斋》添加了五百多项文前导语，足见吾友艺术造诣之深。［高森济］

【李檀斯】

阴阳两界走无常　檀斯托生新宅家

长山李檀斯，国学生也。村中有媪走无常，可在阴阳两界奔走。谓人曰：“今晚与一人背檀斯老，投生淄川柏家庄一新门中，身躯重赘，几被压死。”时李檀斯方与客欢饮，悉以媪言为妄。至夜，果然无疾而卒。天明，如媪所言，前往柏家庄问之，则其家夜生女矣。

【纫针】

惊雷有知炸死贼　震活贤良两妇人

虞小思，东昌人，经商。妻夏氏，自娘家回，见门外一妪偕少女，哭甚哀。问之，妪挥涕相告。乃知其夫王心斋，原为宦裔，后家道败落，无衣食业，向富室黄某，贷金若干，学作贾，中途遭寇，丧资。黄某索债，窥其女纫针貌美，将谋作妾以抵债，然纫针已许配傅举人之子阿卯。而傅举人在福建为官，死于任上，音信断绝。母女去娘家，求兄弟接济，遭拒，进退无路，故而号啼。

夏氏怜之，视纫针绰约可爱，即邀至家。答应竭力相助。即百计为其凑足银钱。包裹之，置于床头。至夜，遭盗，银钱以空。夏氏被盗，又惧夫责，遂引带自尽。丈夫虞小思知之，急奔回，惊涕营葬。

其时炎夏，夏氏之尸不僵，亦不腐。过七日，乃殓之。既葬。纫针潜出，哭临其墓。忽而暴雨倾注，霹雳大作，墓棺炸开。夏氏被震活。纫针却被震死。虞闻，奔验之，将妻自墓中抱出。妻醒，见纫针死于墓旁。感其义，遂与夫言，即以原棺墓葬之。此雷同时炸死村北马大，其身上有火烧字云："偷夏氏金贼。"官从马大家搜出夏氏失金。夏氏将金交纫针母，以还欠债。

葬纫针后三日，再降雷电，坟墓复被震破。纫针亦醒，出墓，踉跄直奔虞家，拜夏氏为义母。此时，傅举人之子阿卯中举，于进京赶考途中，巧遇虞小思，得知阿卯乃纫针女婿，岳婿得以相认。复试后，回乡与纫针成亲。自此，一家祥和，成一方佳话，流传至今焉。

于先生人物画，构图饱满、笔墨讲究、方圆曲直、干湿浓淡，力透纸背，人物动作伸张、神气充盈，一篇篇故事，跃然纸上。［张　宜］

【太原狱】

断案幸有聪明手　婆媳奸情自分明

太原有民家，婆媳双寡。婆中年不能自洁，村中无赖频来就之。媳恶其行，设法阻拒之。婆羞惭，拟借端休妇。以故，婆媳时有口角。婆益怒，反诬告之。官问奸夫姓名，婆曰：“夜来宵去，不知其谁。”问妇，却能道出婆奸夫姓名。二人争执不休。官拘无赖审之，哗辩曰：“两无所私，婆媳不和，妄言诋毁耳。”官重笞之。无赖咬定与媳私通。媳不服，愤告宪院。

时淄川进士孙柳下，为临晋令，接审此案。略讯一过，即将疑犯下狱，命隶役备砖石刀锥听用。众不解其意，姑备之。次日，升堂，将砖石刀锥悉置堂上。孙公曰：“奸夫已在，你家本清门，却为歹人所诱，罪全在某。堂上已备刀石，可自取击杀之。”于是，婆媳并起，掇石交投。媳衔恨已久，两手举巨石，恨不立毙之，而婆只以小石击臂腿而已。孙公又命用刀。媳把刀直贯胸膺，婆则犹豫不忍下手。孙公止之曰：“淫妇我知之矣。”令将婆严梏之，遂得其情。笞无赖三十，其案乃结。

【桓侯】

张飞刚猛震群雄　封神依然爱骏马

荆州人彭好士，一日饮酒归。下马溲便，马吃草路旁。有细草一丛，蒙茸可爱，初放黄花，艳光夺目。马食之过半。彭拔其余茎，嗅之有异香。因纳之于怀，跃马复行。马忽骛驶绝驰。彭颇觉快意，奇之。遂纵马飞奔。忽见夕阳在山，始将回转。但望乱山重叠，并不知其何所。时，天已近暮，一青衣人来，曰：“吾家主人便请宿止。”问此何地，答曰：四川阆中也。彭大骇，才半日，已千余里矣。青衣人引缰疾行，人马若飞。过一山头，见半山中，屋宇重叠，杂以屏幔。遥睹衣冠一簇，似列队相迎。彭至，下马，相向拱敬。俄，主人出，气象刚猛，巾服都异世人。拱手为礼，捉臂同行。彭觉捉处如被械梏，痛欲折。登堂，则陈设炫丽。入筵。彭暗问近坐者：“主人何人？”答曰：“此张桓侯也！”彭愕然。饮间，桓侯曰：“尊之坐骑，已有仙骨，非尘世所能驱策。欲以另马交换之，如何？”曰：“敬以奉献，不敢易也。”桓侯曰：“当报以良马，且赐以千金。”又曰：“汝所怀香草，鲜食之可以成仙，枯者可以点金。”即命童出点金方，授彭。

十日后，桓侯令刘子翚为彭选得良马。骑试之，神骏无比，可日行五百里。抵家，出怀中香草，遵方点化，得银万两。家以暴富。遂敬返故处，祭祀桓侯之祠，优戏三日而返。

【新郑讼】

尾追盗贼反被诬　实心为政冤案平

长山进士石宗玉，为新郑县令。有客商张某，染病思家，雇人力车，携资五千，挽载以行。至新郑，车夫往买饮食，张某独坐车旁以待。有某甲过，睨之，见四旁无人，夺资而去。张病弱，不能与争，遥尾随之。入一村中人家。张不敢入，但自矮墙窥之。某甲放下钱物，回首见窥者，怒执为贼，缚送县衙。张备述其冤。石县令因无实据，叱去之。二人下，皆谓官无皂白。石回，颇忆某甲久欠赋税，遣役严追之。某甲当即以现银交付。审问其邻，其钱何来。邻初言不知，再问之，惧用刑，遂证某甲劫盗之事。石审之确，立判某甲归还赃物，又遣人送张某归。

石公此类甚多，足见其实心为政也。

【粉蝶】

飓风飘舟三千里　世外遇仙得艳妻

阳曰旦，琼州士人也。偶自他郡归，泛舟于海，遭飓风。船将覆。忽飘一空舟来，急跃登之。回视，则前舟尽没。风愈狂，瞑然任其所吹。无何，风定。开眸忽见岛屿，舍宇连亘。把棹近岸，直抵村门。村中寂然，松竹掩蔼，鸡犬无声。见一门北向，逡巡遂入。遥闻琴声，有婢自内出，年十四五，飘洒艳丽。见阳，反身遽入。俄闻琴声歇，一少年出，揖请入院。既进舍，则一少妇危坐，朱弦方调，年可十八九，风采焕映。待叙邦族，得知少妇乃其姑妈，名十娘，少年乃姑父晏生，婢名粉蝶。此处为神仙岛，距琼州三千里。

入夜，十娘教阳曰旦操琴，作勾剔之势，使阳效之。阳习至更余，音节粗合。夫妻始别去。阳目注心凝，对烛自鼓。久之，顿得妙悟，不觉起舞。举首，忽见粉蝶立灯下，惊问："夜已深，卿尚未去也？"婢曰："十娘命待安寝，掩门移灯耳。"审顾之，秋水澄澄，意态媚绝，不觉心动。微挑之，则俯首含笑。阳益惑之，遂起挽颈。婢推辞曰："勿尔，夜已四更，主人将起。彼此有心，来宵未晚。"方狎抱间，闻姑父唤"粉蝶"，婢急奔去。阳潜往听之，但听晏曰："婢子尘缘未泯，今将如何？"十娘曰："此心一动，不可再用，不如为吾侄遣之。"阳甚惭惧，返斋自寝。天明，不复见粉蝶矣。久之，阳颇忆家。欲归，但以离家千里为难。十娘曰："此亦不难。故舟尚在，当助一帆风。子无家室，我已遣粉蝶去矣。"乃赠以琴，送至海岸，解裙作帆。日旦登舟，方欲拜谢，南风竟起，舟已远矣。瞬息，遥见人烟。细审，则琼州也。入门，举家惊喜，盖离家已十六年矣，始知其遇仙。

临沂钱秀才，有女名荷生，艳名远播。年十六，未嫁而三丧其婿。遂媒订之，涓吉成礼。既入门，光艳绝代，细视之，则粉蝶也。惊问曩事，女茫然不知。盖粉蝶被逐时，即荷生降生之辰也。为之鼓《天女谪降》之曲，则支颐凝想，若有所会焉。

【李象先】

前世老僧守戒律　再生犹自畏母乳

李象先，寿光县名士。前世为某寺火头僧，无疾而终。其魂飘栖牌坊上。下见行人，皆有光环罩颠上，盖体中阳气也。夜既昏，念坊上不可久居，但诸舍皆暗，唯一家灯火犹明，遂飘赴之。到门，则身已婴儿。母乳之。见乳恐惧；腹不胜饥，闭目强吮。逾三月，即不复乳；乳之则惊惧而啼。母遂以米汤间枣粟哺之。儿时至某寺，见寺僧，皆能呼其名。至老犹畏乳。

【锦瑟（一）】

家中悍妇难忍受　持索寻死入深壑

沂水县王生，少孤，自为族。家清贫，然风标修洁。妻兰氏，富家女，骄蛮凶悍，常佣奴其夫，而自享美食；妻家兄弟亦鄙视之。生年十九，往应童子试，落榜。自郡中归，妇适不在室，见锅中肉熟，就而啖之。妇归，不语，端锅去。生大惭，掷箸于地，曰：“所遭如此，不如死。”妇恚问死期，即授绳索为其自经之具。生忿投羹碗，击妇头颡。自念生不如死，遂怀带离家，进山，入深壑。

这套《聊斋》插图，丰厚且灵动，妖娆而浪漫，既有道骨仙风，超然世外，又表达了佛家济世救人的良好愿望。 [撒　容]

【锦瑟（二）】

求死不得进地府　甘作苦役不回家

生至深壑一树下，欲自尽，方系带，忽见土崖间微露裙幅，旋一婢出，睹生急返，如影就灭。土壁亦无绽痕。固知妖异，然欲觅死，故无畏怖，即捡石扣壁曰："地如可入，幸示一途。我非求欢，乃求死者。"久之，无声，复言之，内曰："求死先退，可以夜来。"声音清锐，细如游蜂。未几，星宿已繁，崖间忽成高第，静敞双扉。生入门，拾级而进。才数步，有横流涌注，似类温泉，以手探之，热如沸汤。遂纵身入水，热透重衣。沉浮良久，热渐可忍。极力爬抓，始登彼岸。遥见厦屋处有灯火，趋之；忽有猛犬暴出，啮衣败袜。危急间，前婢出，叱之犬退，曰："求死郎来也！我家娘子悯君厄穷，使妾送君入安乐窝，从此无灾矣。"挑灯导之，启一家后门，曰："君自入，妾去矣。"生入室四顾，竟是自家。妻言知罪，愿改前非。生不语，夺门而逃，仍将入壑。见前婢挑灯在前，遂呼曰："我但求死。娘子巨家，地下亦应需人。愿为主人做苦役。"婢遂领生回。

主人名锦瑟，为仙姬。姬性慈悲，设给孤园，专事收养九幽横死无归之鬼。王生遂被收留。生不畏脏累，勤谨仆诚，深受锦瑟恩宠。婢名春燕，颇风格，既熟，频以眉目送情，而生则斤斤自守，不敢少致差跌，单伪作愚钝。积二年余，主人赏给丰厚，而谨抑如故。

【锦瑟（三）】

欢悦臻至人仙配　分身两处不自知

一夜方寝，有群盗突至。厮仆骇窜。生急起，涂面束腰，捉刀而出，杂入盗中，呼曰：“勿惊锦瑟，只分刮财物！”时群盗方搜锦瑟不得。生潜入第后独觅之，见锦瑟与春燕伏于暗陬。遂弃刀背负锦瑟，奔二三里许，汗流竟体，始入深谷。释肩方坐，忽一虎来，撕咬锦瑟。生急捉虎耳，伸臂入虎口以代之。虎怒，释女，嚼生臂，脆然有声。臂断落地，虎亦径去。锦瑟泣曰：“苦汝矣！”复觅断臂，为生续而裹之。

天明，仆媪渐集。锦瑟视生伤臂已愈，置酒以慰之，曰：“妾身已附君体，但无媒，羞自荐耳。”生惶恐曰：“某受重恩，杀身不足以酬。所言非分，不敢从命。苟怜无室，赐婢已过。”

一日，锦瑟之姊瑶台至，四十许佳人也。招生曰：“我千里来，为妹主婚，今夕可配君子。”生固辞不得，乃伏地拜谢。锦瑟曰：“妾乃仙姬，以罪被谪。自愿于地下收养冤魂以赎帝谴。适遭天魔之劫，遂与君有附体之缘。”遂为夫妻。欢爱臻至。

过数日，锦瑟谓生曰：“冥会不可长，请郎归，妾当自至。”生骑马入村，得知兰氏已改嫁贾某。仍住王生家。贾某外出经商，又买妾归，自此不入妻室。兰氏知王生回，无言以对，自经而死。生乃具状，讼贾某霸产占妻之罪。贾不敢复言，收肆西去。一夕，锦瑟携春燕至，见贾之妾，曰：“此女有宜男相，可代妾苦矣。”遂使生夜与妾同床眠。一夜妾起，潜窥锦瑟室，则生亦与之共笑语，大怪之。告生。生亦不自知。久之，春燕亦与生有私。后春燕生一男，妾生五男二女。

居三十年，锦瑟时返其家，往来皆以夜。一日，携婢去，不复至。生年八十，忽携老仆夜出，亦不返。

头一回见到如此美妙感人的《聊斋》插图，对照文章欣赏，令人心潮澎湃，回味不已。［撒　容］

【秦桧】

岳飞报国人人敬　秦桧跪地代代唾

青州冯中堂家，杀一猪。剥皮去毛，肉上有字云：“秦桧七世身。”烹而啖之。其肉恶臭，而弃之。闻益都人言：“冯中堂之祖，前身在宋朝为秦桧所害，故生平最敬岳飞。特于青州城内建岳飞殿。秦桧、万俟卨伏跪地下。往来行人瞻礼岳王，而投石桧、卨。香火不绝。”

【房文淑】

书生古寺遇红颜　弃儒经商家团圆

开封邓成德，游学兖州，住破庙中，以缮写糊口。岁暮，僚役各归家，邓独炊庙中。黎明，有女叩门入，艳绝，至佛前焚香叩拜而去。次日，又如之。至夜，邓挑灯早起，女至益早。邓戏曰：“寺中无人，何不寄宿，以免奔波？”女哂曰：“寺中无人，君是鬼也。”邓见其可狎，拽坐求欢。女曰：“佛前岂可做此。”邓固求不已。女曰：“去此三十里某村，有六七童子延师未就。君可往，托言携有家室，令别给一舍，妾可为君执炊，此长策也。”邓至某村求职，果遂。携女同往，相得甚欢。积六七年，夫唱妇随，琴瑟和美。女名房文淑。后生一子，取名“兖生”。邓欲弃文经商，得钱携之回家。女不答。至夜，忽抱子起，曰：“妾欲去。”邓急起，追问之。门未启，而女已杳。邓骇极，始悟其非人也。

邓数年不归，家中传其已死。妻兄劝妹改嫁，不肯。一日，既暮，一女子入门，抱儿求宿。及醒呼之，则儿在而女已去矣。邓妻视儿如己出。但早起抱儿，不能操作，益窘。一日，女忽至，赠以金，家道得以饶足。

三年后，邓行商有赢余，治装归。见儿，问之，妻告以故。问：“何名？”曰：“其母呼之兖生。”邓惊曰：“此真吾子也。”邓乃历叙与文淑离合之情，亦共欣慰。犹望女再至，而终渺矣。

“霹雳一声，龙下攫豪首去。”“天晴，渊中女尸浮出，一手捉人头，审视则豪头也。”读蒲翁《博兴女》至此，怎不令人浮白叫绝。事虽怪诞，然顺天意，快人心者也。

博兴民女，年方及笄。为势豪掠之于途，逼淫不从，勒死于家，投尸于渊。此无头冤案也。故事借神龙之一攫，昭弱女之沉冤。蒲翁将其美好愿望寄之笔端，借以消胸中之块垒也。常言道：“哪个庙里没有屈死的鬼！”世之沉冤待雪者比比皆是，何得神龙常现其爪也！

画家用寥寥数笔，生动地勾勒出了势豪掠女于前，神龙攫首于后，果报不爽之主题，可谓匠心独具也。［蒲　泽］

【博兴女】

伤天害理遭天雷　少女化龙雪仇冤

博兴人王某，有女及笄。势豪某窥其美，伺女出，掠去，无人知。至家逼淫，女号嘶撑拒。某怒，命家丁缢杀之。门外有深潭，遂系以巨石，沉潭中。王某觅女不得，计无所施。

天忽雨，雷电绕势豪某家。霹雳震响，有龙飞下，攫豪首而去。天晴，潭中女尸浮出，手抓人头。审视，则势豪某也。龙，王女之所化欤？不然，何以能尔也？奇哉！

以平面化的图式构成画面是现代画家使用的语言特征之一。此图运用得相当高妙，利用图式的转换与渐变展开了内容的发展与变化。

画面虽为线描却见笔见墨。画家不仅对《聊斋》有深入研究，其中国画修养更非同一般。 ［张锦平］

【浙东生】

狐女夜奔送狎情　虎阱跌落懵书生

浙东生房某，尝以胆力自诩。客于陕，贫不能归，在陕教授生徒。一夜，裸卧，忽有毛物从空堕下，击胸有声。觉小如犬，气咻咻然，四足挠动。大惧，欲起。物以两足将生扑倒，恐极而毙。经一时许，觉有人以尖物穿鼻，大嚏，乃苏。见室中灯火荧煌，床边坐一美人，笑曰：“好男子，胆气固如此也！”生知为狐，益惧。妇渐与狎戏，胆始壮。遂共款昵。积半年，如琴瑟之好。

一日，女卧床头，生潜以猎网蒙之。女醒，不敢动，但哀之。生但笑不前。女忽化白气，从床下出，恚曰：“终非好相识，可送我去。”遂以手拽生，凌空翕飞。食顷，女松手，生晕然坠落。适落富家园中虎阱，阱口上有绳网。生坠网上，身半倒悬。下视，虎蹲阱中。虎仰见卧人，跃上，近不盈尺，生心胆俱碎。园丁饲虎，见而怪之。扶下，已昏死。移时渐醒，备言其故。其地乃浙江界，离家至四百里矣。主人赠以资而遣之。

【单父宰】

谋夺家产非孝道　阉割父阴更荒唐

青州某人，五十余岁妻亡，继娶少妇。二子恐其复育，乘父醉，潜割睾丸，敷之以药。父觉，托病不言。久之，创伤渐平。忽入室，与妻行房。刀口绽裂，血溢不止，寻毙。妻讼于官。官械其子，果伏。骇曰：“我今为‘单父宰’矣！”并诛之。

疏密长短有致，烟云缭绕，活脱将狐变鬼幻的诸多情节串连一气，恰如其分地形象化了聊斋故事。［范　杰］

【一员官】

贪赃枉法官相护　吏之清浊狐先知

济南府同知吴公，刚正不阿。时有陋规，凡贪污罪，上司则庇护之。将贪赃所生亏空，分摊同僚，无敢梗者。惟吴公不受。上司怒加叱骂。吴公亦恶声还报之，曰：“吾官虽微，亦受君命。可以参处，不可以谩骂也！要死便死，不能损朝廷之禄，代赃官还枉法钱！”上司无奈，改颜温慰之。时高苑有穆清怀者，为狐附体，慷慨与人谈论，音响在空中，而不见其人。适至济南，宾客谈饮。有人问曰：“请问郡中官共几员？”应声答曰：“一员。”共笑之。诘问其故，曰：“通郡官员虽七十有二，其实可称为官者，唯吴同知一人而已。”

【邑人】

身与猪合遭凌迟　泼皮无赖当警惧

淄川有乡人某，泼皮无赖。一日晨起，被二人摄去。至市上，见屠人以半猪悬架上。二人极力推挤之，遂觉身与猪肉合。二人径去。少间，屠人卖肉，操刀断割。一刀一痛，痛彻骨髓。后有邻翁买肉，讨价还价，苦争低昂；添脂搭肉，片片碎割，其苦更惨。肉卖尽，方寻路返回。至邻翁家问之，则买肉方归，言其片数、斤数，毫发不爽。

崇朝之间，已受凌迟一度，不亦奇哉！

【于中丞】

粗心判案误人命　万无一失在细心

中丞于成龙，在江苏高邮县遇一案。某巨绅将嫁女，妆奁甚富。夜，被贼穿墙席卷而去。刺史无术。于中丞巡视至此，得知其情。下令，城门尽闭，只留一门放行人出入；吏役守之，严搜装载。又出告示，令市民各归宅第，待次日查点搜掘，务得追出赃物所在。乃暗嘱吏曰：“凡再三出入城门者，捉之。”过午捉得二人，一身之外，并无行装。公曰：“此真盗也。”二人诡辩不已。公令解衣搜之，见袍服内着女衣两套，皆嫁衣也。此盗贼恐次日大搜，急于转移，而物多难携，故再三进出也。

又，于公为宰时，至邻县。早旦，经城外，见二人以床抬病人，覆以大被，枕上露发，发上簪凤钗，侧眠床上。有三四健男交手护之，轮番以手拥被，令压身底，似恐风入。少顷，便歇肩路旁，另换二人抬之。公遣隶问之，云是妹子病危，将送归家。公令隶尾随之。至一村舍，两男子迎之而入。公谓其邑宰：“城中得无有劫寇否？”查之，果有富室，家入强寇，炮烙而死。公遂差健役出城，直至村舍，捕得八人，一鞫，尽伏其罪。原来，盗寇得手后，与妓女合谋，置金在床。女抱卧之，出城而瓜分。人共服于公之神，公曰：“此甚易破解。岂有少妇在床，而容男子入手衾底者？且易肩而行，可见其势甚重。交手护之，则知其中必有物也。若病妇至，必有妇人倚门而迎；只见男子，并不惊问一言，是以知其为盗也。”

【孙必振】

大船将翻众人推　才登小舟大船覆

诸城人孙必振，渡江。值大风雨，舟船摇荡。同舟者大恐。忽见金甲神，立于云中，手持金字牌。诸人仰视之，上书“孙必振”三字。众以为孙必振有犯天谴，请其自坐一舟，勿累众。不待孙应，视旁有小舟，则共推置其上。孙既登，一回首，则前舟覆矣。

一对狐男狐女床上偷情之际，被游荡自废的学子刘赤水闯见。狐男的尴尬，狐女的无奈，刘赤水淫心顿起，两眼直盯着床上裸女的身姿，构成了画面的《聊斋》特色。飘乱的衣被、零落的书册和断残的竹帘烘托了两狐仙“惶遽”的气氛。画到此种程度堪称出神入化。［张明文］

【凤仙（一）】

鸳鸯夕登书生床　慌里遗下紫衣裳

平乐县刘赤水，少颖秀，十五入郡庠。父母早亡，遂以游荡自废。家不富有，而性好修饰，衣榻皆精美。一夜，被友招饮，忘灭烛而去。酒半酣始忆之，急返。闻室中呢喃小语，伏窥之，见少年拥丽者眠榻上。宅邻贵家废院，恒多怪异，心知为狐，即亦不恐。入而叱之曰：“卧榻岂容他人酣睡！”二人慌惧，抱衣赤身遁去。遗紫纨裤一，大悦，恐其窃去，藏衾中而抱之。俄，一蓬头婢自门缝入，向刘索裤。刘笑要偿，婢许之以酒或银，不应。婢笑而去，旋即返回曰：“大姑言：‘若赐还，可以佳偶为报。’”又曰：“吾家姓皮，大姑名八仙，共卧者胡郎；二姑水仙，嫁富川丁官人；三姑凤仙，较两姐尤美，自无不当意者。”婢去久之。复返曰：“大姑命告官人，好事不能猝合，但缓时日以待之，吾家非轻诺寡信者也。”过数日，渺无信息。

“两人以被承女郎，手捉四角而入，曰：‘送新人至矣。’”这本为蒲留仙浪漫之笔，在这里于先生顺势将承送之凤仙表现为裸形，这就更增加了浪漫的色彩。以此影射下文“遂相欢爱”“从此无夕不至，绸缪甚殷”的话题。而右侧凤仙镜中正、反头像则又颂扬了凤仙劝丈夫苦读诗书“一举而捷”的贤惠品格。

纵观两图，足见画家的确读懂了《聊斋》。［王小晖］

【凤仙（二）】

镜里仙娥悲喜脸　多情书生中进士

一日暮，刘闭门甫坐，忽双扉自启。两人以被承女郎而入，曰：“送新人至矣！”笑置榻上而去。近视之，酣睡未醒，酒气犹芳。桃面醉态，倾绝人寰，喜极。捉足解袜，抱体缓裳。女微醒，开目见刘，恨曰：“八仙淫婢卖我矣！”刘狎抱之，女嫌肤冰，微笑曰：“今夕何夕，如此凉人。”此乃《诗经》之句，谐改“良人”为“凉人”矣。刘心大动，遂相欢爱。此女即凤仙。自此，无夕不至，绸缪甚殷。一日，凤仙夜来作别，随家移居远地。久不再至。

逾二年，思念綦切。偶在途中，遇大姑八仙与胡郎，应邀之，随往岳家。刘与凤仙重逢，亦见二姑水仙与丁生。岳家三婿并临，设宴款待。宴间，谈笑颇洽。八仙与水仙合唱《洛妃》，刘则以玉箫为岳父吹奏一曲《祝寿》。因刘尚无功名，二姊夫妇颇有轻慢之意。凤仙不悦，遂唱《破窑》一折，声泪俱下。唱完，拂袖而去。及追之，不知所往。刘无颜，亦辞而归。至半途，见凤仙坐路旁，曰：“君一丈夫，不能为床头人吐气耶？黄金屋自在书中，愿好自为之。”出一镜付之而别。每当刘勤奋攻读，镜中人盈盈微笑，而当其荒废学业，镜影则惨然若涕。刘受此激励，乃闭门研读，昼夜攻苦。二年，考中举人。揽镜视之，见画黛弯长，喜容可掬。爱极，停睇不已。则凤仙已在座后。翌年，再中进士。二人妇唱夫随，白头偕老，再无他娶。

一幅佳妙的山水画。 ［于林业］

【研石】

洞庭君山有奇石　治砚只待有心人

洞庭君山有石洞，高可容舟，深暗不测。湖水出入其中。尝有人秉烛泛舟而入，见两壁皆黑石，其色如漆，按之而软；以刀割之，如切硬腐，可捏为砚。既出洞，见风则坚凝过于它石；以之研墨，大佳。

估舟游览，往来甚众，中有佳石，不知取用，亦赖好奇者之品题也。

【佟客】

夸夸雄谈如悬河　临危未战先哆嗦

董生，徐州人，好击剑。每慷慨自负。偶于途中遇一客，姓佟，跨骞同行。与之语剑，谈吐豪迈。自言出行二十年，适自海外归。董问：“曾见异人否？”佟曰：“异人何地无之，要必忠臣孝子，始得传其术也。”董又奋然自许，出佩剑，弹之而歌，又挥剑断小树，以矜其利。佟拂髯微笑，曰：“此剑为废铠所做，为汗臭所蒸，最为下品。仆未闻剑术，然有一剑颇可用。”遂于衣底出短刃尺许，以削董剑，脆如切瓜。董讶极。邀至其家，请教剑术。佟推辞不应。董则按膝雄谈，剖释剑术。佟惟听而已。夜深，忽闻隔院人声吵杂。隔院乃父母所居，董心惊疑。近壁凝听，但闻大叫：“教汝子速出即刑，便赦汝。”遂有棍棒击打之声。呻吟号苦者，乃其父也。董提剑欲往，佟止之曰：“此去恐无生理，君无他骨肉，宜嘱后事于妻子。”董入告其妻，妻牵衣而泣。壮念顿消。遂登高处，寻弓觅矢，以备盗攻。仓皇未已，闻佟在楼檐上笑曰：“贼幸去矣。”烛之，已杳。董惊魂未定，小心出门，见翁赴邻饮，笼烛方归。惟庭前多柴草所烧遗灰焉。乃知佟客异人也。

【大鼠】

狮猫捕鼠有兵法　敌进我退弱胜强

明万历年间，宫中有鼠大如猫，为害甚剧。遍求民间佳猫捕制之，则皆被啖食。适异国来贡狮猫，毛白如雪。抱投鼠屋，阖其扉潜窥之。猫蹲良久，鼠逡巡自穴中出。见猫，怒奔之，猫避登几上；鼠亦登，猫则跃下。如此往复，不下百次，众咸谓猫怯，以为是无能为者。既而，鼠跳掷渐迟，硕腹似喘，蹲地小憩。猫即疾下，爪掬顶毛，口咬首领，辗转争持；猫声呜呜，鼠声啾啾。启门视之，则鼠首已嚼碎矣。

噫，猫之避，非怯也，待其惰也。彼出则归，彼归则出，此用智耳。匹夫按剑，何异鼠子！

【爱奴】

人鬼之恋百般好　半杯酒进化为空

徐生，河间府人，设教于东昌府恩县。腊月初归，途遇一叟，曰：“老朽姓施，有舍甥延求名师，束脩可倍于恩。”以黄金一两为定金。徐应之。

行三四里，至其宅，沤钉兽镮，宛然世家。呼生出拜。未几，设筵，备极丰美。而行酒劝食，皆以婢媪。一婢执壶侍立，年十五六，风致韵绝。徐心窃动之。席既终，安置床寝。日给三餐，捧巾侍盥，皆此婢。徐问：“何无童仆？”婢笑不言。入以游词，笑而不拒，遂与狎。因告曰：“妾名爱奴。吾家并无男子，外事则托施舅。”一夜，共枕忘晓，被公子所遇，告之母。其母蒋夫人，急掩其口，若恐君闻。然儿不善读，诃责之，而夫人护短，为之缓颊，往往零涕。徐颇不耐，作色曰：“既从儿懒，又责儿工，此等师我不惯作，请辞。”留下聘金，治装欲行。夫人掩面哽咽，使婢返金，开门送之。徐觉门户逼仄；走数步，日光射入，则身自塌陷古墓中出。四望凄凉，大骇。然心感其义，乃以所赐金，使人为古墓培土植树而去。

一年后，又经此。遥见施叟，相随入村，沽酒共酌。蒋夫人亦在，唤爱奴出，曰：“此婢，妾所怜爱，今相赠，聊慰客中寂寞。”爱奴出，引生至古墓处，指一石堆曰：“此妾墓也。如再过，以香炷相吊当得复会。”别归，怀思颇苦，敬往祝之。乃买棺发冢，意将载骨归葬，以寄恋慕。穴开，则见爱奴颜色如生。遂解袍裹尸，抱入棺内，赁舆载归。停于别墅。一夕，爱奴入，笑曰：“窃坟贼在此耶！”徐惊喜，乃启棺。尸即自起，亭亭可爱。女曰：“夫人以玉饰为我入殓，故身不朽。且记，勿强给饮食，否则灵气一散，则游魂消矣。”徐乃购精舍，与共寝处。年余，徐饮薄醉，执残酒强灌之。爱奴倒地而毙。哀悔无及，厚葬之。

【元宝】

命里有时唾手得　财运不济望崖叹

广东临江，山崖陡峭峻险，常有元宝箝石上。崖下波涌，船不可泊。或荡桨近摘之，则牢不可动。若其人命里有财，则一摘即落。回首，元宝复生矣。

【王司马】

有勇有谋王司马　虚实相生镇北疆

新城大司马王象乾，号霁宇。镇北疆时，使铁匠铸一大杆刀，宽盈尺，重百钧。每巡边，则使四人扛之。仪仗所止，大刀则置地上。故令北人捉之，力撼而不可少动。司马阴以桐木仿造之，宽狭大小无异，贴以银箔，时于马上舞动。诸部落望见，无不震悚。又于边外埋苇箔为界，横斜十余里，状若藩篱，扬言："此吾长城也。"北兵至，悉拔而火之。如是三火。乃以火药炮石，伏机其下。北兵焚箔，药石尽发，死伤甚众。既遁去，司马复设箔如前。北兵遥望之而逃，以故帖服若神。

后司马既老，北疆烽烟又起。朝廷再召之。司马时年八十有三，力疾而行。皇上慰之曰："但烦卿卧治耳。"于是，司马复至边。每止处，卧帐中。北人闻司马至，皆不信，因假装议和，将验真伪。启帘，见王司马袒卧，皆望榻伏拜，挢舌而退。

这部《聊斋》全图，不仅人物画得绘声绘色，其配景亦尤可观。这些山水、花鸟千姿百态，包罗万象，而理法臻备。此图中主体树木枝柯百转，苍老而舒展，合理合度，无一败笔。是一幅很美的山水画。［齐辛民］

【武夷】

何物趾如捣衣杵　吓得太守掉头窜

武夷山有削壁千仞，人每于壁下拾沉香玉块焉。太守闻之，督数百人作云梯，欲登顶以观其异。三年梯成。太守登之。将及巅，见大足伸下，拇指粗如捣衣杵，厉声曰：“不下，将堕矣！”大惊，疾下。才至地，则云梯朽折，崩坠无遗。

文章虽被改短，却保留着《聊斋》原文本趣。正是现代读书人所急需的，于兄功莫大焉。［高森济］

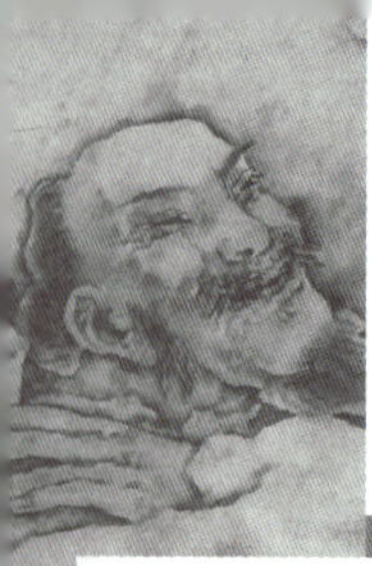

【小梅】

功德无量救人命　狐仙报恩更出奇

蒙阴王慕贞，世家子也。偶游江浙，见媪哭于途。诘之，曰：“先夫遗一子，今犯死刑，谁有能救之者？”王素慷慨，出资斡旋，竟释其子。被释者闻王之救己，茫然不解其故。问之，王曰：“无他，即怜汝母老耳。”媪子大骇，曰：“母故已久。”王亦异之。抵暮，媪来申谢，言：“实相告，我东山老狐也。曾与儿父有一夜之好，故不忍其绝后也。”

先是，王妻好佛，不茹荤酒，设专室焚香拜观音。而神又最灵，诸事皆托梦，趋吉避凶，无不顺遂。后病，神志异常，移榻于观音之室。

卧病二年，常闻其与人语，启门视之，则寂然矣。去世前，执王手曰：“去年菩萨回南海，留案前侍女小梅，为妾役使。小梅姿容秀美，又温淑。我去世后，即以为继室可也。”说完，合目已逝。突闻室中隐有啜泣之声，大骇。视之，果有二八丽人，身着丧服在室。王按妻嘱，将小梅纳为继室。时因王妻重病卧床，婢惰奴偷，家况愈下。自娶小梅，家事井井有条。数年，小梅生一子，妾生一女：田地连阡，仓廪万石。

后十年，门外忽有舆马来，接小梅归宁。王送之。至二三十里许，女停舆，呼王下骑，曰：“王郎王郎，会短离长，谓可悲否？”王惊问其故，女曰：“汝于江南拯一死罪犯，哭于路旁者，吾母也，感义而思报答。乃因夫人好佛，即附为菩萨侍者，实将以妾报答君之恩义也。”说完泪洒而别。

又数年，王病卒。王族多无赖，共欺侮家中孤寡，田禾树木，公然伐取，厩中牛马俱空，又欲瓜分宅第。方危难之时，小梅忽至。面对族中恶徒，关门下钥。众欲抗拒，而手足若萎。女至官诉之。官拘无赖辈，各笞四十，械紧严迫；不数日，田地牛马，悉归雇主。一切就绪，小梅具馔为夫祭扫，飘然而去。

【张不量】

天佑善德似有情　雨雹不伤张氏田

商人某，至河北界，忽遭大雨雹，伏禾中。闻空中云：“此张不量田，勿伤其稼。”某私念：张氏何人，既云“不良”，何反佑护。既而雹止，进村访之，果有其人。问取名之义。盖张不量者，积粟甚富，每春，就贷于贫民；待还贷时，多寡不再较量，悉纳之，故名“不量”，非“不良”也。众趋田中，见禾穗摧折如麻，独张氏诸田无恙。

【绩女】

神坠情障恐难拔　收拾尘念急回天

绍兴有寡媪夜绩，忽一少女推扉入。年可十八九，仪容秀美，袍服炫丽。媪初疑而惧，后见其情态温婉，所绩麻布，艳若锦缎，光润细软，遂安之。

媪与女同榻眠。罗裳既解，异香满室。既寝，媪私念："遇此佳人，可惜身非男子。"女于枕上笑曰："姥七旬犹妄想也？"媪闻其言，疑为狐，大惧，股颤床摇。女又笑曰："愿作男子，何又惧我也？实相告，我真仙人，非祸汝者。但须谨言，衣食勿忧。"媪早起，拜于床下。女出臂挽之，臂腻如脂，热香喷溢。肌一着人，即觉皮肤松快。媪又心动，复涉遐想。女哂曰："婆子战栗才止，即又狎想，若真做丈夫，当为情死也。"媪曰："便是丈夫，今夜那得不死。"由此，两心谐洽，日同操作。媪出则关门，居半载无知者。

后媪渐泄于亲友，里中姊妹，多托媪以求见。乡中少年闻其美，神魂倾动。媪皆挡驾。有费生者，邑中名士，倾其产，重金赂媪。媪为之请。女已知之，责曰："汝卖我也？"又曰："汝贪其赂，我感其痴，可以一见。然而，你我缘分尽矣。"明日，费生至，见女容光射露，翠黛朱唇，费生意炫神驰，不觉倾拜。临别，题《南乡子》一调于壁，内有"但愿化为蝴蝶去，以嗅余香死亦甘"之句。女读之，不悦。对媪曰："过错不尽在汝。我偶堕情障，以色身示人，遂被淫词污亵。此皆自取，若不速迁，恐身陷情窟，在劫难逃矣。"言罢出门去。媪追挽之，转瞬已失。

非但两个稚童和老少三狼画得活，所配树木、山石、小草也法度严谨，勾皴点染，妙趣横生。［马硕山］

【牧竖】

牧童树上戏狼崽　母狼疲奔丧性命

两牧童入山，至狼穴。穴有小狼二，谋分捉之。各登一树，相去数十步。少顷，大狼至，入穴失子，意甚仓皇。童于树上，扭小狼蹄耳，令嗥。大狼闻声仰视，怒奔树下，号且爬抓。另一童在彼树，亦致小狼鸣急；狼循声四顾，始望见之，乃舍此趋彼，抓号如前状。前树又鸣，又转奔之。口无停声，足无停趾。数十往返，奔渐迟，声渐弱；继而奄奄僵卧，久之不动。二牧童下树视之，气已绝矣。

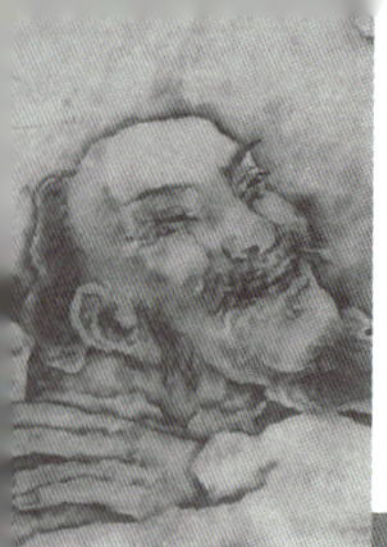

【张鸿渐】

奇冤悲逃误一生　狐仙周旋终团圆

张鸿渐，河北永平县人。年十八，为郡名士。时卢龙县令赵某贪暴，人民共苦之。有范生者，无端被杖毙，同学忿其冤，将鸣于上官，求张为写诉状。县令以巨金贿大僚，诸生被拘。张惧，亡去。

至陕西凤翔，资斧断绝。日既暮，无所归宿。忽睹小村，入一人家。主人舜华，二十许丽人也。罗设酒馔供客。食毕，铺锦裀于榻，令卧。视榻上有《南华经注》，正枕上翻阅，忽舜华推扉入，近榻坐，觍然曰："妾以君风流才士，欲以门户相托，遂犯瓜李之嫌。得不相弃否？"张探身挽之，遂留共枕。未曙即起，以金相赠，并嘱张晚来早去。一日，归颇早，日尚未落。至其处，则村舍全无，不胜惊怪。正徘徊间，一转盼，则院落如故，身已在室中矣。益异之。舜华自内出，笑曰："君疑妾也？实对君言，我本狐仙，与君有夙缘。君若见怪，请即别。"张恋其美，亦安之。

一夕，谓女曰："卿仙人，当千里一息耳。能携我一归乎？"舜华曰："此有何难，君家咫尺耳。"遂把臂出门，携之行。片刻，已至村头。女曰："从此别矣！"言已，遂渺。急进家门。夫妻执臂唏嘘，具言其详。里中有恶少，久窥张妻艳，欲狎不得。见有人逾垣入，以为淫约者，遂以捉奸相胁。张妻实告之。恶少知张回家，以其冤案在逃，词益狎逼。张怒火中烧，把刀直出，剁其头颅。人命关天，为不连累妻儿，天明，赴县自首。

张披枷带锁，由郡解都。途中，舜华忽至。以手指枷，枷立脱。遂与张叠骑怒驰。少时，至太原。推坠马下而去。张赁屋授徒，托名宫子迁。居十年，访知家中捕亡已殆，乃归。是年，其子中孝廉。

后，得一退休京官许翁相助，上下活动，众学子冤案得以平服。父子一家，久经离散，终得团圆。

【皂隶】

县令烧牒役变鬼　瓶酒宛在钱成灰

明朝万历间，历城县令夜梦城隍索人服役。醒后，即以皂隶八人，书姓名于牒，至城隍庙焚之。至夜，八人皆死。

庙东有酒肆，肆主与其中一皂隶有旧，出事当夜，皂隶前来沽酒。肆主问：“款待何客？”答曰：“僚友甚多，庙中少叙，互通姓名而已。”天明问之，知其已死。入庙启扉，则酒瓶犹在，瓶内贮酒如故。归视，所与钱，皆成纸灰也。

县令遣人绘八像于庙。后，诸役得差，必先祭酒酹之，乃行，不然，必遭笞谴。

【王子安】

热热闹闹得官梦　狐仙去后一场空

东昌府名士王子安，困于名场。科考后，期望殷切。近发榜时，痛饮大醉，归卧内室。忽有人曰：“报马来！”王踉跄起曰：“赏钱十千。”家人因其醉，诳而安之曰：“但请自睡，已赏之矣。”王乃眠。俄而，又有人报曰：“汝中进士矣！”王自言：“尚未进京，何能及第？”其人曰：“汝忘之也？三场已考毕矣。”王大喜，起而呼曰：“赏钱十千！”家人又诳之曰：“请自睡，已赏之矣。”又移时，一人急入曰：“汝殿试翰林，随身差役在此。”果见二人拜床下，衣冠修洁。王大呼：“赐酒食！”家人又应付之，暗笑其醉已深。王自念，不可不炫耀于乡里。遂大呼差役，几十呼而无应者。家人笑曰：“暂卧之，即寻矣。”又久之，差役果来。王捶床顿足，骂曰：“钝奴焉往！”差役怒曰：“无赖！与尔玩笑，而真骂也！”王怒，骤起，一掌挝去，其冠坠，王亦跌坠于地。妻入，搀之曰：“何醉至此！”王曰：“差役可恶，我故惩之，何醉也？”妻笑曰：“家中只一媪，昼为汝饭，夜为汝温足耳，何得差役伺你穷骨？”子女皆粲然。至此，王忽如梦醒，始知此前皆妄。然犹记差役落冠，寻至门后，得一缨帽，有盏大，狐臭难闻，共疑之。自笑曰：“昔人为鬼揶揄，吾今为狐奚落矣。”

【岳神】

无术庸医须提防　勾魂使者坏性命

扬州府一官员，夜梦岳神召之，词色愤怒。仰见一人侍神侧，为之讲情。醒而恶之。晨至岳庙，默作祈祷。既出，见药铺一人，绝肖梦中讲情者。问之，知为医者。及归，暴病。特遣人请之。既至，出方为剂。暮服之，中夜而卒。

或言：阎罗王与东岳天子，日遣侍者男女，十万八千众，分布天下作巫医，名“勾魂使者”。用药者不可不察也！

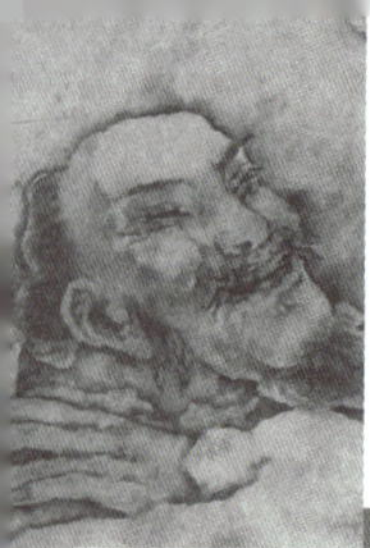

【折狱】

为失首饰遭人淫　一语不当死丈夫

淄川县西崖庄，有贾某被杀于途；隔夜，其妻亦自缢死。县令费祎祉亲往验之，见贾某袱裹银两，尚在腰中，知非为图财害命。便令地保细察之，半载无端绪。

一日，逃税者数人，被逮至县衙。内一周成者惧责，上言钱粮措办已足，即于腰间取一裹银，禀公验视。公验已，问曰：“汝家何里？”答云：“某村。”又问：“去西崖庄几里？”答云：“五六里。”“被杀贾某是你何亲？”答云：“不识其人。”公勃然曰：“汝杀之，尚云不识也！”周力辩。严梏之，果伏其罪。

先是，死者贾某妻，将诣姻家，惭无钗饰，遂背贾某借邻人首饰，归途卸而裹之袱中。既至家，探之已失。不敢告夫，又无力偿邻，懊恼欲死。是日，周成拾之，知为贾妻所遗。窥贾他出，半夜逾垣，欲胁奸之。时值炎夏，贾妻裸卧庭中，周潜就淫之。妻醒，大号，周急止之；归还所捡首饰，遂与苟合。事已，妇嘱曰：“后勿来，我家男子恶，知之俱死。”周不应。妇曰：“非不愿相交，我夫多病，不如从容以待其死。”周乃去。于是寻隙杀贾。夜至贾家谓妇曰：“今某已被人杀，请履所约。”妇闻，大哭失声，周惧而逃。天明，则妇亦自缢矣。

或问费令，破案所由。费曰：“贾某被杀，尸旁包袱与周成裹银者绣纹相同。及问之，又云不识贾某，词貌诡变，是以确知其情也。”

【富翁】

赌徒叠钱现破绽　富翁见之心生厌

富翁某，商贾多贷其资。一日出，有少年随其马后。问之，亦欲借贷者。翁诺之。少年既至，适几上有铜钱数十。少年无事，以手叠钱，高下堆垒。富翁见之，竟不借，送之出门。

或问其故，翁曰：“此人必善赌者，非端人也。赌徒所熟之技，不觉形之于手足也。”访之果然。

【抽肠】

男女入室非苟合　剖腹出肠留血腥

莱阳民某，昼卧，见一男子与妇人牵手入。妇黄肿，腰粗欲仰，意象愁苦。某以为苟合者，假寐以窥之。

二人似不见榻上有人，妇人自袒襟怀，露其腹，大如鼓。男子抽屠刀，力刺之，自心下剖至脐，哧哧有声。某大惧，不敢喘息。而妇攒眉忍受，未尝呻吟。男子口衔刀，探手入腹，掏妇肠挂肘上，且挂且抽，顷刻满臂。又以刀断之，举置几上；再抽，几既满，悬椅上；椅又满，再绕臂上；连绕几十盘，然后如渔人撒网状，往某首边一掷。遂觉一阵腥热，面目口颈被压，几无缝隙。

某不能复忍，以手推肠，大号起奔。肠堕榻前，两足被缠，冥然而倒。家人闻声趋视，但见身绕猪肠。既入细察，则空无一物。众自谓目眩，及某述所见，始共奇之。而室中并无痕迹，惟数日血腥不散。

【红毛毡】

八国联军掠华夏　红毛海盗早铺毡

荷兰，旧称红毛国，明朝时，许与中国通贸易。一次，边帅见其众，不许登岸。红毛人再三请求：“但赐一毡地足矣。”帅思一毡所容无几，许之。其人置毡岸上，仅容二人；拉之，容四五人；且拉且登。顷刻，毡大广亩，已登数百人矣。短刃齐发，出于不意，劫掠数里而去。

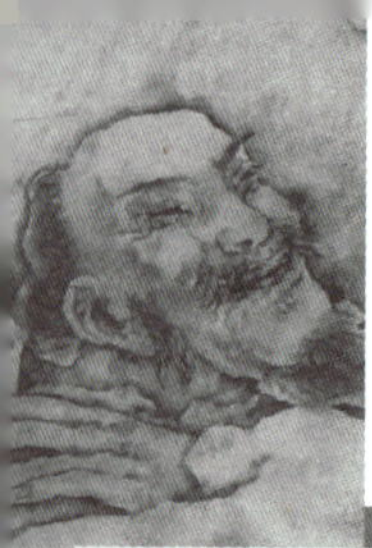

【云萝公主】

好男招来天神女　劣夫惟有严妇磨

卢龙人安大业，生而能言，母饮以犬血乃止。既长，韶秀，顾影无俦；聪慧能读。世家争婚之。母夜梦人曰："儿当娶公主。"信之。

十五岁，一日独坐，忽闻异香。一美婢扶一公主至。婢曰："此圣后府中云萝公主也。圣后属意郎君，欲以公主下嫁，故使自来相宅。"安惊喜不知置词。临去，置千金于榻上，嘱安择日修饰宅邸，婢曰："本月犯天刑，不宜建造；月后吉。"转瞬皆杳。安神驰梦想，不能复舍。忽略犯天刑之忌，未待月后，即刻日建造。廊舍一新。

安生友袁大用，慷慨好施，有劫富济贫之志。一次劫富事发，安生牵连被捉。母惊吓而死。押解途中，忽一虎自丛莽中出，啮二役皆死，衔生去。至一处，重楼叠阁，虎入，置地上。见云萝公主出，曰："可持牒去，到郡自投，保无恙也。"公主取安生胸前系带，连结十余扣，嘱云："见官时，拈此结而解之，可以弭祸。"生如其教，至郡自首。且辩且解胸前带。太守喜其诚信，而免罪令归。至家，守孝三年。正愁苦无地，公主突至。生喜出望外，狎抱之。女曰："君不信数，提前修造，遂使土木为灾，是急之反而得缓，天下事大抵然也。"又曰："君暂释手，今有两道，请君择之。"生揽颈问故，曰："若为棋酒之友，可得三十年聚首；若作床笫之欢，可六年谐合耳。"生曰："六年后再议。"女乃默然，遂相燕好。不久，公主怀孕，由婢代生男婴，取名大器。久之，再生男婴，公主举之曰："豺狼也。"命弃之。安不忍，强留之，取名可弃。公主嘱曰："可弃宜娶侯氏女为妻，可获平安。"不久，辞去。大器十七岁及第，父钟爱之。小儿可弃，贱而行恶，屡教不改。安为其娶侯氏女。侯女慧丽，可弃畏而爱之，所言无敢违。每出，限以时刻，过期则诟厉不与饮食。一次，可弃盗物出赌；妇知之，操刀逐而砍之，断袖伤臂，血染袜履。可弃逃避兄家。过宿，辞兄，忿欲归家惩妇。入家，妇方弄儿。见之。掷儿于床，觅得厨刀；可弃惧，反奔，妇逐出门外，始返。如此种种，不可胜数。可弃终于改过为善。妇持筹握算，日致丰盈。可弃仰成而已。此时安已去世。可弃年逾七旬，妇犹时而牵其白须，使膝行耳。

蒙太奇的手法，述事性的绘画，乃是专为《聊斋》设计的特有技法。［巩武威］

【药僧】

贪食春药阴暴长　缩头如龟成废人

济宁某，偶于野寺门外，见一游僧，向阳扪虱；杖挂葫芦，似卖药者。因戏曰："和尚亦卖春药否？"僧曰："有。弱者可强，微者可巨，即刻见效。"某喜求之。僧解衲角，出药一丸，如黍大，令吞之。约半炊许，下阴暴长；自扪之，增于旧者三之一。心犹未足，窥僧如厕，窃解僧衲，拈二三丸并吞之。俄觉肤若裂，筋若抽，颈缩腰弯，而阴长不已。大惧无术。僧返，见其状，惊曰："汝必窃吾药矣！"急另与一药，吞之始止。解衣自视，则几与两腿鼎足而三矣。缩颈蹒跚而归。父母皆不能识。从此为废物，日卧街头，多见之者。

【牛同人】

关帝神威镇鬼邪　黑面周仓缚妖狐

牛同人之父，患狐，驱之无效。牛一日过关帝庙，迁怒曰：“关帝号为‘伏魔’，今何在，而任此类横行！”因写表而焚之，内微诉关帝之不职。久之，忽闻空中嘶喊声，则关帝也。怒叱曰：“书生何得无礼，我岂专管汝家驱狐耶？此前并未禀告，何由责我！”少间，见有黑面将军周仓者，缚一狐，牵之而去，其怪遂绝。

后三年，济南游击将军之女，为狐所惑，百术不能遣。狐语女曰：“我生平所畏，惟牛同人而已。”女告诸父。适牛赴省城赶考，为营兵迕辱，愤诉游击将军之门。将军闻牛同人之名，不胜惊喜。礼遇之，实告以情。牛不得已，再入庙呈告关帝。俄顷，见金甲神降于其家。狐方在室，面色猝变；现形如小犬，绕屋号窜；又自投阶下。神言：“前次关帝不忍诛之，今再犯，不赦矣！”摰系马颈而去。

【神女】

米生痴情得神女　珠花为媒人神安

米生，福建人，偶入郡，醉过闹市。闻一高门中箫鼓如雷，问之居人，云是开寿宴者。投入名帖，被邀入席。见一老叟南面坐；少年殷勤待客。人称少年为傅公子。公子频频劝酒，米生大醉。后再经此门，则已迁去矣。

一日，米生与数人宴饮。饮散，内一人死于归途。死者父执名讼之。米生以谋杀论死，备历械梏，因罪无申证，宽系之。一年中，百计奔走方释之。然家中田产荡失，功名亦被革除。于是，携囊入郡，希图辩复。日将暮，休于路侧，忽有华车美婢过。车中一女郎，似知米生窘况，自髻上摘珠花一朵，交与米生，曰："此物能鬻百金，以备急用。"微睨之，乃绝代佳人也。问婢，知女郎乃傅公子之妹。米生至郡投状，上下勒索甚苦。出花展视，不忍释手，功名未得恢复。遂归。

翌年，米生误入深山。会清明节，游人甚众，又遇赠花女郎，知生不忍弃珠花之故。女晕红上颊，再赠白银二百两，为进取之资。按女郎提示，米生携银再入郡周旋，其功名和家业均得以恢复。

一日，傅公子入门，拜伏于地。言家父遭祸，非米生不能救。米生故畏难之。入夜，女郎惨然入，向壁而泣，曰："受人求者常骄人，求人者则常畏人。"米生再三谢罪，近挽纤手，隐而搔之。女忿然而去。生追出，长跪而拦之。女意稍解，曰："实告君，妾乃神女，傅公子之胞妹也。家君为南岳都理司，偶失礼于地官，将受天责，非本地长官印信，不可解也。君如不忘旧义，以黄纸一幅为妾求之。"言已，登车而去。米生辗转得遇巡抚爱姬，献上珍藏珠花，取得印信，交女郎。其父遂得平安。

越数日，傅公子送女郎至，与之成亲。后，生年至八十，女犹如处子。米生卒，神女亦从容入同棺而殁，因并葬之。至今传为"大材冢"云。

【牛飞】

若不信命不贪财　偌大耕牛何能飞

淄川某人，购一牛，颇健。夜梦牛生两翼飞去，以为不祥。牵牛至市，廉价售之。以巾裹金，缠于臂。归至半途，见有鹰食死兔。近捉之，甚驯。遂以巾头系鹰爪，亦缠臂上。鹰屡屡摆扑，趁某把捉稍懈，带巾腾空去。

正所谓定数不可逃。若不疑梦，不贪拾遗，走者何能飞哉！

统一，是艺术美的要素，只有统一才能使画面产生整体美感。此图的线势既统一又有动感，将空白处的人物对比得更加突出。［宋丰光］

【素秋】

才子落榜化书虫　身有异能辟邪侵

顺天府俞慎，赴试入都，舍于郊郭。偶遇少年俞忱，美如冠玉，心好之，渐近与语，风雅尤绝。遂结为兄弟。

中秋节，俞忱请俞慎至家中做客，呼妹素秋出拜，年约十三四，肌肤莹澈，粉玉无其白也。家无婢仆，茶酒肴馔，皆出素秋之手。俞慎曰：“妹子奔波，情何以忍！”顷之，掀帘出，则一丫鬟执壶；又一媪托盘，进烹鱼。宴终，俞慎不慎，茶水误洒婢衣；婢随之倒地，化为帛剪小人。俞慎惊异，而俞忱则大笑曰：“妹子小魔术而已。”宴间得知，俞忱流寓千里至此，兄妹并无田产，便邀忱携妹来至俞家居住。

俞慎两次赶考落榜。俞忱最慧，一目十行。见慎落第，心有不平，与之代考。邑、郡、道皆第一。由此，俞慎名声大噪，倾慕者皆录其文，远近争婚之。自此，二人益加勤奋攻苦。然再次入试，则兄弟皆黜。时方对饮，公子尚强作笑脸；俞忱则失色，酒盏倾坠，身仆案下，毙矣。入棺后，偶启视之，则化为径尺书虫。俞慎大惊，遂卜吉期，厚葬之。

俞慎主持，将素秋嫁与某甲。甲，故尚书之孙，吃喝嫖赌，败光家产。穷极无奈，将素秋卖于恶少，以还赌债。车载而去。车行途中，夜迷不知何往，忽见二巨烛来。至前，则为巨蟒。众人大骇，人马俱窜。素秋亦渺。巨蟒，乃素秋作法所为。当夜，逃至一秀才家。秀才恰是俞慎好友。慎知之，遂主婚将素秋嫁之。

一日，素秋向俞慎夫妻作别，并授之以术。早起出门，尘雾幛天。视之，已迷所在。后李自成反，村舍为墟，俞慎妻剪帛置门外。寇至，见云绕天神高丈余，遂骇走。以是阖家安然。

【刁姓】

欺人耳目凭诈慧　骗钱亦需过人才

有刁姓者，家无生产。每出门卖卦，实无术也。数月一归，则金帛盈囊。共异之。

一日，有村人入城，于一高门内，见刁某。道貌岸然，言语啁嘛。众妇环绕之。一女子问曰：“吾等人内，有一贵妇在，能辨之乎？”盖有一贵妇人微服其中，将以验其术也。刁望空横指曰：“此何难辨？试观贵人顶上，自有云气环绕。”众妇不觉集视一妇，觇其云气。刁乃指其妇曰：“此真贵人！”众皆惊服其神。

村人归述其诈慧。知此虽小道，亦必有过人之才。不然，亦无能欺耳目、赚金钱，无本而殖哉！

【刘夫人】

贪字字形近于贫　恶孙赌盗死狱中

廉生者，彰德人，少而勤学。然早孤，家贫。一日外出，暮归失途。入一村，有媪邀至刘夫人大宅。刘夫人，年四十余，举止大家。其夫亡故，二孙皆不成器。夫人赞廉生之性纯笃，出银托其代为营谋，共分盈利。廉生应之，即按夫人之计，聘伍姓为役，出门经商，至年底获利三倍。

一日，夫人设筵，与廉对坐，曰：“明日财星临照，宜可远行。”席间，有女优进呈演唱节目，廉生点《陶朱富》。夫人笑曰：“此先兆也，当得西施作内助矣。”翌日，廉生携金至淮上，做盐商。逾年，获利数倍。

在淮上时，讹传朝廷选良家女，犒边庭。民间为之骚动。有少年慕生，匆忙送妹出嫁，寻男家不遇，适逢廉生，见廉温文尔雅，急愿将妹嫁之。廉睨女，年十五六，佳妙无双。交谈间，方知慕氏兄妹，乃刘夫人之外甥。廉喜出望外。遂成夫妻。琴瑟之爱，不可胜言。

廉携女归。刘夫人见之，色喜，曰：“陶朱公载得西施来矣！前日为客，今日吾甥婿也。”置酒接风，倍益亲爱。将廉所得金，瓜分交割后，送之出门，挥涕而返。廉生回视宅第，则为墟墓。知刘夫人，鬼也。感慨万端。遂整修坟墓，封植伟丽。

刘夫人有二孙：荆卿、玉卿，饮博无赖，皆贫。廉生悉厚赠之。玉卿以为夫人墓中多金，夜合赌徒数辈，发墓搜之，割棺露尸，竟无少获，失望而散。一夜，盗入廉生家，执索金资，内中即有玉卿。告官，邑令怒，备极五毒，死于狱中。廉生犹时恤其妻子。

后廉生中举，几代富贵焉。呜呼，“贪”字之形，甚近乎“贫”。如玉卿者，可以鉴矣！

这套生动传神而贴题的画作，使得《聊斋》经典活动起来了，这是真正意义上的相得益彰。［盛 伟］

【仇大娘】

福星频张保护网　恶人到头贫作丐

仇仲，晋人也。值大乱，为寇掳去。二子福、禄皆幼；继室邵氏，抚双孤。仲叔欲霸其家产，屡劝改嫁。邵氏矢志不摇。里人魏名，夙狡狯，与仲家积不相能，因邵寡，伪造浮言相败辱。叔之阴谋与魏之恶语，令邵氏冤结胸臆，朝夕涕泣，四体渐以不仁，委身床榻。

大儿福十六岁，娶姜秀才女。女颇贤能，百事赖以经纪。由此渐裕，乃使弟禄从师读。魏嫉之，挑拨福与禄兄弟分家。后，诱福赌。数月间，田屋悉偿赌债，竟以妻姜氏作抵押，被恶徒霸占。魏又急告姜秀才。姜怒，讼福卖妻之罪。福惧，亡去。

先时，仇仲前妻所生之女仇大娘，出嫁远郡，性刚猛。闻继母病、弟逃，急返娘家。忿而入衙投状，讼诸赌徒，情词慷慨。官为所动，判令追回仲家田产。从此，仇大娘止于娘家，奉母教弟。又为二弟禄说亲，但因魏名谣言中伤，无人肯嫁。有范公子者，家中花园佳胜。园中名花夹路，直通内室，有误入者，怒执为盗，或有被杖死者。会清明，仇禄自塾中归，魏引之入范园遨游。俄至一处，溪水汹涌，有画桥朱栏，通一漆门；遥望门内，繁花如锦，盖公子内斋也。魏至此，悄然离去。禄寻桥入之，至一院落，闻女子笑声。方停步间，一婢出，窥见惊呼。禄始骇奔，为家仆绾索追之。禄大窘，自投溪中。仆人将其捉送公子。公子则反怒为笑，温语相向。原来，公子有女蕙娘，美而知书，夜梦神曰："明日有落水者，汝婿也。"魏名本欲陷禄以死，反成就其姻缘。

禄与范女婚后，因仇大娘与范公子之力，仇家由贫再富，渐成大户。然，魏名再费心机，捏造事端，层层陷害，致使仇家再次败落。仇禄亦被判流放关外。仇禄于流放途中，巧遇仇福。二人同投某将军麾下，而其父亦在军中服役。父子三人军中相聚，悲喜交集。将军得知其父子冤情，上下设计，冤情终被化解，田产亦被夺回。父子荣归。仇大娘修整家园时，意外挖得窖银。得以重建房舍。父将家产分为三，姊弟三人各得其一。自此，仇家父慈子孝，其乐融融。

魏名诡计十余年，祸之仇家，而益福之，深自愧悔。后，老贫为丐。仇家父子每周济以布粟，以德报之。

【太医】

命到寿终天作主　几片熊掌死呜呼

明朝万历年间，大理寺孙评事，少孤，母十九岁守寡。孙举进士时，母已死。为报母恩，立志让亡母受诰封，以享荣耀。

一日，忽得暴病。太医未至，而病益加剧。瞠目曰：“生不能扬名显亲，何以见老母于地下！”遂卒，而目不瞑。

无何，太医至。闻哭声，即入临吊。见其状，异之。家人告以故。太医曰：“欲得诰命之赠，亦不难。今皇后旦晚分娩，但活十余日，诰命可得。”遂以艾灸一十八处。炷将尽，床上已呻；急灌以药，居然复生。太医嘱曰：“切记勿食熊虎肉。”三日，平复如初，乃复上朝，过六七日，皇后果生太子，召赐群臣宴。席间，有白片朱丝之肉，甘美无比。孙咽之，而不知何物。一问，方知是熊掌，大惊。即刻复病，至家遂卒。

【五通】

五通淫害民间女　万生威猛尽扫除

南有五通，犹北有狐也。江浙间，民家有美妇，则被五通淫占，为害尤烈。

有赵弘者，吴地之典商也，妻阎氏颇风格。一夜，有男子岸然自外入，按剑四顾，婢媪尽奔。阎氏欲出，男子横阻之，曰：“勿畏，我五通神四郎也。我爱汝，不为汝祸。”遂将妇置床上而狎之。四郎伟岸，甚不可堪，迷惘中呻楚欲绝。四郎亦怜惜，不尽其器。既而下床，曰：“五日后当复来。”乃去。妇三四日始平复，而惧其复至。至五日，四郎果来，挽妇入帏。妇哀免，四郎强合之。血液流离，昏不知人，四郎始去。妇奄卧床榻，不胜羞愤。积两三月，一家人俱不聊生。

有万生者，乃赵之表弟，刚猛善射。一日造访，恰遇四郎至，忿火中腾，持刀入其室中。四郎惊起，急觅剑，而万生刀已中其颅。视之，则一小马，大如驴。未几，有四五人自空飞堕，万生急发一矢，首者倒地；又连砍两人，共烛之；一马两猪死于地。从此，万生威猛镇邪之名大噪。

一商人之女未嫁，亦遭五通。遂向万生求助，万生至，正遇五通神自空而降。一见万生，返身欲遁。万生出刀，砍其一足，嗥叫而逃。俯视，则巨爪大于手，不知何物；寻血迹，入于江中。商人大喜，遂将女嫁万生。于是，素患五通者，皆拜请万生一宿其家。居年余，始携妻而去。自是江浙平复如常。

生动传神。 [于林业]

【农妇】

农妇健勇如男子　疾恶如仇惩尼姑

淄川磁窑坞，有农人妇，勇健如男子，常为乡中排难解纷。与夫异县而居。夫家高苑，距淄百余里；偶一来，信宿便去。妇自赴颜山，贩陶为业。有赢余，则施丐者。一夕，与邻妇语，忽起曰：“腹少微痛。”遂去。天明往探之，则见其肩挑巨瓮二，正要入门。随至其室，则室有新生婴儿绷卧。骇问之，盖夜晚分娩后，已负重百里矣。

妇与北庵尼姑善，订为姊妹。后闻尼有秽行，忿然操杖，将往挞楚。众苦劝乃止。一日，遇尼于途，怒批之。尼问：“何罪？”亦不答。拳脚交施，至不能号，乃释而去。

【湘裙】

阴阳兄弟手足情　荡妇做鬼不回头

晏仲，陕西延安人。与兄晏伯同住，友爱敦笃。晏伯三十而卒，妻亦继亡，无嗣。晏仲痛悼之。每思生二子，则以一子过继兄，以延香火。但只生一男，而妻又死。

一日，仲醉归。见一妇人控驴而过，有童子随之，面目神色，绝类其兄，与之言谈，不觉已至其门。入之，见到已故兄嫂。骑驴者即兄妾甘氏。问之得知，甘氏生二子：阿大与阿小，童子即阿小。始悟所见皆鬼。但因骨肉情切，亦不甚惧。哭向兄曰：“大哥地下有两男子，而阳世坟墓无人祭扫；弟又子少而鳏，奈何？”兄亦凄恻。嫂曰：“遣阿小从叔去，亦可。”阿小闻言，欣然依叔肘下。兄曰：“从去可，但勿娇惯，宜啖以血肉，驱向日中曝之；历春及夏，骨肉更生，可娶妻育子，只恐不寿耳。”

晏伯家有妻妹湘裙，意致温婉。仲见之，心有所动，湘裙似亦有恋仲之意。伯察知弟恋湘裙，欣然许之。意在以湘裙还阳，以便抚育阿小。遂以湘裙与仲即日成婚。婚后，三人还阳。湘裙抚阿小，如同己出。

一夕，夫妻款洽间，仲戏问：“阴世有佳人否？”女曰：“邻女葳灵仙尚佳，然窃鄙其荡也。如欲见之，顷刻可至。但此等人，不可招惹。”遂以纸画符，焚之。少时，帘动钩鸣，吃吃作笑声。女起拽入，高髻云翘，媚态百转。遂酌酒相叙间阔。数盏后，葳嬉狎无忌，渐伸一足压仲衣。仲心迷乱，不知魂之所舍。惟碍湘裙。俄，掀帘而出，仲亦从之。葳握仲手趋入他室。湘裙深恨，而无可如何，愤愤归室，听其所为而已。次夕，葳不召自至。湘裙厌之，傲不为礼。葳又与仲相将而去。月余，仲病不能起，始大悔，与湘裙共防范之。而防范稍懈，则人鬼已成欢会。湘裙操杖逐之，手足皆为所伤，葳始不再来，而仲则重症而死。幸得晏伯贿赂勾魂使者，才得复活。一家人相安无事。

后阿小娶妻，生一子；至三十而卒。仲抚其孤，如待亲子。仲年八十，其子二十余。一日，湘裙辞行，盛妆上床而殁。

【何仙】

卦术精者通阴阳　灵透玄虚接天真

长山县公子王瑞亭，能扶乩算卦。所请乩神，自称吕洞宾弟子何仙，或云吕祖所跨仙鹤。每降临，则与人作诗论文，理绪明切。太史李质君师事之，而考中进士，以故，文士多皈依之。

辛未岁，朱文宗至济南主考。试后，诸友请乩神剖决第等。出乐陵李忭之文，读之。批云：“一等。”少间，又批云：“然此生运气大晦，仅得四等，不知何意。诸公少待，试往探之。”少顷，又书曰：“我适至学官署中，见文宗公事纷繁，其所惦念，恐不在斟酌考卷。考卷事皆付诸幕僚。此等幕僚，多为饿鬼道中游魂也，何能公平？”榜发，果居四等。众益服何仙之神，共焚香祝谢之。又批云：“李生勿以暂时之屈，而怀惭怍。回则多写试卷，暴扬之，明岁可得优等。”李如其言。久而署中亦闻。次岁，果列前茅，其灵验如此。

图中展现了多个情节：葛巾与玉版下棋，葛巾与常大用相遇，曹国夫人现牡丹真身，以及常大用爬梯过墙。画面以常、葛二人相遇为主体，另外两个情节为背景，常、葛二人爱悦的表情跃然纸上。牡丹花瓣与花蕊精细的线条、红花与绿叶的对比衬托、玉版与葛巾梦幻仙境般的对弈，表达了一出爱情喜剧故事的始末。　[任　清]

此图利用牡丹的视觉张力，使画面具备现代意识与视觉冲击力。作品具有丰富的想象力，可读性很强，堪称内容与形式完美统一。　[张锦平]

【葛巾】

举儿掷地生牡丹　花梯过墙会葛巾

常大用，洛阳人，癖好牡丹。闻曹州牡丹甲齐鲁，心向往之。适以他事至曹。时方二月，牡丹未花，徘徊园中，作怀牡丹诗百绝。一日晨，趋花所，则一女郎及老妪在焉。微窥之，宫装艳艳，美如仙人。暮而往，又见之，从容避去。急追之。妪以身幛女，叱曰："狂生何为！"生大惧。女起微笑，过山而去。生返，悔惧交集，回忆音容，转惧为想。如是三日，憔悴欲死。

一日夜，妪忽至，持瓯而进曰："吾家葛巾娘子，手合毒药，速饮之。"生念：与其相思而死，不如仰药而死。遂饮之。俄觉神清气爽，酣然睡去。既醒，病若失。心益信其为仙。一日，生于树丛中遇葛巾，幸无他人，大喜投地。女近而扶之，闻异香竟体，即以手握玉腕而起，指肤腻软，使人骨节欲酥。妪忽至，女悄然南指曰："夜以花梯度墙，四面红窗者，即妾居也。"至夜，生移梯登垣，而垣内已有梯在，喜而下，果有红窗。然葛巾正与其妹玉版对弈，不敢入。次夕，再往，幸寂无人。入，葛巾见生惊起，斜立含羞。生趋前狎抱之，纤腰盈握，呼气如兰。正亲热间，玉版妹来邀喝茶对弈，生急匿床下。玉版强拉葛巾出门去。生膝行而出，恨极。将床头一水晶如意，怀之而归。隔夕，女郎果至生室。生喜极，揽体入怀，代解裙结。玉肌乍露，热香四溢，偎抱之间，觉鼻息汗熏，无气不馥。临别，索如意乃去。自此，三两夜则一至。生惑之，不复思归。后葛巾与生迁至洛阳，又将玉版嫁于生弟为妻。

一日，群盗入第，欲劫财抢女。葛巾与玉版，炫妆下阶，谓寇曰："我姐妹皆仙媛，暂履尘世，何畏强盗！欲赐汝万金，怕汝不敢受也！"寇众见之，一齐仰拜，喏声"不敢"，哄然而散。

两年后，葛巾与玉版各得一子。始渐自言："本魏姓，母封曹国夫人。"后，生至曹州得知，曹国夫人乃一株牡丹，高与檐齐，名曰《葛巾紫》。生骇，疑女为花妖。既归，问之。女蹙然色变，遂呼玉版抱儿至。谓生曰："三年前，感君相思，遂呈身相报。今见猜疑，何可复聚！"因与玉版举儿遥掷之，儿堕地而没。生方惊顾，则二女俱渺矣。后，堕儿处生牡丹，一紫一白，朵大如盘。自此，牡丹之盛，洛下无双焉。

【贾奉雉】

世事不堪常颠倒　入山浮海遁空门

贾奉雉，甘肃平凉人。才名冠世，而屡试不第。一日，途中遇一秀才，姓郎，风格洒然，言谈委婉而切中事理。遂邀至家，出课艺就正，师事之。凡属佳文，皆不认可；而粗劣不堪者，却赞之。贾不以为然。临考前，郎使贾袒背，书符其上。入场，回思诸作，茫不记忆，惟粗劣之文，历历在心。欲少改动，而颠倒苦思，不能易一字。直录之。嗒然而归。至榜发，竟中魁首。贾伤此颠倒世界，而心灰意冷。决意遁迹山林，与尘世长绝。郎生然之。

朗生引贾至深山。入洞府，拜一叟为师。叟令其排除杂念，置身度外。贾唯唯听命。入夜，有猛虎近榻，贾澄心端坐，不为所惧；旋即，又有美女登榻，兰麝扑人，附耳小言曰："我来矣。"一言之间，口脂散馥。贾仍瞑然不动。又闻爱妻昵语之声，不觉怦然心动，开目凝视，真其妻也。始得嬉笑为欢。至晓，闻叟怒斥之声。妻急起而遁。贾以道心不坚，为师驱逐出洞。

贾离洞，辗转回至家中，但见房垣零落，旧景全非。村中老幼，竟无一相识者，心始骇异。一老翁言："相传贾公闻捷即遁。其妻亦即久久大睡不醒。月前，夫人忽醒，屈指百余年矣。"至家，夫妻零涕。曾孙玄孙都来拜见，皆贫。两孙分供餐饮，不得一饱。

贾心不平，奋然赶考。连捷。竟登进士第。又数年，官至监察御史。贾为人耿直不阿，朝中大臣屡屡中伤之，终于获罪，被充军辽阳。夫妻被押至海边，忽一大船驶近，将贾夫妻引渡而去。船上人，乃郎生也。

【公孙夏】

阴曹幸有关帝在　买官市侩受重刑

保定有国学生某，将纳资入都，谋得县尹。方整装而病，月余不起。忽有客造访，乃十一皇子座上客公孙夏。客曰："闻将图县尹。既有此志，作太守不更佳耶？"某逊谢，曰："资薄，不敢奢望。"客自愿出半资相助。又言："总督抚台皆某至交，只需五千贯。当下正有缺员，便可急图。"某心中疑惑，客曰："无须疑惑。实相告，此冥中城隍缺也。君寿终，已入死籍。乘此营办，可致冥贵。"言已，告别。某开眸而醒，与妻永诀。命妻多烧冥钱，杂以纸人纸马。妻闻言，日夜焚之，烟气冲天，灰高如山。

三日夜，刚着枕，客复至。某出冥资交兑，客即导某至衙署，授委任状。某自念国学生卑贱，非车服炫耀，不足震慑下属。于是买彩舆美婢，前呼后拥，锣鼓喧天而行。

正得意间，忽见前驱，偃旗息鼓，有人大呼："关帝至矣！"某惧，下轿跪拜。关帝怒曰："区区一郡官，何值如此张狂！"某闻之，栗然毛悚，身暴缩，自顾如六七岁儿。遂被带入一殿宇。关帝命人查其德籍。怒曰："此市侩耳，何足以任民社？且行贿买官，恶行更甚！"遂有二武士，剥其冠服，笞五十。臀肉几脱，逐出殿外。四顾车马尽空，痛不能行，偃息草间。细认之，离家尚不甚远。幸而身轻如叶，转瞬抵家。豁若梦醒，仍呻吟于床。家人集问，但言股痛。盖瞑然而死七日矣。

附录·拾遗三则

【蛰蛇】

牛栏厕墙藏巨蛇　童子起落半空中

淄川人郭生，设帐于东山之和庄。有童子五六人，皆初入学者。书室之南一牛栏为厕所，靠山石壁，墙上多杂草蓁莽。童子入厕，多历时刻而后返。郭责之，则曰：“予在厕中腾云。”郭旁睨之，见学童离地腾空二三尺，倏起倏坠，移时不动。审视之，见壁缝中一蛇，首大如盆，能吸学童于半空。遂遍告村民，共以炬火焚壁，蛇死壁裂。蛇不甚长，而粗如水桶。或蛰于内而不能出，已历多年者也。

【龙】

华山池中一小龙　化为蒙童美容姿

博邑乡民王茂才，早赴田，于田垄拾一小儿。四五岁，貌丰美而言笑巧妙，遂抱之回家，灵通非常。四五年后，一和尚至，小儿见之，惊避无踪。和尚曰：“此儿乃华山池中五百小龙之一，窃逃于此。”遂出一钵，注水其中，念念有词，宛一小白蛇游衍于内。袖钵而去。

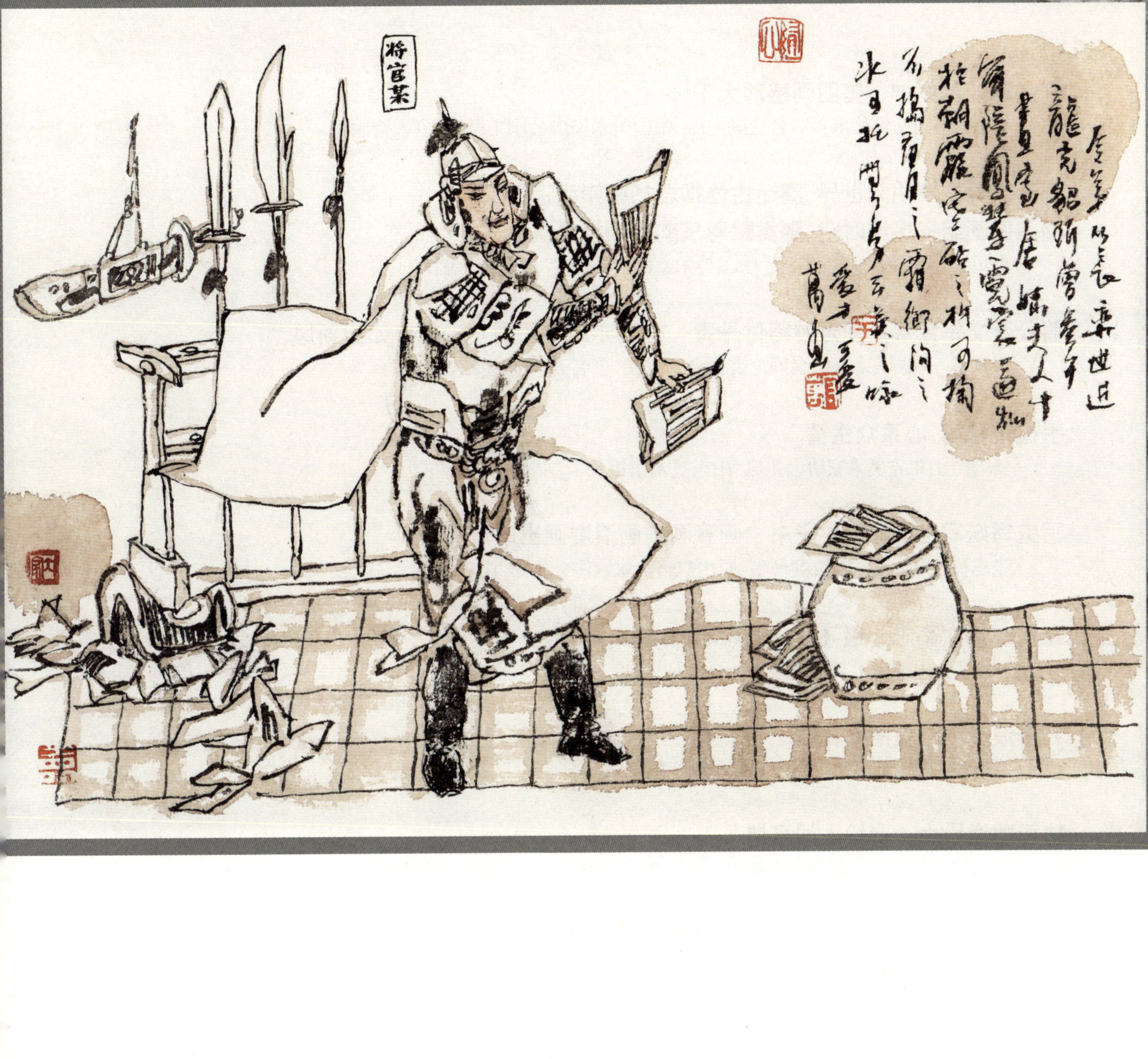

【爱才】

貂珥曾参于画室　霓裳遂灿于朝霞

有一仕宦之妹，在宫中养大，拟嫁一贵人。有将官某，代作书信，中有警句云：“令弟从长，奕世近龙光，貂珥曾参于画室；舍妹夫人，十年陪凤辇，霓裳遂灿于朝霞。寒砧之杵可掬，不捣夜月之霜；御沟之水可托，无劳云英之咏。”当权者奇其才，遂以文职换武位，后官至通政使。

题　词

好文章能泣鬼神　美图画感动大千

冯远　中国文学艺术界联合会副主席　中国美术家协会副主席　著名人物画家

聊斋志异搜罗阴阳世界　离迷古怪抑恶扬善崇尚道德
精美图画组揽多维时空　随类赋彩气韵生动描绘真情

卢禹舜　中国国家画院院长　中国美术家协会副主席　著名山水画家

蒲公奇文举世雄　受万妙笔付丹青　亦真亦幻难图画　工写自如出新风

刘曦林　中国美术家协会理论委员会副主任　著名美术理论家

手捻千秋笔　心系众生情

张望　山东省美术家协会主席　山东美术馆馆长

写鬼写妖写世情写就才子书　画真画幻画浪漫画出聊斋味

张志民　中国美术家协会理事　原山东省美术家协会主席　山东艺术学院院长

永托旷怀文豪志　遄飞逸兴画家心

孔维克　中国美术家协会理事　山东画院院长　著名人物画家

名著浪漫笔　美图率真情

满维起　中国艺术研究院中国美术创作院副院长

耕耘聊斋乐土　彩绘人间真情

王阔海　中国美术家协会理事　中央国家机关美术家协会主席　著名人物画家

人鬼情未了　万物皆有灵　蒲公夜聊处　至今草青青
遥望泰山下　于郎图神形　委宛彰古意　一览无限情

华其敏　中央美术学院教授　博士生导师　著名人物画家

聊斋绝唱　丹青流芳

董乃德　山东文艺出版社编审

受万画腑能藏鼎　三百年来一此君

盛伟　蒲松龄研究所原所长　《聊斋志异》研究专家

跋

《聊斋志异》是一部令人百读不厌的伟大艺术经典，其时空观深契佛理；其爱情观充满理想主义和浪漫主义的人性光辉。它表面看是讲述怪异、神奇故事的短篇小说集，本质上却是最真实细腻的社会人生演义，展现了人的心灵格局，留下了中国人精神生活世界的真实图景，极具文献价值和历史价值。

于受万先生是一代中国画大家，他对于中国写意人物画的创作和工笔画的创新均有自己突出的贡献；他一生致力于人物画的研究和创作。他的《聊斋》插图，精彩纷呈，是这个时代的重要艺术硕果。作为一位痴迷于《聊斋》的画家，他这套全图具有非常感人的艺术表现力，入木三分地把《聊斋》故事鲜活地塑造出来，并加以升华，画面本身的浪漫奇诡、雍容典雅，尤其人物的生动传神，深契《聊斋》的艺术精神和思想内涵。

近年，于受万先生将其《聊斋》全图，在每图之下配上了他自己编撰的精短文言，构成了一部短版《聊斋》，取名《精短文言全图聊斋志异》，付诸出版。

这部《精短文言全图聊斋志异》的出版，将对于新时代收藏、传播、研究聊斋文化，同时对于中国人物画的叙事性和艺术性的现代发展、对于书籍插图，皆具有非常重要的学术意义和历史价值。《精短文言全图聊斋志异》，值得每一位炎黄子孙研读收藏。对于传播文化，体验艺术，净化心灵，崇尚仁善大爱，功莫大焉！

崔大中　中国艺术研究院艺术品鉴定中心主任　研究员

2020 年 10 月 26 日

眉批作者 （按姓氏笔画排序）

于林业　中国民间收藏研究会山东分会理事
于新生　山东工艺美术学院教授　山东省美术家协会副主席　著名人物画家
马硕山　中国国家博物馆书画创作研究中心专业画家　著名花鸟画家
马冀文　淄博古陶瓷协会副会长　著名收藏家
王一君　中国工艺美术大师　中国陶瓷艺术大师　山东省工艺美术协会副会长
王小晖　山东艺术学院教授　中国工笔画学会理事　山东女画家协会主席
王双贵　人民美术出版社资深美术编审
王幼学　蒲松龄纪念馆原馆长　中国美术家协会会员　研究员
王阔海　中国美术家协会理事　中央国家机关美术家协会主席
王颜山　山东书法家协会副主席　著名文化学者　原淄博市政协副主席
尹　干　中国陶瓷艺术大师　山东陶瓷工业协会陶瓷艺术委员会会长
韦辛夷　山东省美术家协会副主席　济南市美术家协会主席　著名人物画家
石　寒　中国美术家协会会员　著名国画家
卢洪刚　山东工艺美术学院教授　著名人物画家
巩武威　蒲松龄研究会副会长　著名剧作家
刘书军　山东省美术家协会副主席　山东省中国画学会常务副主席　著名人物画家
刘云涛　中国美术家协会会员　山东省山水画艺委会委员
刘佩永　中国书画收藏家
刘秉敏　淄博市人大原秘书长
刘　峰　淄博市中华文化促进会副主席兼秘书长
朱全增　中国美术家协会理事　山东省国画院院长　著名花鸟画家
闫　兵　山东卓艺东方文化传播有限公司董事长　山东理工大学美术学院特聘导师
齐辛民　中央美术学院客座教授　山东省美术家协会花鸟画艺委会顾问　著名花鸟画家
孙雨田　山东省中国画学会顾问　中央美术学院客座教授
孙佰钧　中韩美术交流协会副会长　著名画家
杨子江　山东省画院联盟副主席　淄博书画院院长　国家一级美术师
杨庆芬　中国美术家协会会员　山东省美术家协会副秘书长　淄博市美术家协会秘书长

张广庆　中国亚太工艺美术大师　中国工艺美术大师
张　宜　中国美术家协会理事　山东省美术家协会常务副主席
张明文　中国工艺美术大师　中国陶瓷艺术大师
张　望　山东省美术家协会主席　山东省美术馆馆长
张渔洋　润和美术馆馆长　淄博市收藏家协会/书画收藏家协会副秘书长
张锦平　山东师范大学美术学院教授　硕士研究生导师　山东女画家协会副主席
宋丰光　山东师范大学美术学院教授　硕士研究生导师　国画家
杜文周　淄博市新媒体联谊会副会长
汪为胜　中国人民大学名家工作室导师　教授
李玉志　著名聊斋学者
李　刚　中央美术学院中国画学院导师　文化部东方文化艺术院国画研究院院长
李守金　钧云轩书画艺术交流中心主任
李　波　山东省美术家协会花鸟画艺委会顾问　山东省中国画学会顾问　著名花鸟画家
李学明　山东省美术家协会副主席　山东工艺美术学院教授　著名人物画家
李梓源　中国陶瓷艺术大师　中国刻瓷文化艺术研究会副会长
田根承　中国美术家协会会员　山东省新闻美术家协会副主席　《鲁中晨报》画院院长
许洪国　中国书法家协会会员　美术理论家
许慧玲　《淄博晚报》画院院长　著名花鸟画家
任　清　中国艺术研究院中国画院花鸟画家
吴东奋　福建省工笔画学会秘书长　中国现代工笔画学会会长　著名花鸟画家
周永生　中国美术家协会会员　青岛油画院原院长　著名画家
范　杰　山东省美术家协会山水画艺委会副主任　淄博市文联副主席　淄博市美术家协会主席
罗晓东　中国陶瓷艺术大师
岳海波　山东艺术学院教授　硕士研究生导师　山东省美术家协会副主席　著名人物画家
姜长胜　山东省艺术培训行业协会副会长　山东理工大学兼职教授
姜　蓓　中国民间收藏研究会副会长　著名书画收藏家
郝永勃　中国作家协会会员　淄博市文联副主席　《淄博晚报》副总编辑　著名作家

赵京州　国家一级编剧　著名剧作家　山东省戏剧创作室顾问
赵增福　淄博科技职业学院原副院长
贾广健　中国工笔画学会副会长　天津画院院长　天津美术学院院长　著名花鸟画家
贾衍彬　聚雅堂文化艺术交流中心主任　北方美术馆馆长　著名书画收藏家
徐永生　山东省美术家协会副主席　国家一级美术师
唐加福　淄博市淄川区文化和旅游局局长
唐秀玲　中国工笔画学会专家委员会委员　山东省美术家协会副主席
袁　敏　中国工艺美术协会副会长　山东工艺美术协会会长
高森济　著名剧作家
梁文博　山东省美术家协会副主席人物画艺委会主任　山东艺术学院教授　硕士研究生导师
崔东湑　中国国家博物馆研究员　国家一级美术师
盛　伟　《聊斋志异》研究专家　蒲松龄文化研究所原所长
阎先公　中国陶瓷艺术大师　中国美术家协会会员
常　勇　淄博市艺术创作研究院院长
曾先国　中国美术家协会理事　山东省美术家协会副主席　著名山水画家
董善习　中国陶瓷艺术大师　中国刻瓷文化艺术研究会副会长
蒲　泽　著名文化学者　蒲氏后裔
撒　容　山东理工大学副教授　淄博市民俗研究学会副主席　诗人
樊　萍　中国美术家协会会员　中国工笔画学会理事　中国陶瓷艺术大师
魏文斌　书画鉴赏收藏家
魏廷宝　《淄博日报》编委文旅新闻部主任　十佳编辑记者